장영훈 新무협 판타지 소설
FANTASTIC ORIENTAL HEROES

절대군림 7
장영훈 新무협 판타지 소설

초판 1쇄 찍은 날 § 2009년 10월 26일
초판 1쇄 펴낸 날 § 2009년 10월 30일

지은이 § 장영훈
펴낸이 § 서경석

편집장 § 문혜영
편집책임 § 유경화
편집 § 조수희

펴낸곳 § 도서출판 청어람
등록번호 § 제1081-1-89호
등록일자 § 1999. 5. 31
어람번호 § 제2-1838호

주소 § 경기도 부천시 원미구 심곡2동 163-2 서경B/D 3F (우) 420-822
전화 § 032-656-4452 팩스 § 032-656-4453
http://www.chungeoram.com
E-mail § eoram99@chollian.net

ⓒ 장영훈, 2009

ISBN 978-89-251-1974-8 04810
ISBN 978-89-251-1651-8 (세트)

※ 파본은 구입하신 서점에서 교환하여 드립니다.
※ 저자와 협의하여 인지를 붙이지 않습니다.
※ 이 책은 도서출판 청어람과 저작자의 계약에 의해 출판된 것이므로,
　 무단 전재 및 유포·공유를 금합니다.

7

FANTASTIC ORIENTAL HEROES

絶代
君臨

절대
군림

장영훈 新무협 판타지 소설

제61장 나찰출도	7
제62장 사인동행	39
제63장 대악랑	67
제64장 질정미행	95
제65장 광장풍운	135
제66장 곤수	169
제67장 이건계략	191
제68장 나찰행	231
제69장 강림마혼	259
제70장 이건귀환	291

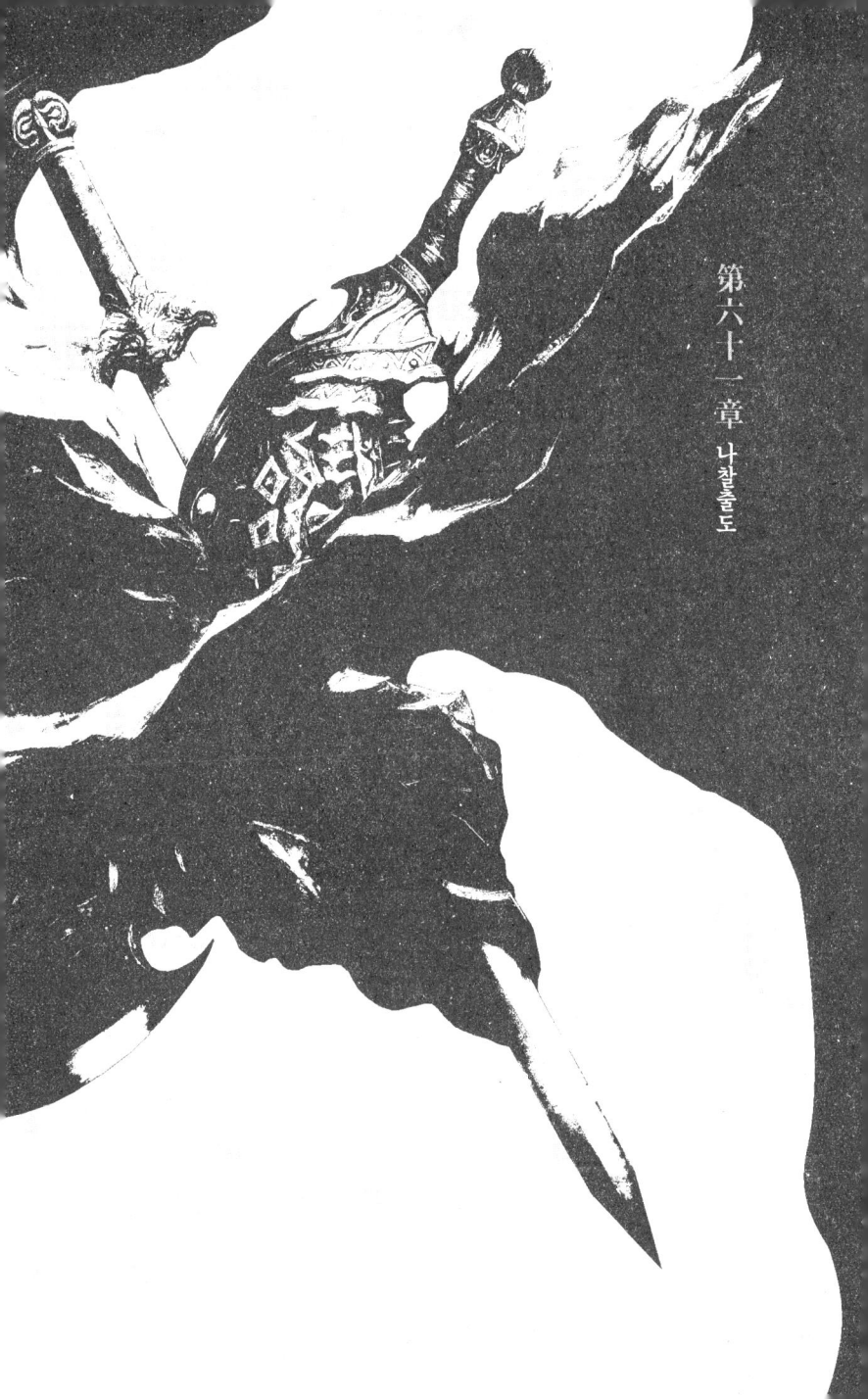

第六十一章 나찰출도

絶代君臨
절대군림

"남자가 되어 돌아오너라."

어머니는 걱정도 되지 않으셨을까?

채 열 살도 되지 않은 자식에게 키보다 더 큰 검을 매어주며 어떻게 저런 편한 얼굴을 할 수 있단 말인가? 하긴 어머니는 그보다 더 위험한 일이었다 해도 아들을 강하게 키운다는 확신이 계셨다면 망설이지 않으셨을 분이다.

적이건이 피식 웃으며 꿈에서 깨어났다.

엎드려 자고 있던 탁자에는 술상이 차려져 있었다. 엎드린 채 적이건이 눈앞에 보이는 술병을 쳐다보았다. 술병에 그려진 것은 나비였다. 하얀 술병을 외롭게 날고 있는 단 한 마리의 나비. 그것은 매우 독특한 느낌을 주었다.

"비연회."

나직이 내뱉으며 적이건이 천천히 몸을 일으켰다. 꽤 오랫동안 잠이 들었는지 온몸이 뻐근했다.

적이건이 허리를 쭉 펴며 어깨를 주물렀다.

손등 문신이 희미해져 있었다. 천룡 문신과 악귀 문신 모두 원래의 색을 잃은 상태였다. 내력이 금제당했다는 증거였다. 내력을 완전히 잃으면 문신은 사라진다.

언뜻 떠오른 금제를 푸는 몇 가지 방법을 재빨리 운용해 봤지만 모두 막혀 있었다. 제대로 된 금제법이었다. 하긴 자신을 제압했던 실력이라면 이상할 것도 없다.

적이건이 방을 둘러보았다. 곳곳에 방주인의 섬세한 손길이 느껴지는 작고 아담한 방이었다.

한쪽 벽에 족자가 걸려 있었는데 역시 그림의 주인공은 나비였다.

어지간히 나비를 좋아하는군.

적이건이 앞에 놓인 술을 따랐다. 그리고 망설이지 않고 술을 마셨다.

그때 구석에서 들려오는 여인의 목소리.

"용감하군."

적이건이 깜짝 놀라 돌아보자 한 여인이 우두커니 구석 자리의 침상에 앉아 있었다.

한방에 있었는데 못 느꼈단 말이지?

내공을 잃었다 하더라도 감각은 살아 있었다. 이렇게 가까이서 그녀의 존재를 깨닫지 못했다는 것은 상대의 무공이 어떤 경지인지를 보여주는 단적인 증거였다.

차분한 눈빛이지만 함부로 범접하기 어려운 기운을 내뿜는 그녀는 바로 비연회주였다.

석상처럼 앉아 그녀가 물었다.

"독이라도 들었으면 어쩌려고?"

그러자 적이건이 피식 웃었다.

"고작 독술이나 먹이자고 날 데려온 것은 아닌 것 같아서요."

일단은 정중하게 간다.

언젠가 어머니가 해주신 말씀이 떠올랐다.

"위기에 빠졌을 때 가장 먼저 해야 할 일은 상황을 정확히 파악하는 일이다. 흥분하지 마라. 분노하지 마라. 복수하려 들지 마라. 그건 방정맞은 삼류들이나 하는 짓이다. 침착하게 주위를 살피며 우선은 네가 어디에 있고, 상대가 누구인지를 정확히 파악해라."

비연회주가 화사하게 웃으며 맞은편에 앉았다.

활짝 핀 꽃잎 아래 가시가 도사린 붉은 장미, 그녀의 웃음에 대한 소감이었다.

"한 잔 더 마시지."

비연회주가 적이건의 술잔을 다시 채워주었다.

자신의 잔을 채우는 그녀를 응시하며 적이건이 물었다.

"비연회주인가요?"

"어떻게 알았지?"

비연회주는 굳이 자신의 정체를 감추지 않았다.

사실 그것은 나쁜 징후다. 많은 것을 말해줄수록 더 나쁜…….

"왠지 그런 느낌이 들어서요. 뭐랄까? 굉장한 무게감이랄까요? 원래 제가 어른들에게 온갖 건방을 잘 떨거든요. 그런 내가 지금 누님께 꼼짝을 못하고 있잖아요."

"누님?"

비연회주가 피식 웃었다.

"아부를 잘하는군."

"분위기 파악을 잘하는 거죠. 기왕이면 몸 성히 살아나가고 싶고."

"이루기 힘든 소망이군. 아쉽게도 난 아부하는 자들을 아주 싫어한다네."

그러자 적이건이 의도적으로 큰 한숨을 내쉬었다.

"휴. 호사다마(好事多魔)라고, 좋은 일이 많으니 결국 사단이 나는군요."

"인생이 그런 법이지."

"아직은 알고 싶지 않은 단면이군요."

적이건이 시원스럽게 두 번째 술잔을 비웠다.

"절 데려온 사람이 누구죠?"

"아주 무서운 사람이라고 해두지."

공감한다는 듯 적이건이 고개를 끄덕였다.

"사술이었나요?"

"그저 사술이라고 하기에는 너무 강력하지 않던가?"

"그렇더군요."

"환천밀공(幻天密功)이라고 들어봤나?"

비연회주는 진실을 말해주기를 망설이지 않았다. 그 점이 적이건을 점점 더 불안하게 만들었다.

"밀교!"

"과연 똑똑하군."

비연회주에게서 깜짝 놀랄 말이 이어졌다.

"그게 그의 주력이 아니라면 믿을 수 있겠나?"

"무슨 뜻이죠?"

"너를 데려온 사람은 원래 검을 쓰는 사람이네. 환천밀공은 그가 우연히 익힌 무공이네. 그렇게 강한 그가 검까지 쓴다고 생각해 봐."

"끔찍하군요."

솔직한 심정이었다. 비연회주의 말하는 어감으로 봐서 검술

또한 경지에 이르렀을 것이다.

"너무 자존심 상할 필요는 없어. 이 강호에 그를 상대할 수 있는 사람은 많지 않으니까."

"수하들을 숫자로 부른다고 알고 있어요. 그는 몇이죠?"

"그는 연이(燕二)네."

사실 그가 연일이기를 기대했다.

"연일은 그보다 더 강하겠죠?"

비연회주가 묵묵히 고개를 끄덕이며 말했다.

"훨씬 강하지."

훨씬이란 말이 적이건의 가슴을 죄어왔다. 자신이 손도 쓰지 못할 정도의 강한 연이보다 훨씬 강한 상대라니! 강호란 정말이지.

적이건은 잠시 아무 말도 하지 못했다.

"비연회… 얼뜨기들만 모아놓은 것이 아니었군요."

"얼뜨기로는 천하제패를 할 수 없지."

"오! 당신도 천하제패가 꿈이군요!"

"왜 놀라지? 설마 여인은 힘들다고 생각하나?"

"그럴 리가요! 이 강호에 저처럼 여인을 인정하고 아끼는 남자는 없을 겁니다! 단지 저와 꿈이 같아서 놀란 것뿐입니다."

"애들은 이룰 수 없는 꿈이네."

비연회주의 단호한 말에 적이건이 단호함으로 맞섰다.

"어른들의 그런 생각들이 싫습니다."

"원래 진실은 듣기 불편한 법이지."

"진실이라고 다 옳은 법은 아니지요."

"진실은 언제나 옳기 때문에 진실이라 불리는 거라네. 그래서 네가 애인 거야. 옳고 그른 것을 구분할 줄도 모르거든."

성격상 반박할 법도 했는데 의외로 적이건이 수긍했다.

"그럴지도 모르겠군요."

"포기가 빠르군."

"여러 면에서 혼란스러운 것은 사실이니까요. 하지만……."

적이건이 비연회주를 뚫어져라 응시했다.

"적어도 당신의 진실은 받아들이진 않겠습니다."

"이유는?"

"지금까지 봐온 비연회는 충고를 할 자격 따위 없거든요. 그 대상이 나 같은 철부지라 해도 말이죠. 이 강호가 필요로 하는 것은 절대 당신은 아니라고 생각합니다."

"그러는 넌?"

"당신의 말처럼 내가 애라면… 지금 애랑 견주어야 할 정도로 절박하신가요?"

비연회주의 눈빛이 날카로워졌다.

적이건은 개의치 않았다. 밀려줄 때 한없이 밀려주더라도 당길 땐 확실히 당겨야 한다.

"제가 완전했다면 당신에게 붙잡혀 오지 않았겠죠. 언제나 강호는 완성된 것에만 의미를 두죠. 하지만 그 완성체도 언젠가는 저처럼 미숙할 때가 있었을 겁니다. 당신조차도요. 당신은 그때를 단지 치기만 가득했던 무의미한 시절이라 생각하나요?"

과거 이야기를 하자 비연회주의 눈빛이 흔들렸다.

그저 지난 원한을 떠올린 것 이상의 어떤 반응이었다.

말로 표현하기 힘든 어떤 묘한 이질감이었다.

하지만 지금은 그것이 어떤 것인지 알지 못했다.

적이건이 담담히 말을 이었다.

"전 어른들 모두를 부정하지 않습니다. '잘못된' 어른들을 부정할 뿐이죠. 아쉽게도… 이 강호를 이끄는 대부분의 어른들이 잘못된 어른들이라 생각하거든요. 제대로 된 어른들은 모두들 어딘가로 숨어버린 것만 같은 착각이 들 정도로."

비연회주는 잠시 말이 없었다. 이번에는 비연회주가 빤히 적이건을 쳐다보았다.

적이건이 웃으며 말했다.

"잘생겼죠?"

"속을 박박 긁어내 예쁘게 박제해서 베고 자고 싶을 정도로."

"와우."

짐짓 놀란 척하며 적이건은 또다시 어머니의 충고를 떠올리고 있었다.

"두 번째로 해야 할 일은 위기의 본질을 파악하는 것이다. 왜 상대가 널 위험에 빠뜨렸는지 그 이유를 알아내는 것이지."

적이건이 해맑게 아이처럼 웃었다.
"이렇게 같이 술 한잔하고 싶으시면 그냥 부르시지. 너무 과격한 초대였어요."
세 번째 잔이 채워졌다. 마치 마지막 술이라는 듯 비연회주가 술병의 마개를 닫았다.
시간이 별로 없다는 것을 직감한 적이건이 애써 긴장한 기색을 감췄다. 비연회주가 어떤 결단을 내리기 전에 왜 자신을 데려왔는지 이유를 정확히 알아야 했다.
"많이 닮았군."
"아버지 말씀인가요?"
적이건이 망설이지 않고 되묻자 비연회주가 의아한 듯 물었다.
"어떻게 알았지?"
"아버지와 관련이 있을 것 같았어요. 당신은 우리 어머니가 좋아할 만한 유형이 아니거든요."
비연회주의 입가에 비웃음이 스쳤다. 적이건은 그것을 놓치지 않고 이내 화제를 부친에게 돌렸다.
"우리 아버지를 아세요?"
예상보다 반응이 컸다.
"아느냐고 했느냐? 호호호호호!"

비연회주가 목청이 보일 정도로 크게 웃었다. 그녀에게 어울리지 않는 웃음이었다. 너무 크게 웃어 그녀의 눈가에 눈물이 새어 나왔다.

"알지. 너무나 잘 알지."

적이건이 고개를 갸웃했다.

"그건 좀 이상하군요."

"뭐가 말이냐?"

"당신은 우리 아버지도 좋아할 유형이 아닌 것 같은데."

짝―

적이건의 뺨이 사정없이 돌아갔다. 내력이 없는 적이건이었기에 피한다는 것은 불가능했다. 적이건은 놀라거나 당황하지 않았다. 의도한 행동이었기 때문이다. 지금 상황은 더없이 불리했고, 어떻게든 비연회주를 흔들어야 했다.

"건방진 놈!"

비연회주가 표독스런 눈빛을 보냈다.

"주둥이가 가벼운 것은 꼭 지 어미를 닮았구나."

유설하에 대한 강렬한 적대감이 느껴졌다.

아버지도 알고, 어머니도 안다? 한 번도 내게는 말씀해 주시지 않은 은원인데. 하긴 내게 말해줄 성질의 것은 아닌 것 같군.

적이건은 이 모든 원한의 시작이 애(愛)란 것을 확신했다.

적이건이 짐짓 화난 듯 벌겋게 달아오른 볼을 매만졌다.

"왜 날 데려왔죠? 아버지 때문에? 아니면 어머니 때문에?"

비연회주가 코웃음을 쳤다. 모든 것을 부정하는 것처럼 보이기도 했고, 모든 것을 긍정하는 것처럼 보이기도 했다.

"이제 어쩔 작정인가요? 여기 앉아 둘이서 늙어 죽을 때까지 함께 술 마시나요?"

"물론 아니지. 그 술이 네가 편안히 마실 수 있는 마지막이다."

"그럼 이대로 늙어 죽을 때까지 마시지 않겠어요."

"헛소리 역시 이번이 마지막이다. 이제 벌을 받아야지."

"죄목이 뭔가요?"

"이 세상에 태어난 죄!"

빌어먹을. 이럴 줄 알았다니까.

비연회주에게서 증오가 뿜어져 나왔다. 비연회주란 여인이, 아니, 비연회주란 인간이 지닌 증오는 헤아릴 수 없을 정도로 깊고, 오래된 것이었다.

"아! 내가 이래서 어른들이 싫다는 거예요. 해묵은 원한은 당사자들끼리 해결해요! 결자해지(結者解之), 몰라요?"

"너도 그 얽힌 매듭 중 하나란다."

반쯤 체념한 표정으로 적이건이 물었다.

"그래서 이제 어쩔 작정이죠? 사지근맥을 끊고 시장통에 내던져 놓을 건가요?"

"그것도 고려 중이지."

"무시무시하군요."

농담처럼 말하고 있었지만 적이건의 이마에서 식은땀이 흘러내렸다.

"하지만 난 애들은 그렇게까지 심하게 괴롭히지 않아."

"다행이군요."

"자존심 상하지 않나? 차라리 어른이라 인정받고 사지근맥 끊지? 사내대장부라면 그 정도 기백은 있어야지."

"사내대장부는 개나 물어가라 하시고요."

적이건이 항복하듯 손을 들었다.

"다음 벌을 의논해 보죠."

비연회주는 이미 적이건의 처분을 결정 내린 후였다.

"누군가를 간절히 기다려 본 적이 있나?"

"……."

"아무리 기다려도 오지 않을 사람을 말이야."

그녀에게서 깊은 회한이 느껴졌다. 그녀의 눈빛은 과거 그 어느 날로 돌아가 있었다.

"쳐다보고 또 쳐다보고. 바람에 나뭇잎 스치는 소리에도 깜짝깜짝 놀라면서도 끝까지 기다리는 거지."

비연회주가 눈을 감았다. 그녀에게 있었던 아주 짧았던 행복한 순간이 떠올랐는지 그녀가 미소를 지었다. 하지만 눈을 뜬 비연회주의 눈빛은 아주 무서웠다.

적이건은 그 기다림의 대상이 아버지였다는 것을 확신했다.

아. 아버지, 도대체 무슨 일을 저지르신 겁니까!

"너희들도 똑같이 겪게 해주지. 너는 오지 않는 누군가를 기다린다는 것이 얼마나 고통스러운지, 그들은 가장 소중한 사람을 잃는다는 것이 어떤 심정인지. 그렇게 되면 내가 당한 모든 것을 돌려주게 되겠지."

"그래서 당신이 얻는 것은 무엇인가요?"

"혹 복수 후의 쾌감 따윈 없다는 말을 하고 싶은가? 이런 식의 복수가 오히려 허무를 불러올 뿐이란 말을 하고 싶은가?"

"그렇다면요?"

"그건 복수에 실패한 나약한 자들의 자기위안에 불과해."

기분 좋게 웃음을 짓는 비연회주에게 적이건이 당당히 말했다.

"당신의 말은 틀렸어요."

"왜지?"

"난 부모님을 기다리지 않아요. 아무리 고통스러워도."

"넌 기다리게 돼. 내가 가야 할 곳이 바로 그런 곳이니까."

"지옥을 보여주겠다는 사람이 여럿 있었죠. 하지만 여전히 전 여기 서 있어요. 절 살려두신 것, 후회하게 될 거예요."

"이제 내 인생에 후회 따윈 남아 있지 않단다."

"이 이야기의 끝을 알고 싶으세요? 당신이 그토록 싫어하는 우리 어머니는 반드시 절 찾아내실 거고, 또한 저는 지금부터 끌려갈 그곳에서 탈출을 할 거예요. 둘 중 무엇이 먼저가 될지는 모르겠지만 적어도 하난 확실하지요."

"그게 무엇이지?"

"결국 당신이 죽게 된다는 것."

비연회주가 여유로운 표정으로 말했다.

"내 이야기의 끝과 다르구나. 넌 그곳에서 죽음보다 더 비참한 꼴이 된단다. 널 찾아온 네 어미는 네 모습에 고통받다가 더 비참하게 죽게 되지. 그 뒤 네 아버지의 이야기는 지옥에서 직접 듣도록 해라."

두 사람의 시선이 팽팽히 맞섰다.

비연회주가 수하를 불렀고 무인들이 안으로 들어왔다.

"너를 특별대우 하지 않겠다. 운이 좋으면 좀 더 오래 살아남을 수 있겠지."

사내들에게 끌려 나가던 적이건이 힐끔 돌아보며 마지막 말을 남겼다.

"이 결정, 반드시 후회하게 될 거예요."

비록 큰소리를 쳤지만 적이건의 가슴은 답답했다.

아! 차련아! 보고 싶다!

* * *

차련이 다시 정신을 차렸을 때, 여전히 적이건이 납치되었던 그 길가였다. 얼마나 이렇게 넋을 놓고 있었던 것일까?

"괜찮니?"

부드러운 목소리가 들려왔다. 차련이 천천히 고개를 들었다. 목소리만큼이나 부드러운 눈빛의 주인공은 바로 유설하였다.

유설하를 보자 차련은 울컥 감정이 북받쳤다.

"어흐흑!"

다시금 눈물이 줄줄 흘러내렸다.

유설하가 차련을 감싸 안았다.

바닥에 떨어진 지옥도와 군자검으로 미루어 적이건에게 나쁜 일이 벌어졌음을 유설하는 직감하고 있었다. 하지만 그녀는 당황하거나 흥분하지 않았다. 잃어버린 소중한 것을 되찾는 것은 눈물이 아니란 것을 잘 알고 있으니까.

"괜찮다. 이제 괜찮아."

유설하 뒤에 유설찬이 말없이 서 있었다. 두 사람은 창천문으로 함께 돌아가던 길이었다. 유설찬이 양화영을 만나보기를 원했던 것이다.

한바탕 눈물을 흘리고 난 후에야 차련이 마음을 추렸다. 그때까지 유설하는 차련을 재촉하지 않았다.

차련이 앞서 있었던 일을 설명했다.

"검은 연기가 건이를 꼼짝도 하지 못하게 만들었어요. 저도 건이도 그것에 대항하지 못했어요."

유설하가 진지한 표정으로 고개를 끄덕였다. 차련은 상대를 '그것'이라 칭하고 있었다. 그것은 곧 상대의 무공이 고절한 사술임을 의미했다.

이어지는 차련의 말은 그것을 확실히 증명했다.

"그리고… 검은 연기가 사람 얼굴로 변했어요. 그것이… 어머니께 말을 남겼어요."

말을 남겼다는 말에 유설하의 눈이 가늘어졌다.

"그것이 뭐라고 하더냐?"

망설이던 차련이 울먹이며 말했다.

"아들을 찾으려면 지옥으로 와야 할 것이라고."

해서는 안 될 말을 한 것 같아 다시 차련의 눈에서 눈물이 뚝뚝 떨어졌다.

유설하의 눈빛이 무섭게 번뜩였다. 그것이 자신을 향한 눈빛이 아님을 잘 알았지만 두려운 마음에 차련은 감히 마주 볼 수 없었다.

"분명 우리 부부를 지칭해서 말했단 말이냐?"

"네. 분명 그랬습니다."

"그렇다면 다행이다."

오히려 유설하가 안도하자 차련이 의아한 마음이 되었다.

유설하가 차분히 그에 대해 설명했다.

"우리 부부가 목표라면 당장 건이를 어쩌지는 않을 것이다."

"아!"

거기까지는 생각 못한 차련이었다.

유설하가 유설찬을 돌아보았다.

"놈은 저희 부부를 노린 것 같아요."

유설찬은 그때까지도 묵묵히 대화를 듣고 있었다.

"짐작 가는 사람이라도 있느냐?"

강호를 살다 보면 군내 나는 은원 하나쯤 가슴에 안고 살기 마련이지만… 유설하가 고개를 내저었다.

지난 이십 년간, 청해성에서 과일상을 하던 자신들이었다. 그 긴 세월 동안 이런저런 많은 사건이 있었지만, 강호인들과의 은원은 거의 없었다. 더구나 아들이 납치될 정도의 은원은 더욱이 없었다.

그 말은 곧 그 이전의 은원이란 말이었다. 이십 년 전, 그들이 강호를 떠나기 전의 은원. 이제는 기억나지 않는 그 시절의 은원.

"범 단주!"

유설찬의 부름에 적호단주 범강이 모습을 드러냈다.

"다 들었나?"

"네."

적호단주는 일의 성격상 중원의 여러 무공에 대해 견식이 넓었다. 상대를 정확히 파악하는 것이 매우 중요한 일이기 때문이었다. 또한 천마신교 내 모든 단체에 최우선적인 협조를 받을 수 있었다.

"찾아내게."

"알겠습니다."

그때 유설하가 말했다.

"오라버니, 이번 일은 제게 맡겨주세요."

"이런 일에는 본 교의 정보력이 필요할 것이다. 사양하지 말거라."

"오라버니의 뜻은 잘 알고 있어요. 그래도 제게 맡겨주세요."

납치한 자가 자신 부부를 지목했다면 이번 일은 스스로 해결해야 할 일이었다. 게다가 남편이 자신을 데리고 떠나는 바람에 가뜩이나 아버지의 눈 밖에 난 상황인데, 이런 일로 오라버니의 힘을 빌리고 싶지 않았다.

유설찬은 동생의 뜻을 짐작했다. 누구보다 동생에 대해 잘 아는 유설찬이었다.

"그래, 네게 맡기마. 도움이 필요하면 언제든지 말해라."

"고마워요, 오라버니."

"조심하거라."

유설찬이 양화영을 만나고자 했던 이유는 단지 지존마후에 대한 예가 아니었다. 그녀에게 부탁할 것이 있었던 것이다. 하지만 일단 그 일은 미루기로 했다. 잠시 무한에 머물며 돌아가는 상황을 살피기로 마음먹었다.

짧은 인사를 마친 유설찬이 그곳을 떠나갔다.

이제 어떻게 하실 작정이냐고 차련이 눈빛으로 물었다.

눈물로 얼룩진 차련의 볼을 닦아주며 유설하가 차분히 말했다.

"네가 본 것에 대해 확실히 말해줄 분이 계시다."

"검은 연기라……."
양화영이 눈을 가늘게 떴다.
유설하가 말한 그분은 바로 양화영이었다.
적이건의 납치 소식에도 양화영은 그렇게 걱정하진 않는 것 같았다. 그 모습에 차련은 내심 위안을 얻었다.
"그 연기가 사람 얼굴 모양으로 변했단 말이지?"
"네. 그것이 어떤 얼굴이었냐 하면은……."
차련이 최대한 그것에 대해 자세히 묘사하려 애썼다.
얼굴까지 일그러뜨리며 그것을 그대로 흉내 내었다. 양화영은 기억이 날 듯 말 듯한 표정을 짓고 있었다.
함께 있던 적수린이 신풍대주들에게 물었다.
"그렇게 가까운 곳에서 일이 벌어졌는데 아무 소리도 듣지 못했는가?"
신풍대주들이 면목없는 표정으로 고개를 숙였다.
"그대들을 꾸짖으려는 것이 아니네."
"저희들은 듣지 못했습니다."
모두들 같은 대답이었다.
적수린이 고개를 갸웃했다. 아들이 납치되기 전에, 연삼과 싸움을 벌였다고 했다. 그 소리까지 듣지 못했다는 것은 이해할 수 없는 일이었다.

유설하가 적수린에게 물었다.
"당신, 혹시 짐작 가는 사람이 있나요?"
내심 조심스럽게 물은 질문이었는데 적수린은 망설이지 않고 대답했다.
"없소."
적수린의 단호한 대답은 조금 의외였다. 유설하는 이번 일이 적수린과 관련이 있을 것이라 짐작하고 있었다.
'그런데 아니다? 그럼 도대체 누구지?'
남편이 아니라면 분명 아닐 것이다. 어떤 과거가 있더라도 이런 상황에서 자신을 속일 사람은 절대 아니었으니까.
'그렇다면 혹시?'
십중팔구를 남편에게 뒀다면 그 나머지 한둘은 자신이었다.
자신의 신분.
마교에 원한을 둔 이들이 어디 한두 명이겠는가?
'그렇다고 하지만 어떻게 우리의 정체를 알아낸 것일까?'
또 하필이면 자신들에게 그 원한을 갚으려는 이유 또한 이해하기 힘들었다. 이래저래 의구심만 더해갔다.
바로 그때였다.
"그래! 생각났다!"
양화영이 기쁜 얼굴로 박수를 쳤다.
<u>스스스스</u>.
양화영 주위로 뭉클뭉클 검은 연기가 피어올랐다.

화들짝 놀란 차련이 뒤로 물러섰다. 앞서의 그 연기와 같은 종류였다.

놀랍게도 연기는 이내 사람의 형상으로 변했다.

"이거지?"

"네! 맞아요!"

비록 얼굴 모습은 달랐지만 앞서 그것과 완전히 같은 무공이었다.

스스스스.

곧이어 연기가 사라졌고 양화영이 원래대로 돌아왔다.

"환천밀공이네."

환천밀공이란 말에 유설하와 적수린이 마주 보았다. 그들도 아는 무공이었다.

"밀교군요."

유설하의 말에 양화영이 고개를 끄덕였다.

"그래, 바로 새외밀교의 무공이네. 오래전 인연이 닿아 나도 몇 수 배운 적이 있었지. 너무 오래전의 일이라 기억하는데 애를 먹었네."

유설하의 표정이 심각해졌다.

밀교의 개입으로 일은 한층 더 심각해진 것이다.

그때 양화영이 의외의 말을 꺼냈다.

"밀교의 무공이지만 밀교의 짓이 아닐 가능성이 크네."

"그게 무슨 말씀이신가요?"

유설하의 물음에 양화영이 자세히 설명했다.

"과거 환천밀공은 환세밀공(幻世密功)과 더불어 밀교의 이 대무공이었네. 하나 언젠가 환천밀공이 외부로 누설되는 사건이 발생했지. 밀교에서는 환천밀공을 회수하기 위해 온갖 노력을 기울였지만 이미 여러 명의 고수들이 그것을 나누어 배운 후였지. 밀교에서는 무공을 배운 이들을 처단하며 어떻게 해서든 무공의 유출을 막았지만 결국 실패하고 말았네. 몇 대를 거치며 환천밀공은 밀교 외부의 무인들에게 전파되었고 결국 밀교에서는 환천밀공을 버리는 쪽으로 결정을 내렸지. 현재 밀교의 교주에게 대대로 전해지는 무공은 환세밀공이네."

"그러니까 흉수는 그 무공을 배운 자들 중 하나겠네요."

"그렇지. 하지만 오히려 흉수가 밀교인 것보다 더 나쁜 상황이지. 환천밀공을 배운 사람이 한둘이 아닌데다, 너무나 오래전의 일이라 일일이 추적하기가 쉽지 않아. 당장 내가 그 무공을 알고 있는 것만 봐도 알 수 있지 않는가?"

유설하와 적수린의 표정이 굳어졌다.

양화영이 신풍대주들을 쳐다보며 말했다.

"저 아이들은 어쩔 수 없었을 것이네. 환천밀공 자체가 워낙 사술이 강한 무공이거든. 아마도 앞서 연삼이란 자와의 대결을 펼칠 때부터 놈은 계속 지켜보고 있었겠지. 밖으로 소리가 나가지 않도록 결계를 쳤을 테고. 환천밀공이라면 그 정도는 아주 쉬운 일이었을 테니까."

"그렇다면 놈은 왜 연삼이 죽는 것을 지켜보고만 있었을까요?"

차련의 물음에 양화영이 턱을 매만지더니 이내 대수롭지 않게 대답했다.

"친하지 않아서겠지?"

처음에는 농담이라 생각한 차련이었다. 하지만 유설하도, 적수린도 그것을 농담으로 받아들이지 않았다.

유설하는 그 일로 미루어 점조직으로 이루어졌다는 비연회란 조직의 성격을 단번에 짐작할 수 있었다. 끈끈한 정으로 이뤄진 것이 아니라 오직 이해관계가 얽히고설킨 단체.

양화영이 다시 덧붙였다.

"방심해선 안 돼. 환천밀공을 익혔다는 것 자체가 무공에 대한 재능이 대단하다는 증거거든. 그것을 익힐 당시의 실력도 대단했을 테고. 아마도 지금쯤이면 더욱 강해졌겠지."

차련이 한숨을 내쉬었다.

다시 한 번 적이건이 잡혀가는 모습이 떠올랐다. 너무 가슴 아프고 두려워 심장이 두근거리기 시작했다.

양화영이 차련의 볼을 가볍게 감쌌다.

"걱정되느냐?"

"…네."

"고 녀석이라면 걱정하지 않아도 된다. 잡아간 자는 곧 후회할 거다. 시끄럽고 귀찮게 해서 잠조차 자지 못할 테니까."

양화영의 농담에 차련이 미소를 지었다. 웃음과 함께 눈물 한 방울이 뚝 떨어졌다.

잠자코 있던 무영이 앞으로 나섰다.

"우선 만나보셔야 할 자가 있습니다."

무영이라면 이번 일을 풀어야 할 실마리의 첫 시작점을 정확히 알고 있을 것이다.

당장 가자며 적수린이 앞으로 나섰다.

그때 유설하가 적수린의 팔을 잡았다.

"여보."

"왜 그러시오?"

"이번 일은 제게 맡겨주세요."

두 사람의 시선이 허공에 얽혔다.

적수린은 짐작할 수 있었다. 유설하가 혼자 나서려는 이유를. 그녀의 방식대로 이번 일을 해결하겠다는 뜻이었다.

이 일에 필요한 사람은 신협이 아니라 나찰이란 뜻이리라.

이유를 너무나 잘 알았기에 적수린은 망설였다.

갈등하던 적수린은 결국 인정해야만 했다.

협객이기 이전에 한 아이의 아버지란 사실을. 이제 자신의 협은 그 어떤 타협도 불허했던, 그 자체로 빛나던 그 시절의 협이 아니란 사실을. 이제는 늙어버린 협, 신협.

적수린이 아릿한 마음을 감추며 차분히 말했다.

"부디 조심하시오."

유설하가 여느 때보다 훨씬 더 정중히 고개를 숙였다. 자신의 뜻을 받아준 남편에 대한 고마움의 표시였다.

"걱정 마세요."

유설하가 지옥도를 다시 한 번 고쳐 매었다.

무영의 뒤를 따르는 그녀의 기도는 어느새 지옥도의 그 서늘함과 완전히 같아졌다.

* * *

봉수찬은 난데없는 유설하의 방문에 내심 놀라고 있었다.

무영이 만나봐야 한다는 사람은 바로 봉수찬이었다.

무영과는 차원이 다른 유설하의 기도에 봉수찬이 바짝 얼어붙었다.

'도대체 누구지?'

마주하는 것만으로도 절로 위기감이 들었다. 그녀의 아름다운 외모에는 신경 쓸 겨를도 없었다. 그만큼 지금 유설하가 내뿜고 있는 기파는 매서운 것이었다.

"여협께선 누구시오?"

무영을 정도맹 쪽 사람이라 알고 있는 그였다. 자신이 아는 한 정도맹에 유설하와 같은 여고수는 없었다.

'이들이 또 다른 자들을 끌어들였구나.'

봉수찬은 그렇게 단정 지었다.

자신에게 독약을 먹이고 해약을 빌미로 온갖 짓을 다 꾸미는 상대였다. 사파인이나 마인을 끌어들였다고 해도 전혀 이상하지 않았다.

대답 대신 무영이 싸늘히 경고했다.

"그건 알 것 없다. 이분이 묻는 말에만 똑바로 대답해라."

봉수찬이 샐쭉한 표정을 지으며 말했다.

"뭘 알고 싶으시오?"

무영이 담담히 물었다.

"비연회는 점조직으로 이뤄져 있지?"

"그렇소."

"당신과 이어진 자가 누구지?"

"전에도 말했듯이……."

"닥치고 묻는 말에만 대답해라!"

"연십사요."

봉수찬이 다시 한 번 유설하를 살폈다. 무영의 행동은 평소와 달랐다. 경직되고 조심스러웠다. 분명 함께 온 여인 때문이었다. 그만큼 귀한 신분이란 뜻.

"연십사를 만나려면 어떻게 해야 하지?"

"방문할 시간이 지났는데 그녀는 오지 않고 있소."

봉수찬의 말은 사실이었다. 그 또한 무영은 알고 있었다.

"또 다른 연결 방법을 말하라."

"없소. 놈들이 얼마나 기밀 유지에 힘쓰는지 잘 아시잖소?"

그때 유설하가 무영을 보며 말했다.

"잠시 자리를 비켜줘."

두말 않고 무영이 밖으로 나갔다.

유설하가 차갑게 말했다.

"일어나."

"뭐요?"

퍽!

유설하가 붕 날아 봉수찬의 가슴을 걷어찼다.

봉수찬이 의자를 부수며 뒤로 넘어갔다.

"이런 쌍!"

욕설을 내뱉으며 벌떡 일어난 봉수찬에게 다시 주먹이 날아들었다.

빠악!

그녀의 가냘픈 주먹에 봉수찬의 턱이 돌아갔다. 봉수찬이 허공을 날아 쓰러졌다.

이대로 맞아 죽겠다 싶은 봉수찬이 내력을 끌어올렸다.

꽈앙!

봉수찬의 장력이 벽을 부셨다.

그 두 주먹의 활약은 그것으로 끝이었다.

유설하가 봉수찬의 손목을 낚아챘다.

찌잉.

끔찍한 고통이 손목을 통해 온몸으로 퍼져 나갔다.

"으아아아악!"

절로 비명이 터져 나오는 극심한 고통이었다. 동시에 온몸의 힘이 빠져나가며 봉수찬이 제자리에 주저앉았다.

울컥해서 달려들었지만 애초에 상대할 수 없는 실력 차이였다.

널브러진 그를 내려다보며 유설하가 싸늘히 말했다.

"일어나."

봉수찬이 벌떡 자리에서 일어났다.

"네!"

"비연회와 접촉할 수 있는 방법을 말해."

"저, 정말 모릅니다."

"안 그럼 넌 죽어."

유설하의 눈빛에서 뿜어져 나오는 살기가 봉수찬의 심장을 압박했다. 숨을 쉬기가 힘들 정도였다.

"생각해 내! 네가 살 수 있는 그 어떤 것이라도."

점점 유설하의 살기가 강해졌다.

"사람은 극한의 상황이 되면 생각지도 못한 힘을 발휘하는 법이지. 기억도 마찬가지야. 생각해."

단순한 협박이 아니었다. 봉수찬은 정말 유설하가 자신을 죽이려 한다는 것을 느꼈다. 말하지 않아도 몸이 알아차렸다. 죽음을 앞둔 몸이 미친 듯이 떨리고 있었다.

'이러다간 정말 죽어!'

봉수찬이 필사적으로 기억을 떠올렸다. 분명 자신조차 잊고 있었던 어떤 것이 있을 것이다.

유설하가 차갑게 말했다.

"할 수 없군. 다른 방법을 찾지."

유설하가 손을 스윽 들었다.

그때 기적처럼 봉수찬의 머릿속을 스치는 한 가지 생각.

"통산(通山) 백화루(百花樓)!"

유설하의 손이 허공에서 멈췄다. 비록 본격적인 출수는 하지 않았지만 조금만 늦었어도 목이 꿰뚫렸을 것이라고 봉수찬은 확신했다.

봉수찬이 한숨을 내쉬며 말을 이었다.

"처음 그들에게 포섭되었을 때, 딱 한 번 그곳에서 회합을 가진 적이 있었소. 분명 비연회와 관련이 있는 곳이란 느낌을 받았습니다."

유설하가 천천히 손을 내렸다.

"살려주시는 겁니까?"

간절한 봉수찬의 물음에 유설하가 당연하다는 듯 고개를 끄덕였다.

유설하가 두말없이 밖으로 나가자 봉수찬이 긴 한숨을 내쉬었다. 어떻게든 살아남으려는 그의 노력은 이번에도 주효했다.

한편, 밖에서 기다리고 있던 무영이 유설하의 표정을 살피더니 이내 그녀가 봉수찬으로부터 정보를 얻은 것을 알아차렸다.

나찰출도 37

"수고하셨습니다."

함께 따라나서려는 무영에게 유설하가 말했다.

"이번 일은 나 혼자 처리하지."

무영은 함께 따라나서고 싶었다. 적이건에 대한 걱정으로 잠도 자지 못할 것이다. 하지만 유설하가 혼자 나서겠다고 한 이상 그녀의 뜻을 거스를 수는 없었다.

"알겠습니다. 대신 삼색매도 가져가십시오."

"그러지."

무영이 품에서 전표를 챙겨 건넸다. 꽤 많은 액수였다.

"필요하실 겁니다."

유설하가 전표를 받아 챙겼다.

"기다리고 있겠습니다."

무영의 정중한 말에 유설하가 걱정 말라는 표정을 지었다.

"제아무리 점조직이라도 하나씩 지워 나가다 보면 결국 꼭대기에 다다르게 되겠지."

유설하의 눈빛이 깊어졌다.

"비연회 놈들을 모조리 없애는 한이 있어도."

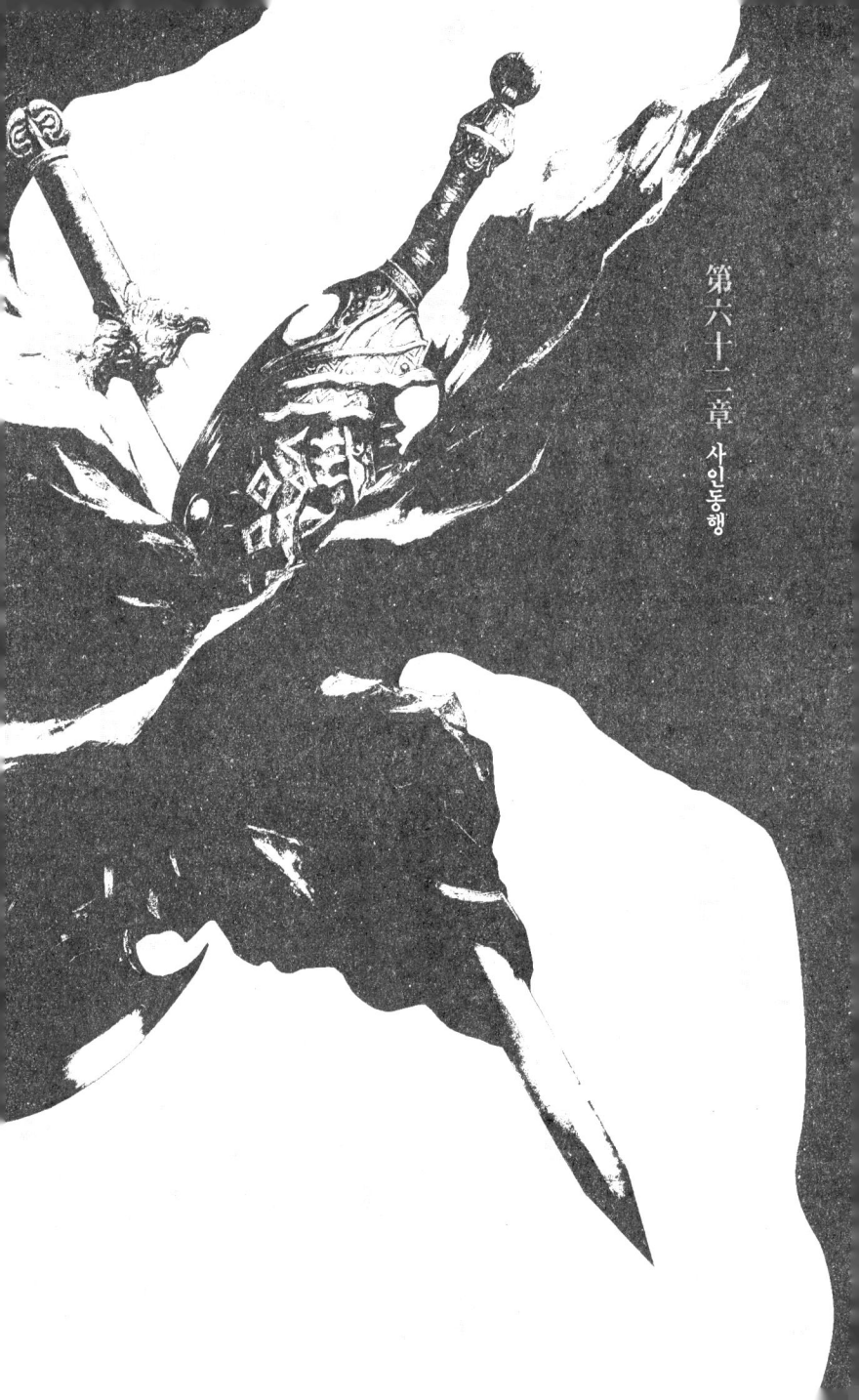

第六十二章 사인동행

絶代
君臨
절대군림

 한 대의 짐마차가 빠른 속도로 관도를 달리고 있었다.

 평범한 짐마차였지만 마차를 모는 두 사내는 일류고수들이었다. 임무에 충실한 두 사람은 서로 농담 한마디 주고받지 않으며 정면만 주시한 채 마차를 몰았다.

 포승줄에 꽁꽁 묶여 마차에 짐짝처럼 실려 있는 두 사람이 있었다. 육십대의 노인과 이십대 중후반의 사내였다.

 젊은 사내는 목과 이마에 힘줄을 세우며 줄을 끊으려 노력했다.

 "빌어먹을! 이거 끊어지지 않는군. 끙!"

 힘을 주면 줄수록 줄은 더욱 그의 몸을 죌 뿐, 끊어지지 않왔다.

"일반 포승줄이 아니네. 공연히 힘 낭비하지 말게."

건너편의 노인이 나직이 충고했다. 왜소한 체구의 노인은 모든 것을 체념한 모습이었다.

"망할! 젠장!"

연신 눈알을 굴리며 빠져나갈 궁리를 하는 사내는 어떻게 보면 교활해 보였고, 어떻게 보면 매우 겁이 많아 보였다.

그때 마차가 멈춰 섰다.

두 사람이 놀라 눈치를 살피는데 뒤쪽 포장이 걷어지며 누군가를 집어 던지듯 던져 넣었다.

"어이쿠!"

비명을 지르며 마차 바닥을 구르는 사람은 바로 적이건이었다.

적이건이 인상을 쓰며 소리쳤다.

"너 인마! 나중에 죽을 줄 알아! 얼굴 기억해 놨어!"

어이없다는 표정을 지으며 무인들이 포장을 닫으려 했다.

먼저 묶여 있던 사내가 그들에게 소리쳐 물었다.

"도대체 우리 어디로 끌려가는 거요?"

무인들이 한마디 대답 없이 포장을 닫았고 다시 마차가 달리기 시작했다.

"빌어먹을! 빌어먹을!"

사내가 인상을 쓰며 이번에는 적이건에게 옥박질렀다.

"너는 도대체 어떻게 끌려온 것이냐?"

적이건의 멀뚱한 반응에 사내가 버럭 화를 냈다.

"뭘 쳐다봐! 어린놈이!"

그러자 지켜보던 노인이 사내를 달랬다.

"어쨌든 우린 한 배를 탄 운명이네. 너무 그러지 말게."

사내는 씩씩거렸지만 더 이상 소란을 떨진 않았다. 성질을 못 이겨 소린 질렀지만, 혹시라도 마차를 모는 무인들의 신경을 거슬러 변을 당할까 겁이 났던 것이다. 다행히 아직까지 마차 밖의 사내들은 그의 소란을 신경 쓰지 않고 있었다. 그만큼 감정을 잘 다스린다는 것은 그들이 삼류 얼치기가 아니란 말이었다.

"이렇게 만난 것도 인연이겠지. 앞으로 어떻게 될지 모르겠지만 기회 있을 때 서로에 대해 소개라도 하세."

노인의 말에 사내가 투정하듯 말했다.

"인연은 무슨! 노인장이야 살 만큼 살았으니 그딴 소리가 나오지."

사내의 튀어나온 입을 보며 노인이 고개를 끄덕였다. 스스로도 살 만큼 살았다는 그 말에 동의했다.

"난 상가네. 그냥 상노라 부르면 되네."

자신을 상노라 소개한 노인의 이름은 상월춘(尙越春)이었다.

본디 그는 어려서 맨손으로 상계에 뛰어들어 말년에 이르러 크게 성공한 인물이었다.

물론 불어난 재산만큼이나 원수가 많아졌다. 그는 전혀 개의치 않았다.

언제나 자신에게 물었다.

어떻게 좋은 마음으로 살면서 돈을 모을 수 있단 말인가?

그 물음은 부자가 될 수 있는 모든 것이 담겨 있었다.

그렇게 그는 악착같이 돈을 벌었다.

하지만 그의 인생에 승승장구만 있는 것은 아니었다. 무리하게 사업을 확장하던 그는 몇 번의 연이은 사업 실패로 급속도로 가세가 기울었다. 망해도 삼 년은 버티는 것이 부자라지만 그는 삼 년은커녕 석 달도 버티질 못했다.

가세는 완전히 기울었고 돈을 펑펑 써대며 방탕하게 살아왔던 가족들은 그를 원망하기 시작했다. 점점 갈등이 심해졌고 결국 늦게 얻은 젊은 아내와 철부지 아들은 자신을 떠나 버렸다.

믿을 수 없는 일이었다. 오직 돈 때문에 자신을 이용했다는 배신감에 그는 치를 떨어야만 했다.

그때 비연회가 그에게 접근했다. 절망과 분노는 비연회란 괴물이 가장 즐겨 먹는 먹잇감이었다.

비연회의 도움으로 그는 재기에 성공할 수 있었다. 비연회는 그의 증오가 얼마나 큰 힘을 발휘할지 너무나 잘 알고 있었다.

재기에 성공한 후 가장 먼저 시도한 것이 복수였다.

자신을 버리고 떠난 아내가 만난 새 남자를 철저히 파멸시켰다. 아내와 자식을 영원히 가난에서 벗어나지 못하게 만들려고 온갖 노력을 다했다. 결국 견디다 못한 아내는 목을 매 죽고 말았고, 자식은 실종되고 말았다.

복수를 끝낸 며칠은 정말 후련했다.

그 며칠이 지나자 그의 가슴 한구석에 새로운 감정이 싹트기 시작했다.

바로 '후회'였다.

배신감에 뒤집혔던 눈이 제자리를 찾자 생각이 바뀌었다.

충분히 그럴 수 있는 일이란 생각이 든 것이다. 원래부터 사치를 좋아하던 여인이었다. 사치스러운 만큼 아름다운 여인이었다. 그녀에게 사치스런 삶을 살게 해주기 위해, 그런 모습을 보는 것을 행복으로 생각했던 그였다. 그녀를 그렇게 사치스럽게 만든 것은 바로 자신이었다.

맙소사! 아내와 자식을 파멸에 이르게 하다니!

그는 후회했다. 하루가 지날수록 그 후회는 배가 되고 배가 되었다.

그리고 그것은 또 다른 실수로 이어졌다.

비연회의 일을 등한시한 것이다. 비연회의 경고를 무시했다. 그는 눈에 보이는 것이 없었다.

그 결과가 바로 오늘의 상황이었다. 자다가 깨어보니 이렇게 마차에 실려 가고 있었다. 비연회 짓이 확실했다.

'그래, 어떻게든 죗값을 치러야겠지.'

그것이 상월춘의 지금 마음이었다.

그에 비해 젊은 사내는 이 상황을 절대 받아들이지 못하고 있었다.

"이름이 뭔가?"

상월춘의 물음에 사내가 한숨을 내쉬며 대답했다.

"호양(狐量)이라고 하오."

"자넨 어쩌다가 잡혀온 것인가?"

"그게 알다가도 모를 일이오. 어제 분명 술을 마시고 잠이 들었는데, 깨어보니 이런 꼴이었소."

"짐작 가는 일도 없고?"

"없소."

상월춘이 뭔가를 알겠다는 표정으로 고개를 끄덕였다. 그간 경험해 본 비연회는 매우 비밀스런 조직이었다. 스스로가 어디에 속했는지도 모른 채 활동하는 이들도 부지기수일 것이다. 호양이란 젊은이 역시 그런 경우이리라.

호양이 다시 되물었다.

"그러는 노인장은 어쩌다 끌려온 것이오?"

상월춘이 한숨을 쉬며 대답했다.

"…빚을 졌지."

"빚? 설마 이 마차가 빚을 갚지 못한 사람들을 잡아가는 마차란 말이오? 이런! 난 빚이라곤 없소!"

호양이 목청을 높였다.

"이봐! 마차 세워! 여기 사람 잘못 태웠다고!"

고함을 질렀지만 여전히 밖에서는 아무 반응도 없었다.

억울함에 북받친 호양의 눈에 금방 눈물이 맺혔다.

"난 빚이 없다고! 빚 따윈 없다고!"

상월춘이 음울하게 그를 응시했다.

"세상에 빚이 없는 사람은 없네."

"뭐? 뭐요?"

화풀이 대상을 찾는 눈빛으로 호양이 눈을 부라렸다.

"내가 말한 빚이란 꼭 돈을 말하는 것이 아니었네."

"난 무식해서 그런 말 모르오. 쉽게 말하시오."

"누군가를 죽인 적 없나? 누군가의 마음을 아프게 한 적이 없나? 자네로 인해 누군가가 마음의 상처를 입지 않았다고 확신할 수 있나?"

"그건!"

호양은 뭐라 말을 하지 못했다. 호양은 본래 낭인 출신이었다. 강호를 떠돌며 칼밥을 먹던 그는 재작년부터 황산문(黃山門)이라는 중소문파에 몸을 의탁했다.

하는 일이라곤 외부에 힘을 보여야 하는 일에 머릿수를 맞춰주면 되는 일이었다. 아주 편하고 쉬운 일이었다. 물론 마찰도 있었다.

일 년에 한두 번은 살인도 해야 했다. 하지만 거칠게 살아온 지난 삶을 생각하면 그건 일도 아니었다.

그런 그의 삶을 돌이켜 볼 때, 상월춘의 물음에 대한 대답은 절대 긍정적일 수 없었다.

대답을 못하는 그에게 상월춘이 쐐기를 박듯 한마디 덧붙였다.

"자신이 뿌린 씨앗은 자신이 거두게 되는 법이지."

그때까지 묵묵히 듣고만 있던 적이건이 이윽고 입을 열었다.

"그렇다고 이렇게 잡아가면 안 되지요."

상월춘과 호양이 적이건을 쳐다보았다. 선하고 순진하게 생긴 외모와는 다른 말이 흘러나왔다.

"그렇게 따지면 우릴 잡아가는 사람들은 얼마나 깨끗하겠소? 인간인 이상 털면 먼지가 날 수밖에 없지. 지들은 성인군자라 우릴 잡아가는 것이오?"

적이건의 말에 호양이 적극 호응했다.

"맞소. 저 소협의 말이 옳소."

묶여 있지 않다면 호양은 엄지손가락을 치켜들어 줬을 것이다.

호양이 호의적인 시선으로 물었다.

"자넨 아직 어려 보이는데… 어쩌다가 끌려온 것인가?"

"끝내주는 사연이 있습니다만… 너무 길기도 하고 믿지도 않을 것이므로 생략합니다."

"허허."

상월춘이 헛웃음을 지었다.

호양이 상월춘과 적이건을 번갈아 쳐다보았다. 뭔가 달관한 듯한 기운을 풍기는 상월춘도 그렇고, 지금 상황에서 실없는 농담을 던지는 적이건도 뭔가 여유로워 보였다. 자신만 이렇게 호들갑을 떨고 있는 느낌이었다.

"너는 겁나지 않느냐?"

"겁나지."

"한데 왜 겁먹은 기색이 없지?"

"미리 걱정해 봐야 아무 소용이 없으니까. 그리고 당장 죽이려는 것 같진 않잖아? 굳이 마차로 실어 나르는 것을 보면."

듣고 보니 그도 그랬다. 호양이 조금 안심했다.

"새옹지마라고, 나쁜 일만 있으리란 법은 없는 거겠지."

상월춘이 애써 부푼 그의 기대에 찬물을 끼얹었다.

"집 나간 말은 돌아오지 않을 것이네. 그들은… 무서운 자들이니까."

그러자 호양이 깜짝 놀라 소리쳤다.

"노인장은 우리가 어디로 가는지 알고 있군요!"

상월춘은 아무 대답을 하지 않았다.

적이건은 그가 비연회의 정체를 알고 있음을 알아차렸다.

어쨌든 의외군.

적이건은 자신이 이렇게 마차에 실려 어디론가 끌려가게 될 줄 몰랐다. 더구나 다른 사람들과 함께 끌려가다니.

특별대우를 하지 않겠다던 비연회주의 말이 떠올랐다.

그 말이 바로 이런 상황을 의미하는 것이리라.

그렇다면 대체 어디로 끌려가는 것일까?

비연회주의 경고를 생각하면 아주 위험하고 험한 곳이 될 것이다. 자신은 그렇다 치더라도 이 사내와 노인이 버텨낼 수 있는 곳일까?

그때 마차가 멈춰 섰다.

세 사람이 긴장하며 밖의 기척을 살폈다.

이번에도 새로운 누군가를 태우기 위해 마차를 세운 것이었다.

이번에 탄 사람은 여인이었다.

긴 머리카락이 치렁치렁 얼굴을 가린 산발여인이었다. 그녀를 짐짝처럼 던져 넣고 다시 마차가 달리기 시작했다.

세 사람의 시선이 여인에게 집중되었다.

두려움 때문이었을까? 여인은 주위를 한 번 돌아볼 생각도 않고 그저 고개만 숙이고 있었다.

상월춘이 여인의 경계를 풀어주기 위해 입을 열었다.

"너무 두려워 말게. 우리도 같은 신세니까."

여인은 여전히 반응을 보이지 않았다.

그녀는 왠지 모르게 지독히 폐쇄적인 느낌을 주고 있었다.

비단 잡혀온 신세 때문이 아니라, 원래 그녀 성격이 차분하고 말이 없는 성격인 듯 보였다.

답답한지 호양이 목청을 높였다.

"거 안 잡아먹으니까 얼굴이나 한 번 보자고."

순간 여인이 홱 고개를 들었다.

"어이쿠!"

호양이 깜짝 놀라 외마디 비명을 내질렀다.

갈라진 머리카락 사이로 여인의 얼굴이 보였는데, 화상으로 얼굴이 흉측했던 것이다.

상월춘 역시 뭐라 말을 못했다. 여인의 화상은 너무 심해 마주 보는 것조차 쉽지 않았던 것이다.

여인이 이제 됐냐는 표정으로 코웃음을 쳤다. 이런 반응 따윈 이미 예측했다는 그런 느낌이었다.

그때 적이건이 얼굴을 자세히 보려고 이리저리 살피며 말했다.

"흉터만 아니면 꽤 예쁘겠는데."

사실 적이건의 말처럼 그녀는 가늘고 긴 눈매와 오뚝한 콧날, 그리고 도톰한 입술까지. 제법 매력적인 외모를 지니고 있었다. 하지만 얼굴을 덮은 화상의 흉터는 그 모든 것을 완전히 날려 버렸다.

여인의 눈빛이 사나워졌다. 그 말이 희롱으로 들린 모양이었다.

적이건은 한술 더 떴다.

"어쩌다 이랬어?"

적이건의 질문에 여인은 순간 대답을 하지 못했다.

자신의 얼굴을 본 사람들의 반응은 대부분 세 가지였다. 호양처럼 놀라거나. 노골적으로 인상을 찡그리며 욕을 하거나, 아니면 애써 자신을 못 본 척하거나. 이렇게 화상에 대해 직접적으로 물어오는 이는 드물었다. 더구나 처음 만난 사람이.

"얼굴 가리고 다니지 마. 갑자기 흉터 보면 놀라잖아."

여인의 인상이 더욱 차가워졌다.

'이 자식이!'

그녀에게 너무나 상처가 되는 말이었다.

그런 그녀의 마음을 아는지 모르는지 적이건이 말을 이었다.

"얼굴 내놓고 다니면 다들 저 사람 얼굴 다쳤구나 그렇게 생각하잖아. 그런데도 용감하네라고 인정해 주는 사람도 있을 거고. 일부러 감추고 숨기면 더 주목받지 않나?"

여인은 아무 대답도 않았다. 그녀는 화가 치밀고 있었다.

다들 이런저런 말은 쉽게 한다. 하지만 당사자가 되어보지 않는 한 그 고통을 어찌 알 수 있단 말인가? 감히 어떻게 저런 말을 할 수 있단 말인가?

"당신!"

여인이 앙칼지게 고함을 질렀다. 그제야 적이건이 어깨를 으쓱했다.

"화났으면 미안."

그 모습이 더 밉상스러웠다. 뭐라 한마디 더 쏘아붙이려는데 적이건이 불쑥 말했다.

"얼굴을 가리고 다녀서, 낫게 해줄 사람을 만날 기회를 잃었을지도 모르잖아."

순간 여인이 흠칫 놀랐다.

그런 생각은 해본 적이 없었다.

이내 그녀가 시름 깊은 한숨을 내쉬었다. 이렇게 흉측한 상처를 누가 고쳐 준단 말인가? 처음 다쳤을 때 여러 의원을 전전했었다. 모두들 같은 대답이었다. 치료는 완전 포기한 그녀였다.

설령 그런 신의가 있다 한들 자신이 얼굴을 내놓고 다닌다고 어찌 만날 수 있을까? 그럴 확률이 얼마나 될까? 또 거기다 만난다고 고쳐 준다는 보장도 없지 않은가? 무일푼인 자신에게 왜.

"나라면 내 얼굴 고쳐 주면 뭐든 하겠다는 깃발을 등에 꽂고 다녔을 거야."

"말 함부로 하지 말아요!"

여인이 버럭 소리 질렀다. 그녀의 눈에 눈물이 고여 있었다.

적이건이 뭐라 말을 하려던 그때였다.

마차가 다시 멈춰 섰다.

멈추고 한참이 지났지만 누군가를 싣지도, 내리란 말도 하지 않았다. 호양이 궁금한지 밖을 쳐다보려 애썼다. 마차 사이의 빈틈을 찾았지만 틈은 보이지 않았다.

"뭔가 이상한데."

그러자 적이건이 말했다.

"우린 여전히 움직이고 있어요."

"뭐? 그게 무슨 소린가?"

호양은 물론이고 상월춘도 의아한 얼굴로 적이건을 쳐다보았다.

적이건이 차분히 대답했다.

"마차가 배에 실렸어요."

상월춘과 호양이 깜짝 놀랐다.

"정말인가?"

적이건이 묵묵히 고개를 끄덕였다.

그런 것을 알아차린 적이건이 대단하다고 감탄하기 이전에 도대체 어디로 끌려가는지 불안한 마음이 솟구쳤다.

여인이 침울하게 말했다.

"우린 모두 죽게 될 거예요."

그리고 적이건을 노려보며 덧붙였다.

"당신이 제일 먼저 죽었으면 좋겠어요."

* * *

"루주님, 잠시 가보셔야 할 것 같습니다."

백화루의 총관 홍치(弘治)는 삼십대의 젊은 나이에도 불구하고 매우 침착한 사람이었다. 거기에 뛰어난 머리에 사람 다루는 탁월한 능력까지.

오늘날 백화루가 인근의 가장 크고 유명한 기루로 성장하기까지에는 홍치의 공이 가장 크다고 할 수 있었다.

그를 향한 백화루주 송화(松花)의 표정은 자연 부드러울 수밖에 없었다. 무슨 일인지 묻지 않고 그의 뒤를 따라나선 이유도 그에 대한 무한한 믿음 때문이었다.

두 사람이 값진 그림과 화려한 꽃들로 잘 꾸며진 복도를 함께 걸었다.

"무슨 일이죠?"

"아까 손님이 한 분 왔습니다."

"그런데요."

"손님이 일화(一花)부터 십화(十花)까지 모두 불러들였습니다."

송화가 깜짝 놀랐다.

백화루는 말 그대로 백 송이의 꽃, 즉 백 명의 기녀로 운영되는 기루였다.

백 명의 기녀는 실로 대단한 규모라 할 수 있었다.

하지만 백화루가 유명한 이유는 그 양적인 부분에 있지 않았다. 그 일백 명의 기녀들은 일반 기루에 내로라하는 기녀들만큼이나 아름다운 여인들인 것이다.

기녀들은 각기 일화부터 백화까지 등급이 나누어져 있었는데, 특히 일화부터 십화까지의 여인들은 그야말로 꽃 중의 꽃이라 불릴 정도로 아름다운 여인들이었다.

그녀들은 비단 미모뿐만 아니라 춤과 연주는 물론이고, 다도와 서예, 그림에 이르기까지 다양한 기예에 능했다.

따라서 일화에서 십화까지는 백화루를 대표하는 대표적인 기녀들이라 할 수 있었기에 그녀들을 부르는 값은 매우 비쌌다. 특히 일화를 두고 술을 마시려면 한 시진에 천 냥의 돈이 있어야 했다.

"누군데? 혹 황 대인이 돌아왔나?"

황 대인은 새외를 오가며 무역업을 하는 인근의 거부였다. 가끔 큰 이득을 남긴 날이면 십화 중 서너 명을 데리고 술을 마시며 자신의 재력을 과시하곤 했었다. 하지만 지금까지 십화를 모두 데리고 술을 마신 적은 없었다.

설마해서 물은 거지만 그가 아니란 것을 알고 있었다. 황 대인이라면 홍치가 손님이라 칭했을 리가 없었을 테니까.

"아닙니다. 오늘 처음 온 손님입니다."

"처음 온 손님이라고?"

송화의 얼굴이 활짝 펴졌다. 기루의 주인으로 새 손님이 부자인 것은 언제나 환영할 일이었다. 더구나 일화부터 십화까지 모두 불러들일 거부라면 그야말로 횡재인 것이다.

"한데 그 손님이 여인입니다."

"뭐?"

송화의 발걸음이 딱 멈췄다.

불신에 찬 송화를 보며 홍치가 고개를 끄덕였다.

송화의 표정이 조금 굳어졌다. 기루를 운영하다 보면 별의별 사람을 다 만나게 된다. 여인이라고 기루에 오지 말란 법 없었다. 가끔 여강호들이 홀로 와서 술을 마실 때도 있었다. 술시중을 들어줄 기녀를 부르기도 한다.

하지만 그렇다고 일화부터 십화까지 모두 데리고 술을 마시진 않는다. 그렇게 마시려면 한 시진에 적어도 오천 냥 이상이 든다. 말이 쉬워 오천 냥이지 보통 사람은 평생 구경조차 못할 돈이었다. 아무리 돈이 많아도 여인이 그런 돈을 쓰진 않는다는 말이다.

'일단 만나보면 알겠지.'

손님 보는 눈만큼은 자신있는 그녀였지만 궁금하기도 하고 한편으로 불안도 했다.

손님이 있다는 특실에 도착할 때까지 송화는 아무 말도 하지 않았다.

"들어가겠습니다."

꾀꼬리 같은 소리로 말하고는 조심스럽게 문을 열었다.

커다란 원탁에 정말 십화가 모두 모여 있었다.

그리고 그 가운데 한 여인이 앉아 있었다.

그녀를 보는 순간 송화는 깜짝 놀라 두 눈을 부릅떴다.

방 안에 오직 눈에 띄는 것은 그 여인이었다. 백화루에서 자랑하는 열 명의 여인들은 그 여인 하나에 상대가 되지 않았다.

여인은 물론 유설하였다.

그녀의 등에 매달린 커다란 지옥도가 송화의 눈에 띄었다. 가녀린 체형과 어울리지 않는 그것은 왠지 모르게 송화의 마음을 두렵게 만들었다.

백화루를 키워내면서 산전수전 다 겪은 그녀였다. 삼류 뜨내기들은 물론이고, 제법 이름난 고수들조차 술만 취하면 개가 되는 경우가 허다했다. 그런 그들을 달래고 어르고, 하다하다 안 되면 뒷마당에 파묻으면서 지금까지 성장해 온 그녀였다. 어지간한 고수들은 자체적으로 처리할 힘과 능력이 되는 그녀였다.

센 놈 약한 놈 구별하는 눈은 충분하다는 말이다.

하지만 유설하를 보는 순간의 느낌은 달랐다. 말로 표현하기 힘든 어떤 충격. 처음에는 그것이 유설하의 외모가 아름다웠기 때문이라 생각했다. 하지만 아니었다.

'이 여인, 위험해!'

바로 절로 드는 위압감이었다.

송화가 마음을 다스리고 화사한 미소를 지었다.

"인사드립니다. 본 루를 운영하는 송화라 하옵니다."

송화의 정중한 인사에 유설하가 도도하게 고개를 까닥거렸다.

"잠시 앉지."

"감사합니다."

송화가 십화 사이에 자리를 잡고 앉았다.

"혹 입에 맞지 않는 음식이 있으신지요?"

"괜찮군."

"본 루는 오늘이 처음이신 걸로 알고 있습니다."

대답 대신 유설하가 술잔을 내밀었다. 송화가 사뿐사뿐 걸어와 직접 술을 따랐다.

"여협의 아름다움이 실로 백화를 시들게 할 정도이옵니다. 어찌 이 강호에 이렇게 아름다우신 분이 계신 것을 듣지 못했을까요?"

"중원은 너른 곳이지."

송화가 단호히 고개를 내저었다.

"이 중원이 지금의 열 배 크기라 해도 그 의문은 영원할 것입니다."

유설하가 화사하게 웃었다.

"기분 좋은 말이군."

"금(琴)에 취미가 있는 아이가 있습니다. 한 번 들어보시겠습니까?"

대답을 듣지 않고 송화가 이화에게 눈짓을 했다. 십화 중에

사인동행 59

가장 악기를 잘 다루는 그녀였다.

이화가 자리에서 일어서려는데 유설하가 손을 들며 그녀를 제지했다.

"다음에 듣지. 오늘은 시간이 없어서."

시간이 없다는 말에 송화는 의아한 마음이 들었다. 이제 막 시작한 술자리인데 시간이 없다니? 이미 지불한 돈만 해도 한 시진은 충분히 즐길 수 있었다.

유설하가 손을 스윽 들었다.

드르륵!

그러자 문이 열렸다.

문밖에 서 있던 총관 홍치가 당황한 얼굴로 고개를 들었다.

"자네도 들어오지."

"규칙상 들어갈 수 없습니다."

홍치가 정중히 대답했다.

본래 총관은 손님방에 들어오지 않는 법이었다. 총관뿐만 아니라 백화루의 그 어떤 남자도 손님 앞에 나서지 않았다. 단 한 경우, 일이 생겨 고수가 나서야 할 때를 제외하고는.

유설하가 술잔을 비우며 말했다.

"가끔은 규칙을 못 지킬 수도 있겠지."

홍치가 송화를 쳐다보며 명을 기다렸다.

송화가 고개를 끄덕였다. 원칙을 따지기에는 지금 상황은 특별했다.

조심스런 발걸음으로 홍치가 안으로 들어왔다.

"자네도 앉지."

명령조에 가까운 유설하의 말에 홍치가 말석에 자리했다.

상황이 이렇게 되자 자연 분위기는 가라앉았다.

모두들 기분이 이상했다. 어떤 말로 표현할 수 없는 기운이 자신을 감싸고 있는 것 같았다. 그것은 그 방에 있는 모두들 비슷한 기분이었다.

공기가 살아 숨 쉬며 자신을 휘감는 느낌. 그렇다고 긴장되거나 기분이 나쁘지 않았다. 다만 뭔지 모를 팽팽함에 온몸이 경직되었다.

술잔을 비운 유설하가 차분히 말했다.

"시간이 있다면 다른 방법으로 조사를 했겠지만, 아쉽게도 내겐 시간이 없어."

"무슨 말씀이신지요?"

유설하가 모두를 천천히 둘러보았다.

"너희들 중 하나는 분명 그들과 관련이 있다고 생각한다."

모두들 의아한 눈빛으로 유설하를 쳐다보았다.

유설하가 불쑥 말했다.

"비연회!"

방 안에 있던 사람들 중 단 한 사람이 그 말에 반응했다. 사실 너무나 미약해 반응이라 할 수도 없는 놀람이었다. 당사자는 오랫동안 정체를 숨겨왔고, 무공의 고수였다. 누군가 갑자기 정체를 캐물어온다고 표를 낼 애송이가 아니었다.

송화가 의아한 얼굴로 물었다.

"비연회라니요?"

그러자 유설하가 미소를 지었다.

"자네들은 알 것 없네."

유설하가 자리에서 일어났다.

그녀의 손길이 스윽 허공을 가로지르는 순간.

파파파파파파팍!

송화와 십화가 동시에 쓰러졌다. 유설하가 단 한 수로 그들 모두의 수혈을 제압한 것이다.

오직 잠이 들지 않은 사람은 한 명이었다.

바로 총관 홍치였다.

그를 바라보며 유설하가 차갑게 말했다.

"비연회에 대해 알고 있는 모든 것을 말하라."

"무, 무슨 말씀이신지?"

홍치가 덜덜 떨며 뒷걸음질을 쳤다.

"그 문을 열고 달아나려 한다면, 네 두 발을 자를 것이다."

홍치가 침을 꿀꺽 삼켰다. 물론 자신도 고수였다. 어떤 최악의 상황이라도 자신의 몸 하나 내뺄 정도의 실력은 있다고 자부한 그였다.

하지만 손짓 한 번에 십여 명을 순식간에 잠들게 만든 상대라면?

"나는 두 번 말하지 않는다."

그 순간 홍치는 누군가를 기다렸다.

과연 기다렸던 이가 움직여 주었다.

덜컹! 덜컹!

천장과 벽이 동시에 열리는 순간.

백화루를 지키는 숨은 고수가 움직인 것이다. 특히 두 사람은 송화를 지키는 고수들이었다.

그들의 움직임은 그야말로 전광석화처럼 빨랐다.

콰직!

머리 위에서 떨어져 내린 사내가 탁자를 부수며 땅바닥으로 추락했다. 검을 휘둘러 보기도 전에 이미 그는 혈도가 제압당한 것이다.

벽에서 튀어나온 사내의 검에서 검기가 발출되려는 그 순간.

팍!

사내도 꼬꾸라졌다. 유설하의 지풍에 마혈이 제압당한 것이다.

두 사내가 제압당한 것은 그야말로 순식간에 일어난 일이었다.

그들의 공격을 틈타 탈출하려던 홍치는 아직 한 발짝도 떼어놓지 못한 상태였다.

그들이 이렇게 빨리 제압당하리라곤 정말 상상도 못했다.

사인동행 63

마치 모두가 짜고 자신을 농락하는 기분이었다.

"무슨 말씀인지……."

쉬익— 퍽—

"크악!"

홍치의 입에서 짤막한 비명이 터져 나왔다. 유설하가 날린 젓가락이 어깨에 박힌 것이다.

유설하가 젓가락통을 앞으로 가져왔다. 나무통에 담긴 젓가락을 대충 세어보더니 유설하가 웃으며 말했다.

"적어도 오십 번 정도는 잡아떼도 되겠군."

그 말에 홍치가 기겁했다. 오십 번이나 젓가락을 던져 자신의 몸에 박겠다는 뜻이었다.

단순한 협박이 아니었다. 그냥 알 수 있었다.

두려움 가득한 얼굴로 홍치가 고개를 푹 숙였다.

"어떻게 저인 줄 아셨습니까?"

"공파진류(空波眞流)라는 무공이지. 공기의 파동으로 상대가 어떤 말에 반응을 하는지 안 하는지 알아보기 위한 수법이네. 주로 고문기술자들이 익히고 있는 저급한 무공이지."

"아."

방 안에 들어섰을 때, 왠지 모르게 방 안 공기가 다르다는 느낌이 들었다.

자신의 반응을 파악한 그것이 저급한 무공이라고?

웃기는 소리 말라고 고함을 지르고 싶었다. 무공 자체는 저

급했을지 몰라도 방금 전 펼쳐진 경지는 그야말로 최고였다.

"다 말씀드리겠습니다."

홍치가 비연회에 포섭된 것은 칠 년 전의 일이었다.

홍치는 백화루에 비할 바는 아니지만, 그래도 나름 이름있는 기루의 칼잡이였다. 착실하게 일하며 돈을 벌며 언젠가 기루를 차리겠다는 꿈을 지닌 그에게 암흑의 기운이 드리운 것은 그가 도박에 빠져들면서였다. 애서 모았던 돈을 노름으로 다 날리고 막대한 빚까지 졌다.

최악의 상황에 직면한 그는 빚을 내준 염왕채 조직과 일전까지 생각해야 할 상황이었다. 그때의 무공 실력은 지금과는 비교할 수 없이 약했고, 일백 명이나 되는 칼잡이들로 이뤄진 염왕채 조직과의 일전은 그야말로 자살행위에 불과했다.

그때 비연회가 그에게 접근해 왔다. 비연회는 염왕채 조직을 없애고 그에게 새로 인생을 시작할 기회를 주었다. 그는 기꺼운 마음으로 비연회에 가입했다.

이후 비연회가 암중으로 힘을 써준 탓에 그는 백화루의 총관으로 들어올 수 있었다.

기녀들을 총괄 관리하는 그는 자의든 타의든 이런저런 정보를 많이 접했다. 비연회가 원한 것이 바로 그 정보였다.

또 다른 역할은 일종의 장소 제공이었다.

비연회에선 포섭대상을 이곳으로 데려왔다. 남자의 긴장을 풀게 만드는 가장 적합한 곳이 기루였다.

홍치의 임무는 혹시 있을지 모를 돌발상황을 감시하고 조종하는 일이었다.

유설하가 차갑게 물었다.

"이곳에서 회합을 가진다고 듣고 왔다."

"맞습니다."

"다음 회합은 언제지?"

"……."

유설하는 잠시의 망설임도 용서하지 않았다.

또 다른 젓가락이 허공을 갈랐다. 반대쪽 어깨에서 피를 뿜어내며 홍치가 비명을 질렀다.

"안 들리는군."

"내, 내일 밤입니다!"

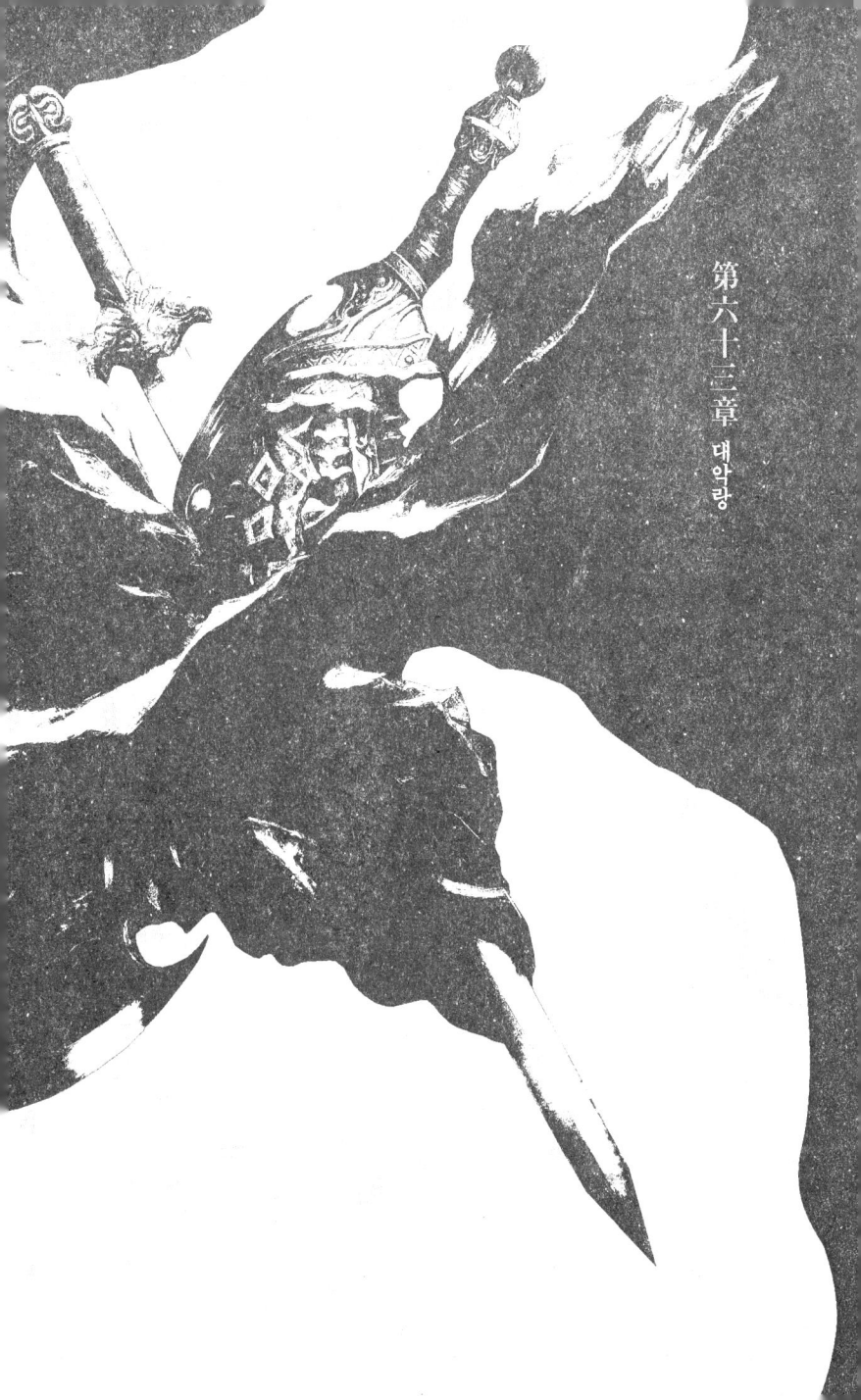

第六十三章 대악랑

絶代君臨
절대군림

    이틀이 지나도록 적이건 일행은 마차에 갇혀 있었다. 지난 밤, 마차는 배에서 내려졌고 다시 달리기 시작했다.

    "아아! 배고파."

    호양은 정말이지 배가 고파 미치기 직전이었다. 고작 이틀을 굶었는데 정신이 혼미해질 정도였다. 누군가 먹을 것을 준다면 악귀와 계약을 맺을 수도 있을 것 같았다.

    여인은 굳어버린 떡처럼 벽에 기댄 채 꼼짝도 하지 않았다.

    아주 가끔 적이건을 차가운 시선으로 쳐다봄으로써 자신이 여전히 화가 나 있음을 보여주었다. 내색은 안 했지만 그녀 역시 배고픔에 몹시 괴로운 눈치였다. 또 생리현상을 처리할 수 없다는 이중고까지 모두를 괴롭혔다.

상월춘이 적이건에게 물었다.

"자넨 정말 잘 참는군."

"이쯤은 별것 아니죠."

"배고프지 않나? 대단하군그래."

"보름까지도 굶어본 적이 있으니까요."

"어쩌다가 그런 일을 당했나?"

"어렸을 때였죠. 그냥 그조차도 배움이 된다고 믿었던 때였죠."

"허허허. 젊음이란 그렇게 좋은 것이지."

말과는 달리 상월춘은 적이건의 허풍이라 여겼다.

젊은 사람일수록 허기를 견디기 더 어려운 법이었다. 보름을 굶는다는 것은 말처럼 그리 쉬운 일이 아니었다. 상상을 초월하는 체력과 정신력이 있어야만 가능한 일.

하지만 상월춘은 굳이 그런 마음을 내색하지 않았다. 한 운명에 처했다는 동질감 때문이었다. 그 동질감은 이 정도 허풍은 굳이 따지지 않아도 될 만한 호감으로 이어졌다.

상월춘은 특히 적이건에게 호감이 많았는데, 아들 때문이었다. 지금 어딘가에 살아 있다면 딱 적이건 나이쯤일 것이다.

'어디서 무엇을 하고 있을까?'

편하게만 자라 생활력이라곤 빈대 손톱만큼도 없던 아들이었다. 아마 거지 신세가 되어 어딘가를 떠돌고 있거나… 어쩌면 벌써 죽어버렸을지도 모를 일이었다.

후회란 언제나 돌이킬 수 없을 때 절실한 법.

상월춘의 눈에 눈물이 고였다. 죽기 전에 한 번만 볼 수 있으면 좋겠다는 생각이 간절히 들었다.

누군가 말했다.

인간이란 인생의 반은 부모 때문에 고생하고, 나머지 반은 자식 때문에 고생한다고.

적어도 그 이야기의 반은 상월춘 그의 인생에도 해당되는 이야기였다. 그에게 주어진 모든 괴로움은 아들에 대한 그리움에서 기인하는 것이었으니까.

상월춘이 긴 한숨을 내쉬었다.

그의 한숨만큼이나 마차 안 분위기는 침울했다. 배고픔에 지치고 두려움에 지쳐 모두들 탈진 직전이었다.

얼마나 더 그렇게 달렸을까? 영원히 멈추지 않을 것 같았던 마차가 드디어 멈춰 섰다.

마차 문이 열리자 마차를 몰고 왔던 무인 둘이 무표정하게 서 있었다.

"다 내려라!"

호양이 속으로 이제 살았다를 외쳤다. 밖에 무엇이 기다리고 있든 적어도 지금의 배고픔은 끝날 것이라 생각했다.

네 사람이 차례로 마차에서 내렸다.

가장 먼저 마차에서 내린 호양이 소리쳤다.

"여긴 섬이 아니잖아?"

빠악, 무인이 사정없이 호양의 머리통을 후려쳤다.

"입 다물어!"

마차가 배에 실렸을 때, 호양은 자신들이 섬으로 끌려간다고 생각했다.

하지만 그곳은 섬이 아니었다. 그곳은 마차 한 대가 서면 길이 꽉 찰 골목길이었다.

주위에 큰 기와 건물들이 즐비했다. 굳이 눈을 가릴 필요가 없었다. 주위는 어두웠고, 또 눈에 보이는 것은 담벼락뿐이었다. 그곳이 어딘지 알아볼 만한 것이 전혀 없었다.

골목 끝에 또 다른 무인 두 사람이 그들을 기다리고 있었다. 일행을 데려온 무인들이 한 뭉치의 서류를 기다리고 있던 무인에게 건넸다.

이제야 긴장이 풀렸는지 가벼운 잡담을 나눴다.

"수고했네."

"빌어먹을! 어찌나 달렸는지 신물이 넘어오네."

"여기 처박혀 썩어봐야 그런 소리 안 하지."

"그럼 바꾸자고!"

곧바로 마차가 출발했다. 정말 신물이 날 만도 했다.

인계받은 무인들이 그들을 골목 끝 작은 문으로 끌고 들어갔다.

호양은 어디선가 나는 향긋한 음식 냄새에 취해 정신을 못

차리고 있었다. 느낌상 어디 객잔의 뒤채인 듯 보였다.

호양이 기쁜 얼굴로 속삭였다.

"드디어 밥을 먹게 되겠군."

그가 기쁜 얼굴로 적이건을 돌아보았다. 하지만 적이건의 표정은 자신과 달랐다.

"그렇지 않을 것 같은데."

"왜?"

"객잔에 왔다고 밥을 줄 사람들이라면 진작 식은 주먹밥이라도 넣어주었겠지."

그 말을 들은 인솔무인들이 사악한 미소를 지었다.

"개자식, 눈치 한 번 빠르군."

호양의 인상이 구겨졌다. 한옆에 쌓인 식재료로 달려가 생고기라도 씹어 먹고 싶었다.

마지막까지 호양은 기대를 저버리지 않았다.

'설마 그냥 지나치겠어?'

설마가 현실이 되었다.

객잔으로 통하는 문을 지난 그들이 도착한 곳은 허름한 창고였다. 밥 이야기를 다시 꺼냈다가 귀싸대기를 맞은 호양의 눈에 눈물이 맺혔다.

그러거나 말거나 무인들은 그들을 창고 안으로 데리고 들어갔다.

창고 안에는 갖가지 잡동사니들이 가득 쌓여 있었다.

무인이 바닥의 상자를 치웠다.

그러자 지하로 내려가는 비밀문이 모습을 드러냈다.

호양은 덜컥 겁이 났다. 밥은 고사하고 본격적인 고생길이 느껴진 것이다.

지하 통로로 십여 장 걸어가자 작은 문이 하나 나왔다. 무인이 벽에 걸린 횃불을 조작하자 문이 열렸다.

문 뒤로 십여 명이 설 수 있는 작은 공간이 나왔다.

무인들이 네 사람을 그곳으로 몰아넣었다.

무인들은 함께 타지 않았다. 그들의 임무는 네 사람을 그곳까지 데려오는 것이었다.

서서히 닫히는 문 사이로 무인들이 의미심장하게 웃었다.

기어코 호양이 눈물을 보이고 말았다. 자신들이 가야 할 곳의 험난함을 미뤄 짐작할 수 있는 그런 웃음을 본 것이다.

우우우웅!

그들이 탄 공간이 아래로 내려가기 시작했다.

모두들 침묵한 가운데 숨 막히는 시간이 계속 흘렀다.

그렇게 얼마나 내려갔을까?

쿠릉.

하강하던 것이 멈춰 섰다.

문이 열리고 네 사람이 내렸다.

그곳은 대기실이었는데 사내 하나가 기다리고 있었다.

그가 네 사람의 포승줄을 풀어주었다. 이제는 더 이상 포승줄이 필요없다는 태도였다.

호양과 상월춘이 인상을 쓰며 팔을 주물렀다.

'아파 죽겠군.'

오랫동안 피가 통하지 않아 팔을 제대로 움직이지도 못할 지경이었다.

그에 비해 적이건은 아프지도 않은지 팔을 앞뒤로 빠르게 휘둘러 댔다.

사내가 네 사람에게 옷을 나눠 주었다.

"갈아입고 대기하도록."

그리고는 한옆의 문을 열고 나갔다.

옷에는 번호가 매겨져 있었는데 순차적으로 이어져 있었다.

적이건의 번호가 이천팔백육십번이었고, 상월춘과 호양, 여인의 순으로 이어졌다.

옷을 갈아입으며 호양이 설마하는 표정으로 말했다.

"우리 말고도 잡혀온 사람들이 이렇게나 많다는 것은 아니겠지?"

적이건의 생각은 그와 달랐다.

분명 이 숫자만큼 잡혀왔을 것이다.

도대체 무엇을 위해 이 많은 사람들을 잡아온 것일까?

예상한 것 중 하나가 중노동이었다.

지하에 내려오니 정말 그런 것 같았다. 지하광산을 개발하고 있을지 모를 일이었다. 거대한 금광이라도 캐는 것일까?

호양이 겁먹은 얼굴로 말했다.

"무슨 일을 시키려는 거지?"

막상 목적지에 도착했다 생각하니 한없이 두려워졌다. 그것은 상월춘도 마찬가지였다. 그의 떨리는 손을 보며 호양이 말했다.

"노인장도 별수없구려."

"의미없는 죽음을 당하고 싶지 않을 뿐이네."

적이건이 돌아보니 여인은 여전히 옷을 갈아입지 못한 채 서 있었다.

적이건이 재빨리 상월춘과 호양을 잡아끌고 한쪽 벽으로 가서 돌아섰다.

"안 돌아볼 테니 어서 빨리. 늦으면 아까 그자 앞에서 입어야 할 거야. 그러니 서둘러."

여인이 서둘러 옷을 갈아입었다.

적이건에 대한 적개심이 조금 풀렸다. 자연 그를 향한 눈빛이 조금 부드러워졌다.

네 사람이 옷을 다 갈아입었다. 숫자가 적힌 옷을 입고 있자니 그야말로 죄인이 된 기분이었다.

잠시 후 아까의 사내가 돌아왔다.

"모두 따라오도록."

그를 따라 대기실을 나섰다.

대기실 밖은 제법 큰 객청이었다. 앞서 대기실의 허름하고 음습한 분위기에 비해 객청은 매우 깨끗하고 잘 정리되어 있었다. 벽 하나를 두고 이렇게 달라도 되는 걸까란 생각이 들 정도였다.

객청 양옆으로 십여 명의 무인들이 시립해 서 있었다. 태양혈이 불끈 솟은 강렬한 안광의 고수들이었다.

네 사람이 줄 서듯이 나란히 서자, 이윽고 누군가 들어왔다.

태사의에 앉은 사내는 단단한 체구를 지닌 거구사내였다. 거대한 철덩어리 같은 느낌의 사내였다.

사내가 적이건 일행을 천천히 돌아보았다.

"오늘은 넷인가?"

물음에 왠지 모를 나른함이 느껴졌다. 자신의 일에 보람보다는 짜증이 가득한 느낌.

"계집도 끼어 있군. 고개를 들도록."

사내의 명령에 여인이 두려운 듯 몸을 움츠렸다.

시립해 있던 무인 하나가 여인에게로 걸어갔다.

"이년이 귀가 먹었나?"

무인이 강제로 여인의 머리채를 잡아 올렸다.

여인의 얼굴이 드러났다.

무인이 놀라 거칠게 밀었다.

"크아악, 퉤!"

태사의의 사내가 더럽다는 듯 침을 뱉었다.

"빌어먹을! 눈만 버렸군."

쓰러진 여인은 수치심에 얼굴이 붉게 달아올랐다. 고개를 푹 숙인 여인의 어깨가 가늘게 떨렸다.

적이건이 그녀를 일으켜 세우며 말했다.

"울지 마. 울 가치가 없는 일이야."

자연 거구사내의 시선이 적이건을 향했다.

"이름이 뭔가?"

"적이건이다. 그러는 네 이름은 뭐냐?"

"핫!"

거구사내가 어이없다는 듯 헛바람을 내뱉었다.

하긴 이 일을 하다 보면 죽자고 달려드는 놈이 꼭 있기 마련이었다.

사내의 얼굴에 가소로움이 스쳤다. 시립한 무인들 역시 가소로운 미소를 지었다.

일단 패고 볼까 하다가 사내가 마음을 바꿨다.

"몽악(夢惡)!"

몽악이란 이름에 반응한 것은 호양이었다. 그의 얼굴이 사색이 되었다.

"설마 대악랑(大惡狼) 몽악?"

호양의 턱이 해골처럼 덜덜거렸다. 예전 낭인 생활을 하며 강호를 떠돌 때 몽악에 대해 숱한 소문을 들었다.

몽악은 강호에 아주 유명했던 사파고수였다. 대악랑이란 별호가 말해주듯 그는 매우 잔혹하고 사악했다.

대악랑이란 별호는 과거 그가 용검장(龍劍莊)을 몰살시킨 후에 얻은 흉명이었다. 그는 검가 내의 생명체라곤 개 한 마리 남겨놓지 않았다.

그들을 몰살시킨 이유는 그야말로 너무 사소해 듣는 이들의 치를 떨게 만들었다.

용검장과 인연이 깊었던 정파인들이 나서서 추살대까지 동원했지만 희생자만 더했을 뿐 끝내 그는 잡히지 않았다.

십오 년 전 돌연 강호에서 사라진 그를 오늘 이곳에서 만나게 된 것이다.

"살려주십시오!"

호양이 넙죽 엎드렸다.

"제발 살려주십시오! 제발!"

호양의 애원에서 느껴지는 두려움과 공포가 몽악의 오감을 자극했다. 살려달라고 매달리는 자를 내려다보는 즐거움은 언제나 짜릿하다. 술이나 계집보다 백배는 강렬한 즐거움과 쾌감, 그것은 바로 인간을 지배하는 일이다.

하지만 오늘은 좀 달랐다. 빌기 시작한 놈이 한 놈뿐이었다.

'넷이나 되는데 말이지.'

몽악이 천천히 남은 세 사람을 응시했다.

우선 상월춘은 반쯤 삶의 희망을 포기한 상대였다. 물론 두려운 마음도 있었지만 호양처럼 적극적으로 자신의 삶을 구하려 애쓸 정도는 아니었다. 그는 이러지도 저러지도 못하고 엉

거주춤 서 있었다.

여인은 머리를 늘어뜨린 채 아무 말이 없었고, 적이건은 오히려 도발적인 눈빛으로 자신을 응시하고 있었다.

'이런 개 잡것들!'

몽악의 입가에 싸늘한 미소가 지어졌다.

다시 생각하면 환영할 일이었다. 변함없는 일상에 지쳐 버린 그에게 이런 작은 변수는 언제나 흥미로운 일이니까.

'천천히 즐겨볼까?'

몽악의 시선이 호양에게로 향했다.

"네가 살아야 할 이유를 대라."

순간 호양의 눈알이 바쁘게 구르기 시작했다.

그런 그에게 적이건이 나직이 말했다.

"그러지 마. 그럼 제일 먼저 죽게 돼."

"뭐?"

호양이 놀라 적이건을 돌아보았다.

적이건이 몽악을 응시하며 말했다.

"이런 식이면 당신 더 빨리 죽게 된다고."

마차를 타고 오면서 지켜본 적이건이라면 헛소리를 늘어놓을 것 같지 않았기에 호양이 떨리는 목소리로 물었다.

"왜지?"

적이건이 몽악을 응시하며 단호히 말했다.

"저놈이 아주 더러운 놈이기 때문이지."

몽악이 피식하고 웃었다. 지켜보던 무인들이 큰소리로 웃었다.

적이건은 진지했다.

"어머니께서 항상 말씀하셨지. 악한 놈들에게는 굳이 잘 보이려 할 필요가 없다고. 악하면 악할수록 더 그렇다고. 악인들은 상대가 약하다는 냄새를 맡으면 더 개지랄을 떤다고. 난 그 말씀에 전적으로 동의해. 지금까지 봐온 모든 악당 놈들이 다 그랬거든. 저놈도 다르지 않을 거야."

몽악이 폭소를 터뜨렸다. 이런 거창한 도발은 실로 오랜만의 일이었다.

"크하하하하!"

거대한 분노가 뒤따라올 것 같은 그런 웃음이었다.

호양은 적이건의 말에 절대 동의할 수 없었다. 아니, 동의하고 싶지 않았다. 자신이 살아온 인생은 그렇지 않았다. 악인을 만났을 때 정의로운 척하는 놈이 가장 먼저 죽었다. 발바닥을 핥으라면 핥고, 가랑이 사이를 기라면 기고. 살기 위해선 어떤 수모도 감수할 수 있었다. 그래야만 산다. 호양의 인생이 그러했다. 확신하건대 이 자리에서 가장 먼저 죽게 되는 것은 적이건이 될 것이다.

호양이 몽악에게 소리쳤다.

"전 저놈과 아무 관련이 없습니다!"

적이건이 크게 탄식하며 고개를 내저었다.

"그러지 말라니까."

그러자 호양이 버럭 소리쳤다.

"닥쳐라! 저분이 어떤 분인지 알고 그딴 망발을 했더냐?"

"약한 모습 보이면 더 갖고 놀려는 놈."

"닥치라니까!"

호양이 목에 핏대를 세웠다.

그래, 몰라서 그럴 것이다. 대악랑의 소문을 한 번이라도 들었다면 저러지 못할 것이다. 멍청한 놈 같으니!

상대가 대악랑이란 것을 안 이상 어떻게 해서라도 그의 눈에 들어야 했다. 호양은 살고 싶었다.

몽악이 호양에게 넌지시 물었다.

"살고 싶은가?"

"살고 싶습니다!"

쨍그랑.

한 자루의 검이 호양 앞에 던져졌다.

놀란 호양에게 몽악이 나른하게 말했다.

"죽여. 누구든 하나만. 그럼 넌 살려주겠다. 고기로 포식도 하게 해주지. 단, 죽이지 못하면 네가 죽는다."

적이건이 인상을 찡그렸다.

"거봐. 이렇다니까."

호양에게 적이건의 말은 들리지 않았다. 고기로 포식하게 해주겠다는 말만 울리고 있었다. 잊고 있었던 허기가 미친 듯이 밀려들었다.

호양의 갈등은 길지 않았다. 의리? 고작 이틀간, 같은 마차에 동행했을 뿐이었다.

살면서 여러 일을 겪었다.

남에게 인정을 베풀어서 손해를 보지 않은 적이 없었다.

'뭐가 어때서. 하나 죽이면 되지.'

호양이 천천히 검에 손을 내뻗었다.

적이건이 경고했다.

"그러지 마."

잠시 멈칫거리던 호양이 다시 손을 내밀어 검을 쥐었다.

'이 검이라면 죽일 수 있다.'

어차피 모두들 내력이 제압당한 상태였다.

몽악은 그 모습을 흥미진진하게 쳐다보았다.

호양의 두 눈이 붉게 충혈되었다. 분노와 두려움과 수치심이 뒤섞인 상태였다.

"막지 마! 너희는 죽이지 않을게."

"그럼 누굴 죽이려고?"

호양의 시선이 여인에게로 향했다.

적이건이 고개를 내저었다.

"그건 아니지."

"이게 맞아!"

호양이 검을 휘두르며 달려들었다. 대상은 바로 여인이었다.

적이건이 그 앞을 막아섰다.

"비켜!"

호양이 악을 쓰며 위협적으로 검을 휘둘렀다.

물론 적이건은 비키지 않았다.

적이건이 호양을 감싸 안았다. 몸싸움을 하던 두 사람이 한 바퀴 회전했다.

완전히 한 바퀴 돌았을 때, 호양의 손에 들려 있던 검이 사라졌다.

쫘앙!

객청을 울리는 타격음.

파르르르!

태사의에 박힌 검이 떨리고 있었다.

고개를 젖혀 검을 피한 몽악의 표정이 일그러져 있었다.

호양의 검을 낚아챈 적이건이 벼락처럼 빠르게 몽악을 향해 검을 날린 것이다.

방심하다가 낭패를 당할 뻔한 몽악이 식은땀을 흘렸다.

내력이 제압당한 상태에서 이렇게 빠르게 검을 날릴 줄 정말 상상도 못한 그였다.

몽악은 확신했다. 내력이 제압당하기 전에 엄청난 놈이었다는 것을.

'거물이 들어왔군. 그래서 그렇게 건방을 떠셨다?'

적이건이 멋쩍게 웃었다.

"역시 무리였나?"

몽악이 애써 태연한 척 말했다.

"아주 재미난 놈이군."

적이건이 냉정한 눈빛을 발했다.

"거기서 내려다보며 사람을 조종하니까 기분이 좋나?"

"그렇다면?"

그러자 적이건이 한옆에 멍하니 서 있는 호양을 한 번 힐끗 본 후 다시 말했다.

"저 사람보다 네놈이 더 졸렬해."

그건 절대 아니라고 생각했는지 몽악의 얼굴이 시뻘겋게 달아올랐다.

적이건의 조롱이 이어졌다.

"남에게 상처 주기 좋아하는 놈들은 제놈이 받는 상처를 견디지 못하지. 더럽고 치사하게 말이야."

이미 장난으로 들어줄 정도를 넘어섰다.

적이건과 가장 가까이에 있던 무인이 달려들었다. 가볍게 제압해 무릎을 꿇릴 작정이었는데, 일은 그의 생각처럼 진행되지 않았다.

적이건이 허공으로 몸을 날리며 두 번 연달아 발길질을 날렸다.

팡! 파팡!

예상치 못한 공격이었기에 사내는 피하지 못했다. 공격 자체도 워낙 강한데다 자신이 달려들던 가속도까지. 충격이 더욱 컸다.

"컥!"

연달아 가슴을 적중당한 사내가 뒤로 자빠졌다.

물론 내력이 담기지 않았기에 즉사하지 않았다. 벌떡 일어난 사내의 가슴에 시커먼 멍이 들었다.

하지만 사내는 아픈 것도 잊은 채 수치심으로 얼굴이 붉어졌다. 아무리 기습이었다 해도 상대는 내력 한 줌 없는 상대였고 자신은 일류고수였다. 추태도 이런 추태가 없었다.

파파파팡!

다시 쇄도하며 사내가 거칠게 주먹을 날렸다.

보이지도 않는 빠른 주먹질을 적이건이 몸을 비틀어 피했다.

피릿!

적이건의 팔꿈치가 사내의 턱을 스쳤다.

사내가 내심 간담을 쓸어내렸다. 얼마나 그 움직임이 빨랐으면 제압당한 내력이 풀린 것이 아닌가 하는 생각이 들 정도였다.

평정심을 잃지 않았다면 좀 더 쉽게 풀어나갈 싸움이었지만 사내는 크게 흥분하고 있었다.

순식간에 십여 수가 지나갔다.

적이건은 놀라우리만치 잘 싸우고 있었다.

보다 못한 또 다른 사내 하나가 달려들었다.

적이건은 둘을 상대해 내지 못했다. 내력 없는 움직임은 결국 한계가 있었다.

픽! 퍼퍽!

무인들의 매질이 쏟아졌다.

하지만 적이건은 고통을 참으며 몽악을 노려보았다.

허벅지를 강타해 적이건의 무릎을 억지로 꿇렸다.

그래도 적이건의 기가 꺾이지 않자 사내들이 더욱 모질게 매질했다. 적이건은 오히려 입가에 미소까지 머금었다.

몽악이 손을 들어 무인들을 제지했다.

"제법 깡다구가 있으시다?"

"난 남자거든!"

몽악의 눈에 살기가 감돌았지만 입가의 피를 슥 닦으며 적이건의 도발은 계속되었다.

"혈도 풀어주고 한 판 정식으로 붙자. 못하지? 남자들만 할 수 있는 일이니까."

몽악의 입매가 묘하게 말려 올라갔다.

비웃음엔 비웃음으로. 적이건 역시 웃고 있었다.

적이건이 불쑥 물었다.

"솔직히 너 혈도 못 풀지?"

생각지 못한 질문에 몽악이 살짝 당황했다.

그 찰나의 당황을 읽어낸 적이건이 기회를 놓치지 않았다.

"과연 그렇군. 그저 개에 불과했어. 대악랑 좋아하시네."

정곡을 찔린 몽악의 표정이 완전히 일그러졌다. 적이건의 말처럼 이곳에 끌려오는 자들의 제압은 풀어주고 싶어도 자신은 그 해법을 알지 못했다.

빠직.

의자 모서리가 부서져 나갔다.

몽악이 벌떡 자리에서 일어났다.

"뭘 믿고 까부는지 도무지 알 수가 없군."

그러자 상상도 못할 대답이 흘러나왔다.

"네게 월봉을 주는 사람."

"…뭐?"

"그래. 날 이곳에 보낸 사람이 바로 비연회주야."

회주란 말에 몽악이 침을 꿀꺽 삼켰다.

진위를 밝히려는 몽악의 시선이 적이건을 파고들었다.

적이건의 자신감 가득한 태도에 몽악이 소리쳤다.

"야! 서류 가져와!"

수하가 서둘러 서류를 가져왔다. 평소 읽어보지도 않던 것이었다.

서류를 내려다보던 몽악이 버럭 소리쳤다.

"개소리를 지껄였군!"

"서류 따위에는 있을 리가. 그녀가 그러더군. 특별대우는 하지 않겠다고."

평소 몽악의 성격이라면 당장 달려들어 맨주먹으로 때려 죽여도 이상치 않을 상황이었는데, 몽악은 찝찝한 표정으로 망설이고 있었다.

몽악이 망설이는 이유는 한 가지였다.

적이건이 회주가 여자란 것을 알고 있다는 점이었다. 그 사실은 비연회 내에서도 극히 일부만 아는 비밀 중의 비밀이었다.

"이곳에 온 이상 회주라 해도 간섭할 수 없다. 더구나 명줄을 보존해야 할 놈 같으면 다른 지시가 내려왔겠지."

그러자 적이건이 씩 웃었다.

"그럼 어디 죽여보시지."

몽악은 결국 적이건의 기세에 밀렸다.

저 정도 기세와 앞서 검을 날린 실력을 미뤄볼 때 분명 범상한 놈은 아닐 터.

'확실히 회주와 관계가 있군. 빌어먹을! 그럼 따로 언질을 해주든지.'

비연회주의 일 처리에 불만이 솟구쳤다.

하지만 회주를 떠올리곤 이내 고개를 내저었다. 몇 번 보지도 않았지만 회주는 만날 때마다 섬뜩한 느낌을 주었다. 무슨 생각을 하는지 도통 알 수 없었다. 이런 일이 없으리란 법 없지.

"일단 보내!"

몽악이 일단이란 말에 힘을 실었다.

끼이이익!

한쪽 벽면의 문이 열렸다. 끝이 보이지도 않는 긴 통로가 보였다.

네 사람이 그쪽으로 이동하던 그때였다.

퍽!

수박 깨지는 소리와 함께 호양이 쓰러졌다.

몽악이 부서진 태사의 조각을 그의 머리로 날린 것이다.

"안 돼!"

적이건이 소리치며 달려갔지만 이미 호양은 절명한 후였다.

몽악이 사악하게 웃으며 말했다.

"약속은 약속이니까. 흐흐흐."

앞서 누군가를 죽이지 않으면 죽이겠다는 그것을 말하는 것이었다.

물론 약속 때문이 아니라 누군가를 죽이지 않고는 살심이 솟구쳐 견딜 수 없었기 때문이었다.

"빌어먹을!"

적이건의 불끈 쥔 두 주먹이 파르르 떨렸다.

딱히 정이 든 것도 아니었지만 살려주고 싶었다. 비록 자신의 목숨을 구하고자 해서는 안 될 짓을 저질렀지만, 그 행동을 비난하고 싶은 마음은 없었다. 그저 살기 위한 발버둥이었으니까. 가장 강한 듯 설쳐 댔지만 실제 그는 일행 중 가장 마음이 약한 사람이었다.

무인들이 세 사람을 복도로 밀어붙였다.

들어가기 전에, 적이건이 몽악을 돌아보며 싸늘히 내뱉었다.

"너! 내게 완전히 찍혔어!"

몽악이 어이없다는 표정을 지으며 고개를 내저었다. 기가 막혀 화가 나지 않았다.

"너, 도대체 뭐 하던 놈이냐?"

몽악과 적이건이 동시에 이를 갈았다.

"너 죽는 그날 알려주마."

"제 이름은 가연이에요."

끝이 보이지 않는 긴 복도를 걸어가는 중에 여인이 입을 열었다.

적이건이 그녀를 돌아보며 씩 웃었다.

"예쁜 이름이네."

가연이 피식 웃었다.

고마운 마음에, 앞서의 행동들을 용서하겠다는 뜻으로 가연이 말했다.

"혹시라도 살아남게 되면… 깃발을 만들죠. 제 얼굴을 고쳐줄 사람을 구한다는."

물론 진심은 아니었다. 그저 감사인사를 대신하는 지나가는 말에 불과했다.

그러자 적이건이 의외의 대답을 했다.

"그럴 필요 없어."

"왜죠?"

"그 얼굴, 고쳐 줄 수 있는 사람 내가 알고 있거든."

"뭐라고요!"

순간 가연이 너무 놀라 두 눈을 부릅떴다. 상월춘마저 깜짝 놀랐다.

"정말인가?"

상월춘의 물음에 적이건이 고개를 끄덕였다.

진지한 표정이 전혀 거짓말하는 것 같지 않았다.

한참을 멍한 얼굴로 서 있던 그녀가 물었다.

"누군데요?"

"할머니. 어쩌면 부모님도 가능하실지 모르고."

"아아아."

말을 듣는 순간. 가연이 자조의 한숨을 내쉬었다.

'그럼 그렇지.'

양화영이나 유설하, 적수린의 존재를 알지 못하는 그녀의 입장에서는 믿기 어려운 말이었다. 적이건이 허풍을 떤다고 생각했다. 기껏 화해하려 했더니 알다가도 모를 사람이다.

"그러죠. 부탁할게요."

맥 빠진 목소리였다. 옆에서 지켜보던 상월춘이 몹쓸 말을 했다며 적이건을 눈빛으로 나무랐다.

적이건은 더 이상 그에 대해 설명하지 않았다.

세 사람이 다시 복도를 걸어갔다. 복도 끝에 거대한 철문이 세워져 있었다.

가연이 떨리는 목소리로 물었다.

"저 너머에는 무엇이 기다리고 있을까요?"

"글쎄."

세 사람이 문 앞에 도착하자 기관장치에 의해 그 거대한 철문이 열리기 시작했다.

<u>크르르르릉.</u>

문이 열리자 전혀 생각지 못한 광경이 펼쳐졌다.

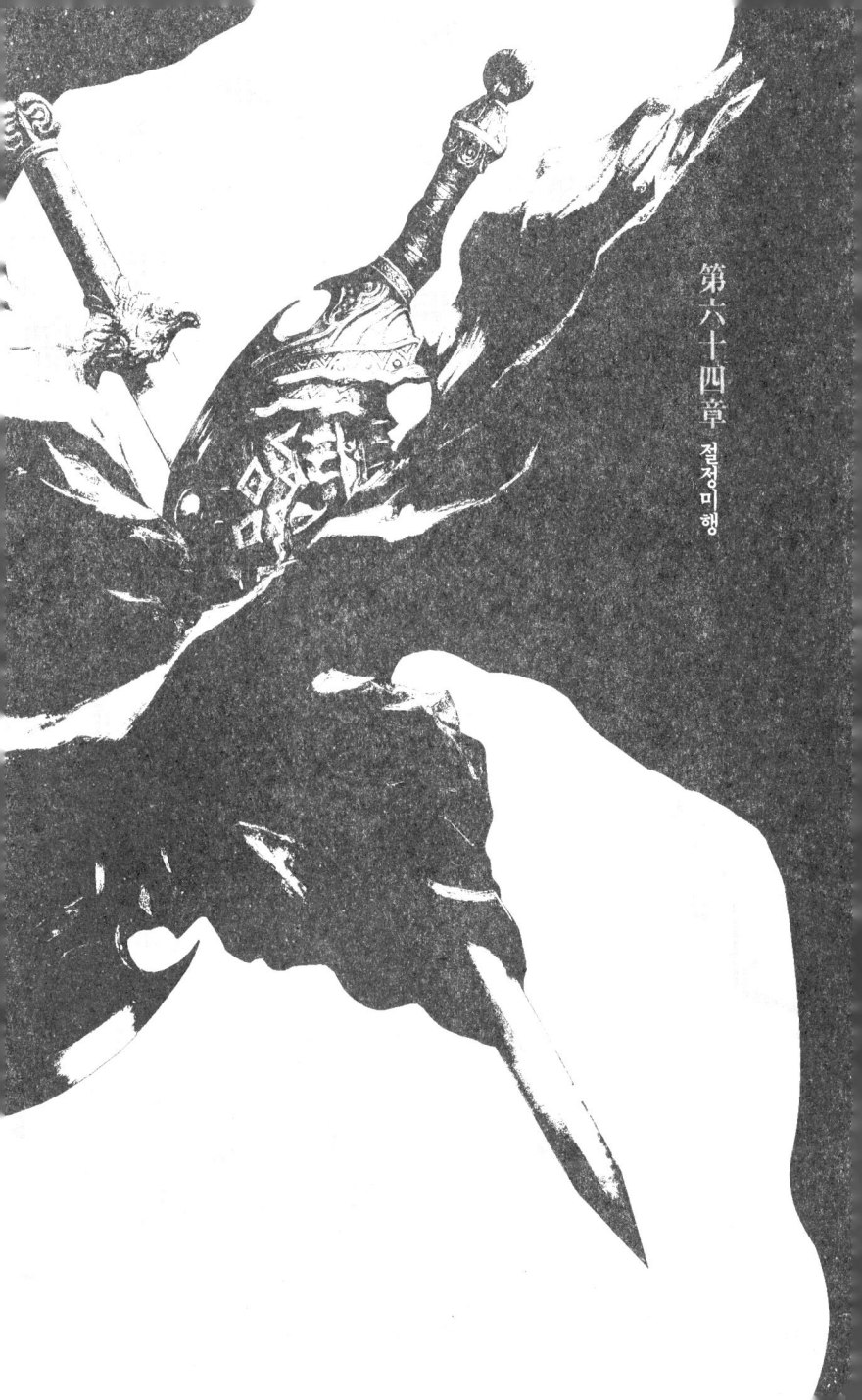

第六十四章 절정미행

絶代君臨
절대군림

 풍운성주 사도백은 다시 한 번 현판을 올려다보았다.
 늠름하고 힘찬 필체의 '풍운성 호북지단'이란 글자에 마음이 격동했다.
 풍운성이 처음으로 호북 땅에 자리 잡는 역사적인 순간이었다.
 북천패가 측에서는 일차로 무한에 지부 정도를 세우길 원했다. 사도백은 그 제안을 받아들이지 않았다.
 임천세가 죽고 남악련의 압박을 받고 있는 북천패가를 두려워할 필요가 없다는 것이 군사 홍신의 최종분석이었다. 아예 개입을 안 하면 안 할까 했다면 확실히 잡아먹자는 것이었다.

그래서 호북 진출의 교두보로 호북지단이 세워진 것이다.

자그마한 그의 키가 오늘따라 커 보였고, 부릅뜬 두 눈빛은 더욱 강렬했다.

물론 사도백은 이 정도에 만족하지 않았다. 호북을 완전히 지배하고, 나아가 전 중원을 자신의 손아귀에 넣는 것이 그의 장대한 꿈이었다.

이번 일로 풍운성의 무인들이 대거 무한으로 들어왔다.

풍운성의 주력이라 할 수 있는 칠풍(七風)의 고수들과 풍운철기대(風雲鐵騎隊), 그리고 비밀조직 야신대(夜神隊)가 바로 그들이었다.

"감축드립니다, 할아버님."

돌아보니 사도풍이 걸어왔다.

사도풍 역시 더없이 기쁜 마음이었다. 풍운성의 중원 진출은 그야말로 오랜 숙원이었다. 중원의 알짜배기라 부를 지역은 북천패가와 남악련의 차지였다.

이번 호북 진출은 그런 세력구도를 깨는 새로운 변화의 첫걸음이다.

"한데 지금 어디 가시는 길이십니까?"

"임 공자가 나를 초대했다."

"임하기가 할아버님을요?"

사도풍이 언짢은 감정을 드러냈다.

"볼일이 있으면 찾아올 것이지. 감히!"

얼마 전까지만 해도 자신과 같은 후기지수였던 임하기였다. 가주대행이 되었다고 감히 누굴 오라 가라 한단 말인가?

그 마음을 이해한다는 듯 사도백이 미소를 지으며 말했다.

"괜찮다. 비록 우리가 무사히 무한에 첫발을 들였다 해도, 아직 이곳은 그들의 세력권이다. 이깟 일은 수모라고 할 일도 아니다."

"조심하십시오."

"내가 걱정하는 것이 무엇인지 안다. 하나 걱정하지 말거라. 그 어린놈이 나를 초청하는 이유는 암습 따월 하려는 것이 아니다. 나를 구워삶아 남악련과의 분쟁에 이용하려는 속셈이겠지. 이미 내가 놈의 검은 속을 알고 있는데 어찌 손해 볼 일이 있겠느냐."

사도백은 임천세와 함께 최고 고수라 불릴 이들이 모두 죽었다는 것을 알고 있었다. 현재 북천패가에 자신을 상대할 고수가 없었다. 덩치만 컸지 실세가 없는 상황. 정말 남악련이 아니라면 자신이 먼저 젓가락을 올리고 싶은 상대였다.

어쨌든 지금은 다시없을 기회였다. 어떻게든 최대한 많은 이득을 얻어내야 했다.

"저도 함께 가겠습니다. 놈이 어떤 수작을 부릴지 궁금합니다."

"그러자꾸나."

약속 장소는 무한의 외진 곳에 위치한 작은 다루였다.
비밀회합이라 호위는 고작 두셋에 불과했다.
'제법 강단이 있는 놈이군.'
사도백은 임하기의 용기를 가상하게 여겼다.
"오셨습니까?"
임하기가 포권을 하며 정중히 인사를 건네왔다.
"잘 지내셨는가?"
사도백이 가볍게 인사를 받았다.
그에 비해 사도풍은 조금 어색했다. 예전에는 같은 후기지수로 친구처럼 지내던 관계였다.
하지만 자리가 사람을 만든다고 했던가? 예전보다 조금 어려운 느낌이었다.
세 사람이 마주 보고 자리에 앉았다.
"호북지단 설립을 축하드립니다."
말속에 뼈가 있겠지만 사도백은 모른 척했다.
"고맙네."
물론 임하기는 전혀 축하의 마음 따윈 없었다. 자신들이 허락한 것은 지부였다.
'우릴 우습게 봤다 이거지?'
예전이라면 길길이 날뛰며 화를 냈겠지만 이제는 달라졌다. 북천패가를 이끌어가려면 이깟 일에 화를 내어선 안 될 일이다.

"앞으로 승승장구하시길 바라옵니다."

"하하. 고맙네. 다 자네 덕분이네."

입에 발린 말들이 오고 갔다.

'제법 능글능글해졌군.'

별 볼일 없던 놈이 이제는 자신보다 한발 앞서 가는 것 같아 사도풍의 기분은 좋지 않았다. 그는 잠자코 두 사람의 대화를 들었다.

이윽고 임하기가 본론을 꺼냈다.

"오늘 뵙자고 한 것은 한 가지 부탁드릴 일이 있어섭니다."

"무슨 일인가?"

"할아버지가 돌아가시고 어린 제가 그 자리를 이어받았지만 아직 부족한 점이 너무 많습니다."

임하기가 겸손하게 나오자 사도백은 내심 찝찝해졌다.

'이놈이 도대체 무엇을 부탁하려고 이렇게 저자세로 나오는 건가?'

부탁 내용은 매우 의외였다.

"부끄러운 말씀이지만 근래 본 가를 배반하고자 하는 움직임이 포착되었습니다."

그야 당연한 일이겠지란 속마음 대신 사도백이 짐짓 화를 냈다.

"저런 고약한 자들이 있나!"

"해서 말입니다."

왠지 야비함이 가득한 임하기의 눈빛에서 이미 그의 부탁을 짐작해 낸 사도백이었다.
"그들을 우리가 처리해 달라?"
"과연 깊으신 혜안에 거듭 감탄할 따름입니다."
"허허허."
사도백이 헛웃음을 지었다. 설마 북천패가 내의 배반자들을 처리해 달라고 할 줄은 몰랐던 탓이었다.
"남악련이 호시탐탐 본 가를 노리고 있는 상황이라 병력을 움직이기 쉽지가 않습니다."
"하면 남악련은 임 공자가 직접 상대하시겠는가?"
"당연히 그래야지요."
당연히란 말에 사도백은 조금 혼란스러웠다.
자신을 불러들인 것이 남악련과 싸움을 붙이기 위함이라 당연히 여겼다. 오늘 자리도 그것을 위한 계략이라 여겼다.
북천패가의 배신자들 따위야 남악련에 비하면 전혀 부담없는 상대였다. 남악련을 상대로 열의 힘을 주어야 한다면, 그들은 한둘의 힘으로도 충분했다.
임하기가 눈에 힘을 주며 말했다.
"할아버님의 살아생전 숙원이 남악련을 없애는 것이었습니다."
반면 사도백은 내심 쾌재를 불렀다.
'이 어린놈이 진정으로 똥오줌을 못 가리는구나!'

물론 어떤 흉계가 숨어 있을지 모를 일이었다. 신중히 처리해야 할 일이었다.

임하기가 격앙된 얼굴로 결연히 말했다.

"본 가의 배신자들을 처리해 주신다면 일단 무한의 모든 이권을 넘겨 드리겠습니다. 또한 무한에 있는 본 가의 모든 지부를 철수시키겠습니다."

좋아도 너무 좋은 조건이었다.

너무 좋아서 망설여지는.

"문서로 약속할 수 있겠는가?"

"물론입니다. 하지만 본 가의 배신자들을 완전히 처리해 주셔야만 합니다."

"그야 당연한 일이지."

사도백은 만세라도 부르고 싶은 심정이었다.

딴 건 필요없었다. 문서로 보장을 해준다면 의심하고 말 것도 없는 일이었다.

하지만 지금 이 순간 사도백이 모르고 있는 것이 하나 있었다.

예전에 임하기가 살수집단에 양수창을 청부한 사건으로, 그것을 무마하기 위해 임천세가 남악련에게 무한의 이권을 양보한다고 약속했던 것이다.

둘 모두 무한을 차지하려 할 테니 남악련과 풍운성은 격돌을 피할 수 없었다.

그때 가서 사도백이 따지고 든다 해도, 할아버지가 처리한 일이라 몰랐다고 잡아떼면 그만인 것이다.
 패가 내의 배신자들도 손 안 대고 해결하고 남악련과 풍운성도 싸우게 만들 수 있는 그야말로 묘책이었다. 임하기가 혼자 생각해 냈다면 좋았겠지만 봉수찬을 비롯해 사우패 등의 가주들이 만든 계략이었다.
 사도백이 흐뭇함을 애써 감추며 말했다.
 "우리에게 맡겨주게."

         *   *   *

 아무것도 변한 것은 없었다.
 그래서 더 서글펐다.
 언제나처럼 향이는 아침을 가져왔고, 그것을 먹었다.
 두 시진 후 향이는 점심을 가져왔고, 또 그것을 먹었다.
 몇 시진 후면 향이는 저녁을 가져올 테고, 또 그것을 먹을 것이다.
 물론 입맛이 있을 리가 없다.
 그래도 억지로 먹었다. 아무 일 없다는 듯 먹었다.
 공연히 유난을 떨면 진짜 큰 사건으로 변해 버릴까 두려웠다.
 밥을 굶고 눈물을 흘리면 그 슬픔과 고통이 적이건에게 옮

겨갈까 두려웠다.

애써 평상시처럼……

그래, 평소처럼 행동하는 거다.

차련이 애써 기운을 차리고 밖으로 나갔다.

"하합!"

멀리서 우렁찬 기합 소리가 들려왔다.

연무장을 가득 메운 이들은 신풍대의 무인들이었다. 여전히 힘찬 모습들이었다.

구령을 선창하며 그들을 지도하는 이는 송 사범이었다.

그의 목소리가 얼마나 힘차고 씩씩했으면 혹시 그가 적이건의 일을 듣지 못한 것이 아닐까란 생각이 들었다. 왠지 모르게 섭섭한 기분이 들었다.

그때 지나가던 무영이 꾸벅 인사를 해왔다.

적이건의 사람들 중 그래도 가장 가깝게 느껴지는 이가 무영이다.

무영이 다정하게 물어왔다.

"이번 일로 많이 놀라셨죠?"

차련이 솔직한 심정을 담아 고개를 끄덕였다.

사실 놀란 것은 별게 아니다. 놀란 것은 순간이었지만 지금 남은 것은 그리움과 걱정.

그녀에 비해 무영의 표정이 밝았다. 조금 의외란 생각이 들 정도로.

그런 자신의 마음을 읽었는지 무영이 편하게 말했다.

"걱정한다고 달라질 건 없으니까요."

그런가? 모두들 그래서인가?

내가 너무 예민한 건가? 그럴 리가! 이건이는 지금 납치당한 거잖아요!

무영이 한마디 더 덧붙였다.

"워낙 똑똑하고 강한 분이잖아요. 어떤 상황에서라도 별일 없으실 겁니다."

차련이 몇 번이고 반복해 고개를 끄덕였다.

그래. 그 말이 옳다.

적이건이라면… 납치해 간 자들이 후회하게 될 것이다.

히히히. 얼마나 놈들 속을 뒤집어놓을까?

화병(火病)으로 확 죽게 만들어 버려!

쓸데없는 생각을 하니 기분이 좀 나아진다.

"건이가 하려던 일이 뭔가요?"

"남악련과 북천패가의 분쟁 유도입니다."

"그에 대해 자세히 설명해 주시겠어요?"

"그러지요. 임천세가 죽은 북천패가는 지금 매우 불안한 상황입니다. 남악련이 도발할 가능성이 매우 높은 상황이죠. 그래서 북천패가에서 이번에 풍운성을 끌어들였습니다. 물론 저희들의 의도입니다."

"풍운성을 끌어들이게 한 이유는 뭐죠?"

"풍운성이 없다면 북천패가는 남악련의 상대가 되지 못합니다. 얼마 버티지 못하고 무너져 버릴 겁니다."

"임천세의 부재가 그렇게 큰 영향을 발휘한 거군요."

"그렇습니다."

천하사패의 역사가 길지 않은 탓이리라. 북천패가는 한 명의 고수를 잃은 것이 아니라, 전체의 구심점을 잃은 것이었다.

차련이 무영을 돌아보았다. 무영은 그녀의 눈빛에서 어떤 결연한 의지를 읽었다.

"제가 도울 일이 있으며 언제라도 말씀해 주실래요?"

그냥 이대로 막연히 기다리고 있기 싫었다. 적이건이 돌아왔을 때, 조금이라도 도움이 되는 일을 해주고 싶다. 언제나처럼 활짝 웃으며 돌아온 그에게 자랑하고 싶다.

"물론입니다."

무영이 활짝 웃었다.

이렇게 활짝 웃으며 어서 돌아와.

    *   *   *

"애들 자란 것 보게."

양화영이 자신이 가꾼 텃밭을 흐뭇하게 바라보았다.

며칠 전까지만 해도 아무것도 없던 그곳에 파릇파릇 풀들이 자라 있었다.

"생명의 신비란 참으로 대단하지 않나?"

그녀 뒤 평상으로 냉이상과 천무악이 나란히 앉아 있었다.

"그러게요."

냉이상의 대답에 양화영이 인상을 찌푸렸다.

"건성으로 대답만 말고. 이리 와서 좀 보라니까."

"이래 봬도 폭풍만화침(爆風萬花針)이 눈앞에서 터져도 그 침 하나하나가 다 보이는 눈입니다. 여기서도 잘 보인다니까요."

"허풍은!"

"허풍 아닙니다! 보이니까 피하는 것 아니겠습니까?"

피잉!

딱!

양화영이 갑자기 던진 돌멩이를 냉이상은 피하지 못했다.

양화영이 득의만면한 표정을 지었고 냉이상은 이마를 매만지며 엄살을 피웠다.

"거봐! 허풍이잖아!"

"그 돌멩이가 어디 보통 돌멩이입니까? 선배가 날리면 산도 무너지고 성도 무너집니다!"

"허풍이 점점 심해지는군."

지켜보던 천무악이 피식피식 웃었다.

두 사람을 지켜보며 이렇게 웃는 것이 요즘의 일상이었다.

검에 피 마를 날이 없던 지난 세월이 가끔은 꿈처럼 느껴질 정도로, 한가로운 요즘이었다.

"그나저나 이건이 구하러 안 가실 겁니까?"

냉이상의 물음에 양화영이 대수롭지 않게 되물었다.

"애 엄마가 갔다면서?"

"선배님이 가시면 더 빨리 구해오지 않겠습니까? 거기 실한 돌멩이 한 줌 챙겨 들고 가시지요? 이놈 저놈 이마빡 구멍 팍팍 내고 구해옵시다."

"자네도 따라가시겠다?"

"저야 수발들어야죠."

"요즘 바람이라도 났나? 왜 자꾸 밖으로 나돌려고 그러나?"

그러자 냉이상이 말 나온 김에 잘됐다는 듯 목청을 높였다.

"답답해서 그럽니다!"

"자넨 일전에 이건이 따라가서 재미도 보고 오지 않았나?"

얼마 전 북천패가에서 벗어나고자 하는 이들을 만났을 때, 냉이상이 나섰던 일을 의미했다.

"그러게 말입니다. 이제 제대로 칼질 한 번 해볼까 했는데, 이건이가 홀라당 잡혀가지 않았습니까?"

"그래서 답답하시다? 어서 가서 구해오자? 그래서 다시 칼질 좀 하면서 기분 풀고 싶으시다?"

"…대충 맞습니다."

"늦바람이 무섭다더니."

양화영이 못 말린다는 표정으로 고개를 내저었다.
"건이 놈 걱정 안 되십니까?"
"별로."
"천기라도 읽으신 겁니까?"
꼬치꼬치 물어오는 질문에 양화영이 귀찮다는 듯 대답했다.
"읽었지, 읽었어. 건이 놈은 늙고 늙어 벽에 똥칠하고 마르면 또 칠할 때까지 살 놈이야. 걱정 안 해도 돼."
"농담 마시고요!"
그러자 양화영이 허리를 펴고 돌아섰다.
"아직 자네는 잘 모르는군."
"뭘 말입니까?"
"나보단 건이 어미가 가는 것이 더 빠르다네."
"그건 무슨 말씀이십니까?"
옆에 있던 천무악까지 궁금한 표정을 지었다.
되려 양화영이 이상하다는 표정을 지으며 말했다.
"부모니까."
순간 냉이상은 말문이 막혔다. 당연한 말이었다. 너무 당연해서 잊고 있던 것이기도 했다.

자신이야 지금도 농담 반, 진담 반 섞어서 이렇게 제삼자마냥 한가롭게 이야기하고 있지만 어디 적수린과 유설하의 마음이 이렇겠는가? 그렇게 생각하니 그들 부부에게 조금 미안한 마음이 들었다.

양화영이 자글자글한 주름이 잔잔한 웃음을 만들어냈다.

"혼인을 하지 않은 덕에 우린 한평생을 자유롭게 살아왔네. 아! 정말 한평생을 자유롭게 살아왔지."

두 사람이 공감한다는 듯 고개를 끄덕였다. 혼인을 하지 않은 것은 냉이상도 천무악도 마찬가지였다.

"그 자유를 얻음으로써 우리가 잃은 것이 있네."

대답을 기대한 시선에 냉이상도 천무악도 대답하지 않았다.

답은 그들도 알고 있었다.

"그래, 가족이지."

양화영의 말에 살짝 서글픔이 담겼다.

"당연해. 지켜야 할 것이 있는 사람들은 자유로울 수가 없으니까. 대신 그들은 인간의 가장 큰 욕구를 포기하며 '가족'을 얻어냈네."

양화영이 뒷짐을 진 채 하늘을 올려다보았다.

"그래서 내가 가면 안 되는 거네. 우리가 가면 안 되는 거네. 그건… 그들의 권리라네. 바로 가족들의 일이지."

* * *

해 질 무렵 두 사내가 백화루에 도착했다.

기대에 부풀어 정문 현판을 올려다보는 이는 이화십사객(梨花十四客) 중 첫째인 서일상(徐一祥)이었다. 이화십사객은 배꽃이 그려진 장삼을 입고 다니는 열네 명의 사파고수들이었는데, 근래에 많은 이권다툼에 개입하며 악명을 떨치고 있었다.

서일상이 감격스런 눈빛으로 말했다.

"백화루. 내 소문을 익히 들었지."

"헛된 소문이 아니란 것을 소제가 보장할 수 있습니다."

대답을 한 사람은 배양소(裵陽素)였다.

일 년 전, 이권다툼의 분쟁에서 위기에 빠진 서일상을 도와준 것이 인연이 되어 두 사람은 오늘에 이르러 호형호제하며 친형제의 교분을 나누고 있었다.

서일상은 이화십사객의 아우들보다 오히려 배양소를 더욱 아꼈다. 그로 인해 십사객 내에서도 이런저런 잡음과 갈등이 많았지만 서일상은 여전히 배양소와 어울리기를 좋아했다.

배양소는 그야말로 서일상의 마음에 꼭 드는 행동만 했다. 자신의 말이라면 한마디도 놓치지 않고 귀담아들으려 했고, 자신을 바라보는 존경심 가득한 눈빛은 가끔은 마주 보기 부담스러울 정도였다. 듣고 싶은 말만 했고, 어떻게 알았는지 가지고 싶은 것을 구해서 선물했다. 게다가 강호견문도 넓고 아는 것도 많았다. 무공 또한 제법이었는데, 자신보다 두세 수 아래로 그에 대한 부담도 없었다.

이러니 어찌 배양소를 좋아하지 않을 수 있을까? 이화십사객의 탐욕스런 아우들에 비할 바가 아니었다.

사실 배양소는 그럴 수밖에 없었다.

배양소의 진짜 신분이 바로 비연회의 연사오(燕四五)였고 그에게 내려진 명령이 이화십사객을 포섭하는 것이기 때문이었다.

그는 그 포섭의 첫 번째 단계로 서일상을 목표로 삼았다. 첫째인 그를 포섭하면 나머지 이화십사객을 조종하고 이용하는 것은 쉬운 일이 될 것이다.

"후후. 오늘 눈이 제대로 호강하겠구먼."

"어디 눈뿐이겠습니까?"

"하하하하!"

서일상이 기분 좋게 웃었다.

한턱 내겠대서 따라나섰더니 이렇게 훌륭한 곳으로 데려올 줄 정말 꿈에도 몰랐다. 이럴 줄 알았으면 오는 내내 어딜 그리 멀리 가느냐고 잔소리를 안 했을 텐데.

백화루에 대한 소문은 익히 들었다. 언제나 최고란 수식어가 들리는 곳. 언젠가 꼭 가봐야지 벼르고 있던 곳.

과연 배양소가 어떤 여인을 불러줄지 내심 기대가 되었다.

두 사람이 백화루로 들어섰다.

"이리로 오시지요."

자신들을 안내하는 여인의 뒷모습을 보며 서일상이 흡족한 표정을 지었다. 과연 백화루의 명성대로 손님을 맞는 정문의 시녀조차 몸매와 외모가 뛰어났다.

두 사람은 화려하게 꾸며진 기방으로 안내되었다.

사실 서일상은 이런 최고급 기루에 와본 적이 없었다.

그놈의 의리가 뭔지 작년까지만 해도 항상 열넷이 함께 움직였기 때문이었다.

최고급 기루에서 하루 질펀하게 놀려면 싸게 잡아 한 사람당 천 냥은 들었다. 열넷이 놀려면 만 사천 냥이 든다는 말이었다. 그러니 가고 싶어도 갈 수가 없었다. 그러니 만날 이류, 삼류 기루를 전전할 뿐이었다.

"대가리 숫자가 많으니 벌어도 남는 게 없어."

서일상은 이제 이런 말까지 서슴없이 꺼냈다.

"하하. 소제 역시 형님의 고민에 통감합니다."

"지난 의리만 아니면 이미 찢어졌겠지만."

의리 때문도 있겠지만 엄밀히 따지면 돈 때문이었다. 그들이 뭉친 이유기도 하고. 쉽게 헤어지지 못하는 것도 돈 문제가 이리저리 얽혀 있는데다 서로에 대한 약점을 너무나 잘 알고 있었다.

상다리가 부러질 정도로 진귀한 요리가 가득한 술상이 차려졌다. 술 또한 일반 주점에서는 구경하기 힘든 고급술이었다.

"나이를 먹을수록 먹는 것을 가려야 하지요. 형님 정도 되시면 이 정도 술은 마셔주셔야지요."

과연 목구멍에서 비명이 나올 정도로 술맛이 좋았다.

서일상은 더없이 기쁜 마음으로 연거푸 술을 마셨다.

'이 맛에 돈을 버는 거지.'

물론 오늘은 대접을 받는 자리니 돈 걱정도 할 필요가 없었다.

"다음에 더 좋은 곳으로 모시겠습니다."

어쩌면 저리 예쁜 말만 골라 하는지. 여자라면 콱 깨물어주고 싶은 심정이다.

그때 기녀 둘이 안으로 들어왔다.

서일상의 눈이 대번에 휘둥그레졌다. 십화 중에 오화와 육화가 들어온 것이다.

기녀라고 함부로 대하기도 어려운 고고한 자태로 자신을 소개한 후 그녀들이 서일상의 양옆에 앉았다. 그녀들의 분향에 서일상의 가슴이 두근거렸다. 오늘 밤 이들 중 한 명의 속살을 보게 될 기대감에 그의 마음이 한껏 부풀었다.

배양소가 서일상에게 전음을 보냈다.

"한 시진에 오백 냥짜리 애들입니다. 마음껏 즐기시지요."

서일상은 매우 흡족했다.

오화가 술을 따라주었다. 시원하게 술잔을 비운 서일상이 호탕하게 웃었다.

"크하하하! 술맛 한 번 끝내주는구나!"

사실 배양소가 속으로 어떤 생각을 하고 있는지 안다면 그는 결코 그런 호탕한 웃음을 짓지 못할 것이다.

'몽수환(夢睡丸)이 든 술이 그렇게 맛있더냐? 얼마든지 먹여주지.'

몽수환은 일단 잠이 들면 내공고하를 막론하고 무조건 하루 동안 잠에서 깨어날 수 없는 독특한 수면환이었다.

그에게 몽수환을 먹이는 이유는 간단했다. 하나의 대법을 실행하기 위함이었다. 마혈이 제압당하면 자동으로 폭멸공이 발동하는 바로 그 대법. 거의 대다수 비연회의 무인들에게 걸려 있는 대법이었다. 심지어는 그 대법을 시행하는 배양소조차 대법에 걸려 있었다.

비연회에서는 여러 가지 방법으로 상대를 조종했다.

상황에 따라 각기 달랐는데, 고독(蠱毒)을 사용할 경우도 있었고 금전을 이용할 경우도 있었다. 어떤 때는 인질을 이용했으며, 또 어떤 경우에는 여인을 이용하기도 했다.

서일상의 경우는 고독이었다. 그의 몸에서 자라고 있는 고독은 성충(成蟲)을 한 달 앞두고 있었다. 이제 한 달만 지나면 서일상은 완전히 고독의 지배를 받게 될 것이다.

거기에 오늘 폭멸공을 심는 대법만 성공하면 그는 완전히 비연회의 손아귀에 들어오게 되는 것이다.

"참으로 곱구나, 고와!"

오화와 육화의 가슴을 주물러 대니 그는 세상을 다 가진 것만 같았다.

그때 방문이 열리며 누군가 안으로 들어왔다.

"오오!"

서일상이 소리까지 내지르며 감탄했다. 새로 들어온 기녀는 오화와 육화보다 훨씬 더 아름다웠던 것이다.

당연한 반응이었다. 그녀는 바로 유설하였으니까.

물론 그 즐거운 착각은 그녀의 등에 매달린 지옥도를 보기 전까지였다. 상대가 강호인임을 확인한 서일상과 배양소가 흠칫 놀랐다.

유설하가 허락도 없이 자리에 앉으며 차분히 말했다.

"너희들은 이만 나가보거라."

유설하의 말에 두 여인이 기다렸다는 듯 곧바로 밖으로 나갔다. 시간이 충분했다면 대법을 끝낸 배양소를 미행했겠지만 그러려면 내일 새벽까지 기다려야 했다. 그녀에게 그럴 만한 시간적 여유가 없었다.

유설하가 배양소를 빤히 쳐다보았다.

"혹 나를 아시오? 처음 뵙는 소저인 듯하오만."

배양소의 물음에 유설하가 짤막히 답했다.

"비연회."

순간 배양소의 표정이 완전히 굳었다.

자신의 정체가 발각된 것도 문제지만 그보단 그 장소가 더 문제였다. 그 말은 곧 이곳 총관인 홍치 역시 이 여인에게 정체가 들켰을 가능성이 컸다.

'홍 총관의 무공은 나보다 못하지 않다. 그렇다면?'

그의 머릿속이 복잡해졌다.

"비연회에 대해 네가 아는 것을 말해줘야겠다."

이런 식으로 자신을 압박하는 것만 봐도 상대의 무공이 자신보다 못하지 않다는 것을 증명하는 것이리라. 게다가 서일상이 옆에 있는데도 이런 식으로 나온다면?

지켜보던 서일상이 나섰다.

"아우, 이게 대체 무슨 일인가? 비연회라니? 그게 무슨 말인가?"

배양소가 난처한 표정으로 도움을 구하는 눈빛을 보냈다. 워낙 신임하는 배양소니 일단 돕고 보자는 생각이 들었다.

서일상이 좋은 어조로 유설하에게 말했다.

"소저에게 어떤 사연이 있는지 모르겠지만……."

유설하가 그의 말을 끊으며 오만한 눈빛으로 검지를 입술에 대며 조용히 하라고 시늉했다.

자신을 무시하는 유설하의 태도에 서일상이 발끈했다.

"건방진 계집 같으니라고!"

바로 그때였다.

퍽!

유설하가 탁자를 걷어찼다. 뒤집어진 탁자가 서일상과 배양소를 덮쳤다.

꽈직!

서일상이 탁자를 부수며 유설하에게 달려들었다.

파파팡!

유설하와 서일상이 주먹을 주고받았다.

그 기회를 틈타 배양소가 창문을 부수고 밖으로 달아났다.

그가 탈출하고 나서도 유설하는 잠시 동안 서일상을 상대했다.

배양소가 저 멀리 기루의 담을 넘는 것을 확인하고 나서야 비로소 진짜 실력을 발휘했다.

퍽!

단 한 수에 서일상이 꼬꾸라졌다. 쓰러지면서도 그는 이해하지 못했다. 평생 그는 누군가의 암습을 당했다고 생각할 것이다.

일부러 배양소를 탈출시킨 유설하가 느긋하게 방을 나섰다.

　　　　*　　　　*　　　　*

"날 찾지 말라고 했잖아!"

가게 안으로 허겁지겁 달려 들어오는 배양소를 향해 황이명(黃理命)이 소리쳤다.

황이명은 연삼팔(燕三八)로 배양소와 직계로 이어진 인물이었다. 비연회의 회칙상 목숨이 걸린 비상사태에만 상급자를 찾게끔 되어 있었다.

"내 정체가 발각되었소."

"뭣이?"

배양소의 말에 황이명이 깜짝 놀랐다.

황이명이 일단 가게 밖으로 나갔다. 그는 시전거리에서 작은 약재상을 운영하고 있었다. 겉으로는 아주 작은 규모로 운영되었지만 사실 은밀히 비연회에서 요구하는 약재들을 수집하는 임무를 맡고 있었다.

밖을 주시하며 황이명이 물었다.

"미행은?"

"없었소. 몇 번이나 확인했소."

황이명이 몇 번이나 주위를 살폈다. 배양소의 말처럼 이상한 낌새는 없었다.

황이명이 일단 문부터 걸어 잠갔다.

"어떻게 된 일인가? 하나도 빠뜨리지 말고 자세히 말하게."

"백화루의 홍 총관이 이미 당한 것 같습니다."

"홍 총관이?"

"어떤 자에게?"

"그게… 여인이었습니다."

"여인이라니? 정말 여인에게 당했단 말인가?"

"미색이 매우 뛰어난 여인이었습니다. 게다가 무공이 고강한 여인이었습니다. 그녀는 서일상과 쌍벽을 이뤘습니다."

배양소는 흥분해 있었고 말에 두서가 없었다.

"서일상? 그렇다면 서일상도 당했나?"

"아마 그랬을 겁니다."

"그건 또 무슨 소린가?"

"싸움의 결과를 보지 못하고 탈출했습니다."

"설마 그를 버려두고 왔단 말인가?"

"어쩔 수 없었습니다."

배양소가 면목없는 표정을 지었다.

하지만 그는 자신의 선택이 잘못되었다고 생각하지 않았다. 여인의 태도로 미뤄볼 때, 함께 싸웠으면 자신도 당했을 것이라 확신했다.

반면 황이명은 의심스런 마음이 들었다.

혹 배양소가 자신의 부주의로 신분이 탄로난 후, 홍 총관에게 뒤집어씌우는 것이 아닌가 싶었던 것이다.

하지만 그런 것 같지도 않았다. 그렇다고 보기에는 꾸며대는 것이 너무 어설픈 이야기였다.

'이놈이 미처 겨뤄볼 생각조차 못한 여인이라?'

근처에 그런 여고수가 있다는 이야기를 들은 적이 없다. 배양소의 말이 사실이라면 그 여인이 자신들의 뒤를 캐고 있다는 말인데. 여자 혼자 그런 일을 한다는 것도 믿기지 않았다.

"아무래도 이상해."

불길한 마음이 더욱 커지던 그때였다.

꽈직!

문이 부서지며 누군가 안으로 들어섰다. 느긋하게 들어선 그녀는 바로 유설하였다.

"빌어먹을! 꼬리를 달고 왔군."

황이명이 배양소를 죽일 듯이 노려보았다.

"저, 전… 분명히 미행을 확인했었는데……."

배양소의 표정이 일그러졌다. 자신이 미끼에 불과했다는 사실에 분노가 폭발했다. 이대로라면 어차피 황이명에게 죽게 될 것이란 생각이 들었다.

"망할 년! 죽어!"

배양소가 검을 뽑아 들며 달려들었다. 살아남는 길은 오직 하나였다. 유설하를 죽여야 했다. 결과가 좋으면 과정은 용서받기 마련이니까.

창창창!

유설하가 지옥도를 뽑아 들어 배양소의 검을 막았다.

그녀는 앞서와 마찬가지로 배양소와 비슷한 실력만을 드러냈다. 물론 황이명이나 배양소는 그 사실을 알지 못했다.

두 사람이 격돌하는 순간, 황이명은 갈등했다.

합공하느냐, 혼자 달아나느냐.

황이명이 뒷문을 박차고 뛰어나갔다. 함께 싸우기에는 너무 위험부담이 크다고 판단했다.

배양소의 욕설 소리가 들려왔지만 황이명은 뒤도 돌아보지 않고 내달렸다.

'멍청한 놈! 넌 거기서 죽어라!'

배양소의 운명은 정말 황이명의 생각대로 이뤄졌다.

좌아아악!

배양소가 멀리 달아나는 순간, 유설하의 일도에 깨진 수박처럼 머리통이 박살난 것이다.

유설하가 천천히 황이명이 달아난 뒷문으로 걸어나갔다. 하부조직원 따윈 필요없었다. 적이건이 잡혀간 곳을 알려면 적어도 지금보다 몇 단계는 더 거쳐야 한다고 판단하고 있었다.

파파파파파팍!

황이명은 자신이 발휘할 수 있는 극한의 경공으로 달리고 있었다.

경공 하나만큼은 자신있는 그였다. 일부러 너른 평야를 가로질러 달렸다. 뒤를 돌아보니 아무도 쫓아오지 않았다.

'흥! 절대 나를 쫓아올 순 없을걸.'

아쉽게도 이번은 이뤄질 수 없는 바람이었다.

       *   *   *

황이명의 다급한 얼굴을 보는 순간, 연이삼(燕二三) 요담(搖潭)은 침착하게 비상줄부터 당겼다.

황이명도 신중한 성격이지만 요담은 그보다 훨씬 더 신중했다.

"잠시 기다리게."

비상줄을 당기고 얼마 지나지 않아, 그들이 마주 선 화원으로 이십여 명의 무인들이 모습을 드러냈다. 많은 돈을 들여 요담이 양성하고 있는 사병들로, 그 하나하나의 무공이 고강한 이들이었다.

　"철저히 살펴라!"

　무인들이 사방으로 흩어졌다. 오늘 같은 때를 대비해 많은 훈련을 해왔던 그들이었다.

　그렇게 대비를 마친 후에야 황이명을 정원 가운데 그림처럼 꾸며진 아름다운 정자로 안내했다.

　"대체 어찌 된 일인가?"

　요담이 침착하게 물었다.

　"일이 생겼습니다."

　황이명이 지난 일을 상세히 설명했다. 배양소의 방문과 그 방문의 배경을 설명했다.

　이야기를 다 듣고 나서 요담이 다시 물었다.

　"그러니까 정체를 알 수 없는 여고수가 우리 뒤를 캐고 있단 말이지?"

　"그렇습니다."

　"무공 수위는 배양소보다 한 수 위고."

　"어쩌면 그보다 더 높을 수도 있을 겁니다."

　요담이 내심 안도했다. 무공에 대한 눈썰미가 나쁘지 않은 황이명이었다. 설령 황이명이 상대의 무공 수위를 잘못 파악해 한 수 위가 아니라 두세 수 위라 해도 상관없었다. 그 정도로는 자신과 수하들을 감당할 수 없었기 때문이었다.

설마 그 몇 배로 더 강할 리는 없지 않겠는가? 황이명이 그것을 못 알아봤을 리가 없다.

"자네는 일단 이곳에 머물면서 차후 명령을 기다리게."

"알겠습니다."

"참, 이달 물량은 어찌 되었나?"

"이미 팔 할 이상 달성했습니다. 나머지 물량 확보도 지장없습니다."

"수고했네."

요 근래 황이명의 역할은 가볍지 않았다.

그가 맡고 있는 약재 수집은 비연회 내에서 매우 중요한 비중의 임무였다. 어디에 쓰는지 비연회에서는 온갖 진귀한 약재들의 수집에 열을 올리고 있었다. 황이명뿐만 아니라 중원 곳곳에 비연회에 포섭된 약재상들이 많았다. 아무튼 약재 수집은 근래 비연회의 최우선 사업이었다.

요담은 황이명의 임무에 전적으로 지원을 아끼지 않고 있었다. 배양소 따위는 죽어도 되지만 황이명은 잃어서는 안 될 중요인물이었다.

그때였다.

"크아악!"

저 멀리서 짤막한 비명 소리가 들려왔다.

놀란 황이명이 벌떡 자리에서 일어났다.

그에 비해 요담은 침착하게 제자리를 지키고 앉아 있었다. 수하 하나가 다급하게 달려왔다.

"침입잡니다!"

"여인인가?"

"네!"

"생포할 필요 없다. 죽여라!"

"존명!"

결연한 표정으로 수하가 되돌아갔다.

하지만 연이어 터지는 비명은 모두 수하들의 것이었다.

요담의 눈이 가늘어졌다. 한두 수 위의 실력치고는 자신 쪽의 희생이 너무 빠르게 나고 있었다.

"막아라!"

"대인을 지켜라!"

이미 반수 이상의 희생을 낸 십여 명의 무인들이 그들이 앉아 있던 곳으로 우르르 밀려 뒷걸음질쳤다.

그들을 몰아붙여 몰고 온 사람은 물론 유설하였다.

그녀의 손에 들린 지옥도에서 피가 뚝뚝 떨어지고 있었다.

유설하의 모습을 보는 순간, 요담은 거대한 압박감을 느꼈다.

'이런! 한두 수 위가 아니었구나!'

요담은 내심 긴장하며 자리에서 일어났다.

"어디서 오신 분이시오?"

정중한 물음에 유설하가 힐끗 황이명을 쳐다보며 대답했다.

"저자가 안내했지."

황이명이 화난 얼굴로 소리쳤다.

"무슨 헛소리요!"

"널 따라왔으니 안내한 것이나 다를 바 없겠지."

"도대체 어떻게 알고 따라온 것이오?"

황이명은 미행에 대비해 정말이지 조심하고 또 조심했다.

"네 몸에 천리추종향(千里追蹤香)을 뿌려두었지."

"그럴 리가 없소!"

황이명이 억울한 얼굴로 요담을 돌아보며 항변했다.

"아시지 않습니까? 평생을 약을 다루고 살아온 접니다. 천리추종향을 못 알아차릴 리가 없습니다."

그러자 유설하가 웃으며 말했다.

"천리추종향에도 여러 종류가 있지. 너는 세상의 모든 천리추종향을 다 안다고 자신할 수 있느냐?"

"그, 그건……."

황이명은 말문이 막혔다.

요담이 황이명에게 손을 들어 더 이상 상대하지 말라는 시늉을 했다.

어차피 당한 미행이었다. 지금은 상대를 해치우는 일에 집중할 때였다. 상벌은 나중에 따질 일이었다.

요담이 단도직입적으로 물었다.

"우릴 캐는 이유를 물어도 되겠소?"

"찾는 사람이 있지."

"그게 누구요?"

"너도 모르는 사람이다."

순간 요담은 유설하의 말을 이해하지 못했다.

자신을 향한 가소로운 눈빛에 요담이 뒤늦게 유설하의 말을 이해했다.

더 높은 직위의 비연회의 고수를 찾는다는 뜻. 연십까지의 고수나 혹은 부회주나 비연회주.

요담이 피식 웃었다.

"과연 그럴 능력이 있겠소?"

유설하가 두말 않고 지옥도를 휘둘렀다.

쉬익!

단칼에 가장 가까이 있던 무인의 가슴이 갈라지며 쓰러졌다.

"죽여!"

요담의 명령에 사내들이 일제히 달려들었다.

쉭쉭쉭!

지옥도가 허공을 가를 때마다 사내들이 한 명씩 쓰러졌다. 그야말로 놀라 기겁할 실력이었지만, 그 역시 유설하가 무공 실력을 낮춰 조절을 하고 있었다.

유설하가 찾는 사람은 더 상위의 인물이었다. 추격 중 실수로 그 연결고리가 끊어지기라도 하면 낭패였다.

십여 명의 무인들이 이제 서너 명이 남았을 때, 요담이 황이명에게 명령했다.

"잠시 시간을 벌게!"

요담의 명령에 황이명이 고개를 끄덕였다. 황이명은 알았다. 요담이 이대로 달아나지는 않을 것이란 것을. 그가 어떤 행동을 할지 짐작이 되었다.

요담이 서둘러 건물 안으로 들어갔다.

황이명이 건물 앞을 막아섰다. 그는 마지막 남은 무인들이 쓰러지는 것을 보고만 있었다.

어떻게 하든 최대한 시간을 끌어야 했다.

이윽고 마지막 남은 무인들까지 해치운 유설하가 천천히 황이명에게로 걸어왔다.

황이명은 진동하는 피 냄새에 현기증이 났다. 자신의 실력으로 그녀를 막지 못한다는 것을 느끼고 있었다.

죽음이 코앞에 닥쳐왔다는 것을 직감했지만 쉽게 길을 내어주진 않으리라 마음먹었다.

"쉽게 지나가지 못할 것이오!"

최대한 내공을 끌어올려 아껴둔 비기를 사용한다면 적어도 백 초 이상은……

푸욱!

그의 생각은 더 이상 이어지지 않았다. 단 일수에 심장이 꿰뚫린 것이다.

유설하가 시체를 넘어 건물 안으로 들어섰다.

그녀가 요담의 집무실로 들어섰을 때, 이미 전서구가 하늘을 향해 날아가고 있었다. 방금 전의 상황에 대한 보고였다.

요담이 비릿하게 웃으며 말했다.

"내가 달아나면 내 뒤를 쫓아 본 회를 추적하려 했겠지만… 여기까지다."

요담은 만족스런 표정을 지었다.

유설하의 시선이 저 멀리 날아가는 전서구로 향했다. 이미 전서는 한 점의 점이 되어 사라지고 있었다. 제아무리 경공이 빠른 사람이라도 절대 잡을 수 없을 거리였다.

"저 전서가 네 상급자에게 가는 것이냐?"

"그렇다면?"

"그럼 넌 저 비둘기보다도 더 필요없는 존재구나."

쉬익!

일도에 요담의 목이 떨어졌다. 설마 이렇게 망설이지 않고 자신을 죽일 줄 몰랐기에 미처 막을 생각조차 못했다. 설령 대비를 하고 있었다 해도 결과는 마찬가지였겠지만.

유설하가 창가에 서서 길게 휘파람을 불었다.

어디선가 한 마리의 매가 날아들었다.

붉고 푸르고, 황금색의 세 가지 색의 깃털을 지닌 매였다.

예전에 행운유수로 소식을 전하며 날아왔던 바로 그 영물이었다.

"쫓아!"

마치 유설하의 말을 알아듣는다는 듯 매가 힘차게 날아올랐다.

*   *   *

사흘 후. 손님이라곤 도통 없을 것 같은 낡은 고서점 청산(靑山)에 우레 같은 고함이 터져 나왔다.

"이놈아! 이제 그만 뒤적거리고 가!"

고함을 지른 중년인은 바로 청산의 주인인 홍만덕(洪滿德)이었다.

홍만덕은 왜소한 체격에 염소수염이 인상적이었는데, 그야말로 전형적인 서점 주인의 행색을 하고 있었다.

늘어선 책장 사이에서 순박하게 생긴 청년이 고개를 내밀었다.

"앗! 벌써 시간이 이렇게 되었네. 갑니다, 가요."

청년이 미안한 얼굴로 입구 쪽으로 걸어나왔다.

잔소리를 들으면서도 꼬박꼬박 서점을 찾는 청년의 학구열은 마을에서도 유명했다.

돈 없는 청년의 신세를 모르는 바 아닌지라 홍만덕이 버럭 소리쳤다.

"이놈아! 돈 부지런히 벌어! 요즘은 돈 없으면 공부도 못하는 세상이여!"

"다음에 또 올게요."

청년이 넉살 좋은 인사를 하고 저 멀리 뛰어갔다.

막상 청년이 가고 나니 서점 안은 쥐 죽은 듯 고요했다.

"좀 더 보게 해줄 걸 그랬나?"

홍만덕이 자리에서 일어나 아까 청년이 책을 보던 책장 쪽으로 걸어갔다.

"오늘은 무슨 책을 보다 갔을꼬?"

책장에서 살짝 튀어나와 있는 책을 꺼냈다.

책을 넘기자 그 안에서 쪽지가 한 장 나왔다.

바로 그때였다.

쇄애애액!

푸욱!

놀라 돌아선 홍만덕의 가슴에 날카로운 도가 박혔다.

"크아아아악!"

홍만덕이 고통에 찬 비명을 내질렀다.

그를 찌른 것은 바로 지옥도였다. 그를 꿰뚫은 지옥도가 뒤쪽 책과 나무를 뚫고 깊게 박혔다. 울컥 피를 토하며 홍만덕이 힘겹게 물었다.

"누구요?"

차갑게 자신을 응시하는 유설하였다.

"왜, 왜 나를……."

그러자 유설하가 나직이 말했다.

"닥쳐. 연십팔(燕十八)."

순간 홍만덕의 눈가가 파르르 떨렸다. 죽음을 앞둔 고통의 떨림인지, 정체가 발각된 두려움의 떨림인지 구분할 수 없었다.

유설하의 말처럼 그는 연십팔이었다.

전서구의 행방을 뒤쫓았던 그녀였다. 전서구를 받은 자는 연이일(燕二一). 다시 그 뒤로 두 명의 비연회 소속의 무인들을 더 죽이고 이곳까지 온 그녀였다.

방금 전에 책을 보고 간 청년 역시 비연회 소속이었다. 유설하가 그를 해치우지 않은 것은 그 청년은 연십팔에게 쪽지를 전하는 심부름만을 하는 역할임을 알았기 때문이었다.

유설하가 홍만덕의 손에 들린 쪽지를 낚아챘다.

마지막 힘을 다해 연십팔이 물었다.

"…당신은 누구지?"

"너희 제비새끼들이 내 새끼를 물어갔다."

피 흐르는 연십팔의 입가에 비웃음이 스쳤다.

"그럼 영원히 찾지 못할걸?"

유설하가 사정없이 지옥도를 뽑았다.

"크아악!"

가슴에서 피분수를 뿜어내며 홍만덕이 그대로 허물어졌다.
뒤돌아 나가며 유설하가 싸늘히 말했다.
"그럼 너흰 다 죽어!"

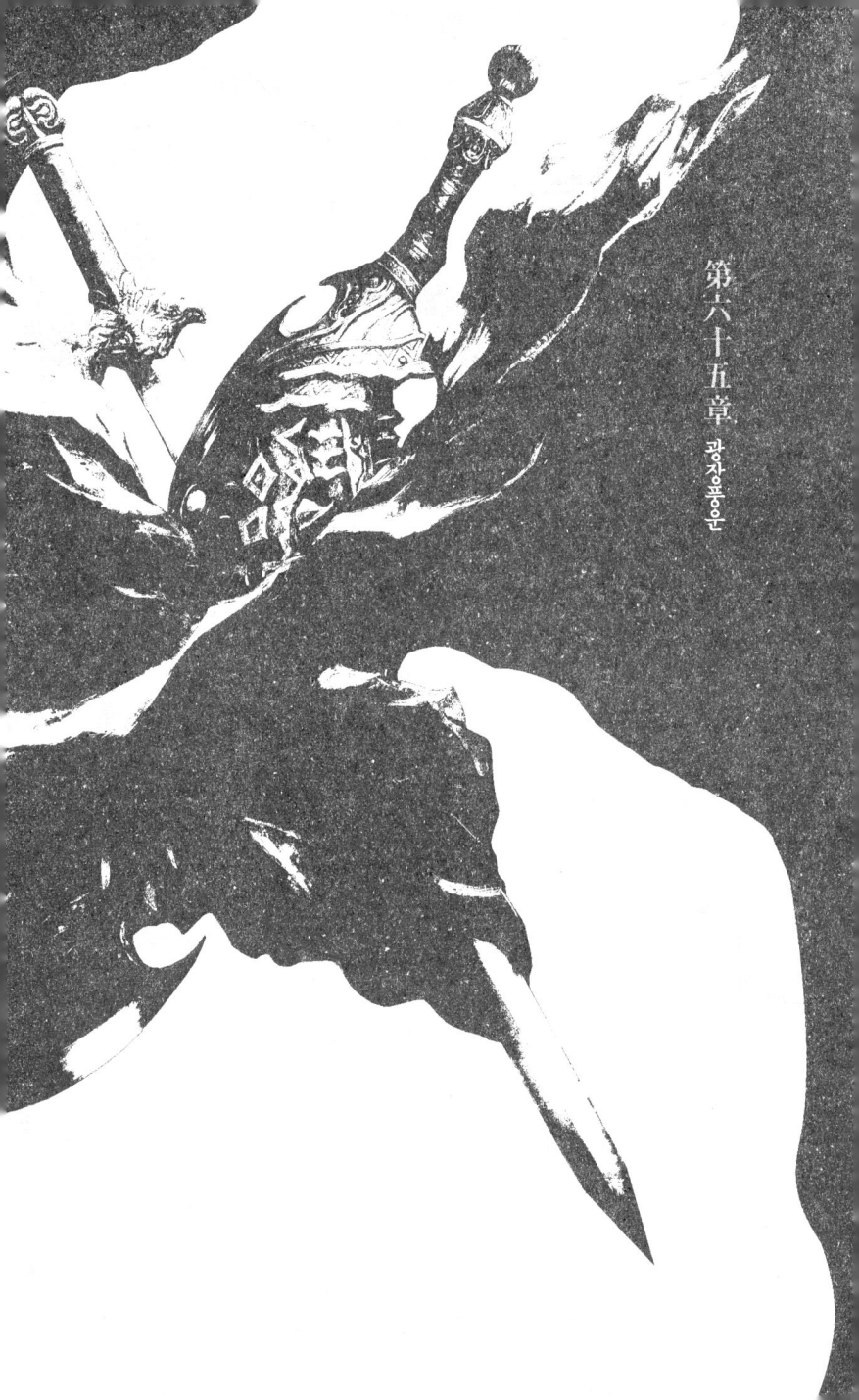

第六十五章 광장풍운

絶代君臨
절대군림

그곳은 거대한 광장이었다.

"의외군요."

적이건의 말에 상월춘과 가연이 고개를 끄덕였다.

그들이 예상한 곳은 칸칸이 죄수들로 가득 찬 음습한 뇌옥이었다.

하지만 이곳의 분위기는 뇌옥의 그것과는 완전히 달랐다. 철문 너머의 세상은 완전 열린 공간이었다.

너무나 광활해 과연 이곳이 자신들이 내려온 그 지하공간이 맞나 싶을 정도였다.

바위도 있고, 나무도 있고, 집도 있고, 그 뒤로 산도 보였다.

분명 인공적인 공간일 텐데 전혀 인공적이지 않았다.

높은 천장이 밀폐된 공간의 답답함을 없애고 있었다. 주위는 밝았다. 천장은 물론이고 사방 벽면의 벽들이 밝게 빛나고 있었다. 발광체가 섞인 특별한 암석이었다.

이런 곳을 발견해 이런 공간을 만든 것은 그야말로 대단한 일이라 할 만했다. 실로 많은 시간과 돈이 들었을 것이다.

주위를 돌아보는 적이건의 표정이 심각해졌다.

도대체 이런 곳에서 무엇을 꾸미고 있는 거지?

주거공간으로 보이는 갖가지 다양한 천막들과 나무와 돌로 만들어진 구조물들, 그리고 수많은 사람들. 그들 역시 자신들과 같이 숫자가 적힌 옷을 입고 있었다.

입구 근처에 있던 사람들의 시선이 적이건 일행에 집중되었다.

"신참이군!"

"이번에는 보름 만인가?"

"계집도 있어!"

"과연 얼마나 버틸 수 있을까?"

그들을 향한 시선들의 대부분은 호의적이지 않았다. 새로운 식구에 대한 호기심보다는 어떻게 잡아먹을까 하는 시선들에 가까웠다. 그렇다고 당장 달려들어 시비를 거는 사람은 없었다.

"일단 자리를 옮기죠."

적이건이 앞장서 걸었다.

두 사람이 주눅 든 얼굴로 그 뒤를 따랐다.

세 사람이 천천히 이십여 장을 걸어가 한옆 바위에 자리를 잡고 앉았다.

자신들을 따라붙던 시선들은 이내 원래대로 돌아갔다.

그 행동을 미루어 적이건은 이곳의 성격을 조금 짐작할 수 있었다. 보통의 경우라면 어떤 집단에 신참이 들어오면 그것이 호기심이든 농락이든 이런저런 관심을 보이기 마련이었다.

하지만 이곳 사람들은 그렇지 않았다.

그만큼 삶에 여유가 없다는 뜻. 남보다는 오직 자신만을 위한 삶을 살고 있다는 뜻이었다.

"도대체 뭐 하는 곳일까요?"

가연이 두려운 듯 몸을 잔뜩 웅크린 채 주위를 돌아보았다.

"곧 알게 되겠지."

대답을 하는 적이건의 배에서 꼬르륵 소리가 진동을 했다.

"그나저나 배고프다."

"배고픈 건 둘째 치고 목이 너무 마르네."

피곤한 기색이 완연한 상월춘은 시원한 물 한 모금이 간절했다. 가연도 마찬가지였다. 정말 잔뜩 긴장한 상태라 버티는 것이지, 긴장이 풀리면 그대로 곯아떨어질 것 같았다. 잠들면 영원히 못 일어날 것 같았다.

"일단 먹을 것부터 구해보죠."

적이건이 자리에서 벌떡 일어났다.

"함께 움직이세."

상월춘과 가연이 자리에서 일어났다. 상월춘과 가연은 적이건에게 의지했다. 적이건은 그런 두 사람을 전혀 귀찮아하지 않았다.

그들이 조금 걸어가니 한 사내가 땅바닥에 거적을 깔고 비스듬히 드러누워 있었다.

힐끔 세 사람을 본 사내가 귀찮다는 듯 반대로 돌아누워 버렸다.

그의 등을 보며 적이건이 물었다.

"여기 식수는 어디에 있지?"

"꺼져."

나른한 사내의 대답에 적이건이 다시 물었다.

"여긴 원래 이렇게 불친절한 곳인가?"

그러자 사내가 코웃음을 치며 말했다.

"불친절할 뿐만 아니라 위험한 사람들로 득실대는 곳이지. 너희 같은 애송이들은 반나절도 안 돼… 앗!"

사내가 비명을 지르며 바닥을 굴렀다.

쿵!

사내가 누워 있던 자리에 어른 머리통만 한 돌이 떨어졌다. 적이건의 짓이었다. 적이건이 손을 털며 씩 웃었다.

"그다지 위험해 보이지 않는데?"

"이 어린놈의 자라새끼가!"

화난 사내가 벌떡 일어나 주먹을 휘두르며 달려들었다.

적이건이 살짝 피하며 사내의 팔목을 휘어잡으며 꺾었다.

"아아아아!"

사내가 죽는소릴 내질렀다.

"내, 내가 누군지 알고… 아악!"

적이건이 사내의 팔을 더욱 아프게 꺾었다.

"알게 뭐야!"

"아파! 제발! 아프다니까!"

사내가 소릴 질러댔다. 주위에서 지켜보던 몇몇 사내들이 킬킬거리며 웃었다. 이렇게 싸우는 일들이 이곳에서는 일상다반사인 모양이었다.

적이건이 사내의 엉덩이를 걷어찼다. 사내가 바닥을 뒹굴었다.

쓰러진 사내 옆에 쪼그리고 앉아 적이건이 물었다.

"이 자식아, 물 어딨냐고? 그거 대답해 주기가 그렇게 어려워? 밥 먹을 곳이라도 물어보려면 팔이라도 하나 잘라야겠네."

발끈해서 욕설을 내뱉으려던 사내가 이내 눈을 가늘게 떴다.

나쁜 마음을 품었다는 것이 훤히 다 보이는 얼굴로 사내가 턱짓을 하며 한옆을 가리켰다.

"저기가 우물이다."

과연 저 멀리 우물처럼 보이는 곳이 있었다.

"고마워."

사내의 입가에 두고 보자는 사악한 미소가 스쳤다.

적이건이 우물가로 걸어갔다. 조금 두려운 표정의 상월춘과 가연이 그 뒤를 따랐다.

"조심하게."

걱정스런 상월춘의 당부에 적이건이 대수롭지 않게 대답했다.

"저 새끼 눈깔은 저도 봤어요. 걱정 마세요. 그래도 물은 마셔야 하잖아요?"

사내가 알려준 그곳은 진짜 우물이었다. 문제는 그 앞을 막고 선 험상궂은 인상의 사내였다.

"못 보던 얼굴이군. 신입인가?"

적이건이 고개를 끄덕였다.

"물 좀 마시러 왔어."

"내 허락 없이는 단 한 방울도 마실 수 없지."

"당신이 누군데?"

"물주인."

"그럼 허락해 줘."

"그냥은 안 돼."

사내의 이런 반응쯤은 당연히 예상했다는 담담한 얼굴로 적이건이 물었다.

"그럼 어떻게 해야 하는데?"

"대가를 지불해야지."

사내가 품에서 무엇인가를 꺼냈다. 낡은 헝겊에 싸인 것은 육포였다. 어떤 고기로 만들어진 것인지 모르지만 일단 이틀을 굶은 세 사람에게는 참을 수 없이 강렬한 유혹이었다. 상월춘과 가연이 침을 꿀꺽 삼켰다.

"이곳에서는 오직 먹을 것만이 통용되지. 금붙이나 돈도 쓰레기에 불과한 곳이지."

"우린 먹을 것이 없는데."

그러자 사내가 단호하게 말했다.

"그럼 꺼져라!"

적이건이 피식 웃었다. 그 웃음의 의미를 다르게 해석했는지 사내가 넌지시 말했다.

"물론 다른 방법도 있지."

그러면서 사내가 가연의 몸을 위아래로 훑었다.

"한 번 주면 물 주고. 싫음 그냥 가시고."

욕망에 들뜬 그 눈빛을 보며 가연이 질겁하며 뒤로 물러섰다. 치렁치렁한 머리카락 때문에 가연의 얼굴을 제대로 못 본 모양이었다.

바로 그 순간.

적이건이 벼락처럼 달려들어 사내의 목을 수도로 후려쳤다.

빠악!

사내가 허공을 붕 날아오르더니 그대로 땅바닥에 꼬꾸라졌다.

"크에에엑."

사내가 목을 부여 쥐고 한참 동안 기침을 해댔다. 일차적인 고통이 가시자 사내가 벌떡 일어나 주먹을 휘두르며 달려들었다.

"감히 날 쳐! 이 새끼가!"

하지만 그 느린 주먹에 맞아줄 적이건이 아니었다.

빡! 빠악!

적이건의 주먹이 연달아 사내의 배에 박혔다.

창자가 끊어지는 고통에 사내가 데굴데굴 굴렀다.

적이건이 사내의 목을 거칠게 움켜쥐고 일으켜 세웠다. 사내가 아프다며 죽는소릴 내질렀다. 그래도 기는 죽지 않았다.

"이, 이 새끼. 내가 누군지 알고……."

"우물이나 지키는 머저리겠지."

"으으으!"

적이건의 주먹이 다시 사내의 배에 박혔다. 쓰러진 사내를 적이건이 사정없이 밟아대기 시작했다.

퍽! 퍼억!

"왜 네 허락을 받고 물을 마셔야 하는지 합당한 이유를 대! 아님 죽는다!"

"제발! 제발 그만!"

"말해보라니까!"

퍽퍽퍽!

적이건이 골고루 제대로 밟았다.

"자, 잘못… 잘못했습니다! 제발."

"그래. 이제 나도 때릴 힘도 없다."

매질을 멈춘 적이건이 그의 품을 뒤져 앞서의 육포를 꺼냈다.

"살려주는 대가로 이걸 받지. 물 한 모금에 여자를 안으려고 했으니, 목숨을 구하는 대가로 육포 몇 조각이면 공평하겠지?"

죽은 듯 누워 있던 사내가 갑자기 무엇인가를 휘둘렀다.

쉬익!

시퍼런 비수의 칼날이 적이건의 코앞을 스쳐 지나갔다. 사내가 비장의 한 수로 숨겨둔 기습이었다.

우두두둑!

"아악!"

이어지는 비명 소리는 사내의 것이었다. 적이건이 그의 팔을 사정없이 꺾어버린 것이다.

손에서 떨어지는 비수를 다른 손으로 받아 들었다.

"이것도 덤으로 받지."

부러진 팔을 움켜쥐고 사내가 고통스럽게 바닥을 뒹굴었다.

싸움 실력은 별로였지만 성질이 보통이 아니었다.

사내가 표독스럽게 노려보자 적이건이 살기를 뿜었다.

"왜? 또 줄 게 있나?"

그 서슬에 찔끔 놀란 사내가 힘겹게 자리에서 일어나더니 어디론가 뛰어갔다.

상월춘이 겁먹은 얼굴로 물었다.

"이래도 되겠나?"

"뭐가요?"

"자네 완력이 보통이 아니란 것은 잘 알겠네만, 이러면 분명 후환이 있을 것이네."

"그렇겠지요."

"한데 왜 이랬나?"

"이러지 않아도 어차피 후환이 생길 테니까요."

"뭐?"

"저 자식이 가 소저를 찍은 이상 어떻게든 사단이 났을 테니까요. 가 소저 팔고 물 마실 순 없잖아요?"

"그렇긴 하네만."

"좋은 말로 대할 가치가 없는 놈이었어요. 신경 꺼요."

"그럼 다른 놈을 데려오기 전에 어서 여길 뜨세."

그러자 적이건이 야릇한 미소를 지었다.

"저녁거리도 구해야지요. 몇 가지 물어볼 것도 있고. 자, 그건 제게 맡기시고 일단."

우물에서 물을 떠서 나눠 마셨다. 시원한 물을 마시자 그제야 살 것 같았다.

적이건이 육포를 죽죽 찢어 대충 세 조각으로 나눴다.

"빈속이라 꼭꼭 씹어 먹어야 할 겁니다."

적이건이 두 사람에게 한 조각씩 나눠 주고 자신 것을 입안에 통째로 넣고 질겅질겅 씹어댔다.

상월춘과 가연이 허겁지겁 육포를 씹어댔다.

후환은 육포를 채 다 삼키기도 전에 닥쳐왔다.

아까 그 사내가 칠팔 명의 사내들을 끌고 온 것이다.

"왔어?"

적이건은 그들을 기다렸다는 태도였다. 불량스럽게 육포를 질겅질겅 씹어대는 적이건을 함께 온 사내들이 무섭게 노려보았다.

"저놈인가?"

"네, 형님!"

형님이라 불린 사내는 건장한 체구를 지닌 사내였다. 그는 물론이고 수하로 보이는 사내들도 모두 한 인상 하는 놈들이었다.

상월춘이 가연을 데리고 몇 발짝 뒤로 물러섰다.

본격적인 싸움이 벌어지려 하자 슬금슬금 주위로 구경꾼들이 몰려들었다.

"멍청한 놈! 저런 애송이에게 당했단 말이냐!"

덩치가 앞서 당했던 사내의 뒤통수를 사정없이 후려쳤다.

너덜거리는 팔을 부여 쥔 채 사내가 고개를 푹 숙였다. 하지만 그의 얼굴에는 이제 곧 적이건이 사지가 부러진 채 죽어가기를 바라는 기대감이 가득했다.

덩치의 시선이 적이건 뒤에 선 가연에게로 향했다.

"몸매는 제법 괜찮아 보이는군. 좋았어!"

그 음흉한 눈빛에 질겁한 가연이 상월춘 뒤로 숨었다.

덩치가 적이건을 살폈다.

"밖에서 제법 놀았나 본데. 어차피 이곳에서는 소용없는 일이지."

모두들 내력이 제압당한 채로 들어오기 때문에 어차피 과거의 영광은 아무 소용이 없는 곳이었다.

물론 고수는 내력이 없어도 월등한 실력을 보인다. 하지만 그것도 어느 정도 한계가 있는 법. 결국 이곳에서의 싸움은 무기가 무엇이냐에 따라, 머릿수가 누가 많으냐에 따라 결판이 났다.

"저놈은 꿇리고, 계집은 이리 대령해!"

사내들이 일제히 달려들었다.

적이건이 허공을 홀쩍 뛰어올랐다. 내력이 없는 사람치고는 '우와' 란 감탄이 절로 날 정도의 도약력이었다.

빠직!

가장 먼저 달려들던 사내의 얼굴을 무릎으로 찍은 후, 적이건이 그의 가슴을 밟고 다시 도약했다. 얼굴이 함몰된 사내가 그대로 자빠졌다.

퍽! 퍼벅!

뒤따라 달려들던 사내 둘이 몸을 비틀며 쓰러졌다. 적이건의 발길질에 턱이 돌아간 것이다.

"베어버려!"

맨손으로 힘들 것이라 판단한 덩치사내가 다급하게 소리쳤다.

사내들이 번뜩이는 비수를 뽑아 들었다. 하지만 그 작은 비수로 적이건을 막아낼 순 없었다.

서걱!

오히려 비수를 빼앗긴 사내가 목을 움켜쥐고 쓰러졌다.

동료가 목에서 피를 뿜어내자 사내들이 겁을 먹었다. 그냥 붙어도 힘든 상대인데 겁까지 먹자 승패는 금방 결정났다.

우드득!

사내의 팔을 꺾은 적이건이 몸을 날려 뒷걸음질치는 또 다른 사내의 턱을 걷어찼다. 쓰러진 사내가 거품을 물었다.

이들을 불러온 처음의 사내는 다른 팔까지 꺾어버렸다.

적이건이 손속에 사정을 두지 않고 자신의 수하들을 쓰러뜨리자 덩치사내가 당황했다.

"이 새끼! 제법이구나!"

덩치가 등 뒤에서 무엇인가를 꺼냈다. 시퍼런 날이 선 검이었다. 일반 검보다는 짧고 비수보다는 긴 일종의 개조된 검이었다.

적이건이 눈을 반짝였다.

"그거 탐나는데?"

"줄까?"

적이건이 고개를 끄덕였다.

"네 배때지에 직접 넣어주마!"

사내가 검을 찌르며 달려들었다.

쉭!

제법 기초가 다져진 초식이었다. 앞서 사내들에 비해 과연 몇 수 위였다. 하지만 덩치 역시 내공이 없는 상황이었다. 결국 승부는 싱겁게 끝이 났다.

배를 걷어차여 비틀거리는 사내의 목덜미를 적이건이 팔꿈치로 사정없이 내려쳤다.

우직.

뼈 부러지는 소리와 함께 사내가 쓰러졌다.

꿈틀거리던 사내가 이내 축 늘어졌다. 그대로 절명한 것이다.

"으허헉!"

상월춘이 놀라 눈을 가리며 뒷걸음질을 쳤다. 가연도 두려운 마음에 시선을 피했다.

그에 비해 구경꾼들은 담담했다. 사람이 죽었음에도 크게 동요하거나 놀라지 않았다. 죽음이 일상이란 느낌이었다.

눈빛이 조금 우호적으로 돌아섰다.

아마도 이들 사내들이 이곳에서 나쁜 짓을 하고 다닌 모양이었다.

저들을 건드렸으니 이제 그 후환을 어떻게 감당할 것인가? 몇몇 시선에 걱정이 담겼다.

적이건이 덩치를 비롯한 쓰러진 사내들의 품을 뒤졌다.

몇몇에게서 헝겊으로 싼 육포가 나왔다. 적이건이 그것을 모두 챙겼다. 무기 역시 꼼꼼히 챙겼다.

전리품은 비수 세 자루와 덩치사내가 쓰던 검이었다.

적이건이 물러나자 구경하던 사내들이 득달같이 달려들었다. 정신을 잃은 그들의 옷이며 신발이며, 남은 것들을 완전히 벗겨갔다. 순식간에 달려들어 눈 깜짝할 사이 모두 흩어졌다.

적이건이 공포에 질린 상월춘에게 물었다.

"두렵나요?"

"……."

사람 마음이란 참으로 간사하다. 목숨에 미련을 버렸다고 생각했는데, 막상 위급한 상황이 닥치고 눈앞에 시체를 보니 너무나 두려웠다. 죽는다는 것도 두려웠고, 이런 위태로운 상황도 두려웠다.

"죽이지 않아야 했다고 생각하나요?"

굳이 죽였어야 했을까 하는 생각이 드는 것은 사실이었다.

적이건이 그의 속마음을 정확히 읽어냈다.

"보복당하는 것이 두려운 거겠지요. 누군가 복수를 하러 올까."

"…솔직히 두렵네."

"오히려 저자를 죽이는 것이 보복당할 확률을 줄이는 길이에요."

그러자 상월춘이 의아한 눈빛을 보냈다.

적이건이 담담히 설명했다.

"두목을 죽이지 않으면 보복당할 확률이 몇 배는 더 커지는 법이지요. 두목이란 놈이 깨어나면 수하들에게 자존심을 회복하기 위해서 개지랄을 떤다는 말이지요. 물론 의리로 뭉친 조직이라면 부하들이 두목의 복수를 하러 오겠지요. 저자들이 그런 의리있는 자들처럼 보입니까?"

그제야 적이건의 말뜻을 이해했다.

적이건에게 물과 육포까지 얻어먹은 신세였다. 또 앞으로 어떤 도움을 받아야 할지 모르는 신세였다. 자신이 이러쿵저러쿵할 자격은 없었다.

"걱정 말아요. 설령 놈들이 복수를 하러 온다 해도 내가 지켜줄 테니."

상월춘이 떨리는 목소리로 물었다.

"우리에게 이렇게 호의를 베푸는 이유가 뭔가?"

적이건의 표정이 진지해졌다.

"날 이곳에 보낸 이도, 아까 만난 몽악이란 자도, 그리고 여기 이곳도, 모두 다 마음에 들지 않기 때문이죠. 그리고 결정적으로……."

적이건이 두 사람을 보며 싱긋 웃었다.

"그 정도 능력은 되니까요."

다음날 정오. 지하광장의 한옆 가장자리에 사람들이 북적거리고 있었다.

그곳에 적이건 일행도 모습을 나타냈다.

밤새 잠을 설친 듯 적이건의 눈이 충혈되어 있었다.

"잠자리가 바뀌면 잠을 잘 못 잔다니까요."

가연과 상월춘이 못 믿겠다는 표정을 지었다.

뭐랄까, 그들의 눈에 비친 적이건은 그렇게 섬세한 남자는 아니었던 것이다. 너무 피곤해 세상모르고 곯아떨어진 두 사람이었으니 적이건이 잠을 잤는지 못 잤는지는 확인할 길이 없었다.

어쨌든 하루 푹 자고 나니, 마음의 여유가 생겼다. 자기 전에 적이건은 사내들에게 얻은 육포를 공평하게 나눠 주었다. 각자 아껴 먹으면 이틀 정도는 먹을 수 있는 양이었다.

자연히 적이건에 대한 호감은 더욱 커졌다. 가연은 어쩌면 자신의 얼굴을 고칠 수 있다는 적이건의 말이 허풍이 아닐지도 모른다는 생각이 들었다. 허풍이나 치고 돌아다니는 사람이 이런 상황에서 그 귀중한 식량을 나눠 줄 리 없다는 생각 때문이었다.

"이곳이 확실하군."

적이건이 천장을 올려다보며 말했다.

끝없이 높은 천장에 작은 문이 보였다. 이곳에 모인 사람들은 모두들 그곳만 쳐다보고 있었다.

그사이 몇 가지 알아낸 정보가 있었다.

일단 이곳에 사는 사람들의 숫자는 오백 명 정도였다. 비정기적으로 새로운 사람들이 붙잡혀 온다고 했다. 계속 사람들이 끌려오지만 언제나 이곳의 인구는 비슷하게 유지된다고 했다. 결국 끌려온 만큼 죽는다는 말이었다.

다음으로 알아낸 것이 식량에 대한 정보였다.

정오에 한 번 식량이 투하된다고 했다. 말 그대로 투하였다. 천장에 구멍이 난 곳이 모두 열 곳. 그곳으로 육포와 건량이 든 주머니가 투하되었다.

이곳에 모인 사람들은 백 명이 넘었다.

가연이 고개를 갸웃했다.

"이상하네요. 이곳의 인구가 총 오백 명이고, 구멍이 열 개라면 한곳에 오십 명씩 기다리면 될 텐데요."

"그러게 말이네."

상월춘 역시 이상하다는 표정으로 적이건을 돌아보았다.

"사람 숫자가 적은 다른 곳을 찾아보는 게 낫지 않겠나?"

그러자 적이건이 고개를 내저었다.

"다른 곳도 마찬가지일 겁니다. 이 사람들이 바보라서 여기서 기다리는 것은 아닐 테니까요."

"그게 무슨 말인가?"

"결국 이곳도 사람 사는 곳이란 말이지요."

상월춘은 적이건의 말을 이해할 수 없었다.

그에 대해 알려주겠다는 듯 적이건이 한옆에 서 있던 청년에게 걸어갔다. 두 사람이 그 뒤를 따랐다.

적이건이 비슷한 또래의 한 사내를 지목했다.

"나 기억나지?"

적이건이 다가오자 사내가 흠칫 놀라 뒤로 물러섰다. 그는 바로 어제 적이건이 싸울 때 구경을 하던 이들 중 하나로 이름은 이엽(李葉)이었다.

"뭐 하나만 물어보지."

이엽이 경계를 풀지 않은 채 뒤로 물러섰다. 어제 적이건이 싸우는 모습을 똑똑히 본 그였다. 망설임없이 살인을 하는 것까지.

자신이 구경을 하고 있었다는 것을 기억해 내다니. 그가 긴장하는 것은 당연했다.

적이건이 목소리를 낮춰 나직이 물었다.

"이곳을 장악하고 있는 조직이 있지?"

주위를 살피며 대답을 망설이는 태도에서 이미 대답이 나왔다.

적이건이 고개를 끄덕였다.

"역시 그렇군. 그자들이 몇 군데 식량 구멍을 장악했지?"

이엽이 대답하지 않자 적이건이 위협적으로 다가섰다.

이엽이 놀라 대답했다. 속삭임처럼 작은 목소리였다.

"다섯 곳이오."

"그 조직에 포함되지 못한 이들이 나머지 다섯에서 식량을 받는군."

이엽이 놀란 표정을 지었다. 분명 어제 들어온 자가 분명한데, 너무나 빨리 이곳의 상황을 알아가고 있는 것이다. 적이건의 말처럼 이곳은 하나의 큰 조직이 지배하고 있었다.

조직의 이름은 곤수파(昆首派)였다.

곤수는 조직의 우두머리 이름이었다. 대략 오십여 명으로 구성되어 있었는데, 특별히 힘 좋고 싸움 잘하는 이들이 대부분이었다. 들어가고 싶어도 쉽게 들어갈 수 없는 조직인 것이다.

어쨌든 곤수파가 이곳 식량의 절반을 차지하고 있었다. 자연 남은 사람들은 식량부족을 겪을 수밖에 없었고, 식량배급 시면 치열한 경쟁이 벌어졌다.

적이건은 물 역시 마찬가지란 것을 깨달았다.

처음 두들겨 맞은 사내가 곤수파가 지키는 우물로 자신들을 보낸 것이겠지.

그렇다면 곤수파 놈을 건드린 것이군.

그때 누군가 소리쳤다.

"온다!"

천장에서 우수수 무엇인가 떨어지고 있었다. 밀고 당기고 주위는 완전 아수라장이 되었다. 모두들 허공을 향해 힘차게 뛰어올랐다.

적이건도 몸을 날렸다. 압도적으로 높이 뛰어오른 적이건이 재빨리 떨어지는 식량 하나를 낚아챘다. 떨어지면서 또 다른 식량 하나를 걷어찼다.

날아간 식량이 방금 전 이엽에게 날아갔다. 이엽이 엉겁결에 받아 들었다.

그를 보며 적이건이 싱긋 웃었다.

이엽이 조금 감격한 표정으로 말했다.

"고, 고맙소."

혼잡스럽던 장내는 금방 정리가 되었다. 식량을 두고 난투극이 벌어질 것 같았는데, 의외로 식량을 얻지 못한 사람들의 포기가 빨랐다.

가연과 상월춘은 식량을 얻지 못했다. 적이건이 식량을 흔들며 웃자 두 사람이 미안한 표정을 지었다.

적이건이 주위를 돌아보며 물었다.

"한데 식량을 두고 꽤나 험악한 싸움이 벌어질 것 같았는데. 의외로 질서를 잘 지키는군."

이번에는 이엽이 곧바로 대답했다.

"처음에는 뺏고 뺏기고, 그로 인해 많은 사람이 죽었소. 식량을 빼앗긴 앙심에 잠든 상대를 죽이고. 난리도 아니었소. 결국 자체적인 규칙이 정해졌소. 떨어지는 것을 처음에 줍지 못하면 깨끗이 포기하기로. 이삼 일 굶은 사람들에게 식량을 나눠 주기도 하고."

그러자 가연이 물었다.

"왜 남은 사람들이 조직을 만들지 않나요?"

"무슨 뜻이오?"

"조직을 만들어 운영하면 공평하게 식량을 나눌 수 있잖아요."

"그걸 바라지 않는 사람들이 더 많으니까."

가연은 이해하지 못하겠다는 표정을 지었다.

적이건이 그에 대한 설명을 했다.

"우선 곤수파가 다른 조직이 만들어지는 것을 필사적으로 방해할 테고, 또 이곳 사람들 중에서도 자신의 힘으로 식량을 얻을 자신이 있는 사람은 굳이 조직을 만들고 싶지 않겠지. 자신의 몫이 줄어들 테니까. 그게 어쩌면 곤수파의 방해보다 더 큰 이유일 거야."

이엽이 진심으로 감탄했다. 적이건의 지적은 정확했다.

처음에는 곤수파의 방해로 조직이 만들어지지 않았다. 조직을 만들려던 이들은 모두 끌려가 제거되었다.

하지만 이제는 곤수파가 나서지 않아도 될 상황이 되었다. 조직에 속하지 않은 이들의 갈등이 너무나 깊어진 탓이었다.

모였던 사람이 모두 흩어지고 이엽도 어디론가 가버렸다.

그곳에는 이제 적이건 일행 셋만 남았다.

"무슨 생각 하시죠?"

말없이 천장을 올려다보는 적이건에게 가연이 물었다.

적이건이 진지해진 얼굴로 대답했다.

"분명 이곳에 뭔가 비밀이 있어요. 비연회 놈들이 돈이 남아돌아서 이런 곳을 운영하진 않을 거니까요."

그날 밤, 이제 막 잠이 든 가연을 누군가 깨웠다. 깜짝 놀라 깨보니 적이건이었다.

적이건이 '쉿' 하며 그녀를 조용히 일으켰다. 그리고 따라오라는 시늉을 하고는 앞장서 걸었다.

상월춘은 피곤했는지 코까지 골며 잠들어 있었다.

가연은 잠시 망설였다. 적이건이 혹시나 불순한 의도로 자신을 데려가는 것이 아닐까 하는 두려운 마음이 들었다.

하지만 이내 그럴 리 없다고 생각했다. 사람의 본성을 어떻게 며칠 만에 알겠냐마는, 적어도 그런 더러운 짓을 할 사람은 아니란 확신이 들었다.

그녀가 조용히 적이건의 뒤를 따라나섰다.

적이건이 그녀를 데려간 곳은 그곳에서 조금 떨어진 숲이었다. 숲이라고 하기에는 몇백 그루의 나무가 심어진 것이 전부였지만 그래도 주위의 이목을 피하기에는 충분한 곳이었다.

은밀한 곳으로 자신을 데려가자 가연이 더욱 긴장했다.

그곳에 나무로 만든 작은 공간이 세워져 있었다.

문을 열자 그 가운데 나무를 파서 만든 나무통에 깨끗한 물이 가득 담겨 있었다.

"이건?"

설마하는 얼굴로 돌아보는 가연에게 적이건이 말했다.

"씻어."

설마하는 표정을 짓는 가연에게 적이건이 고개를 끄덕였다.

"며칠째 못 씻었잖아."

순간 가연의 두 눈에 눈물이 맺혔다. 정말이지 간절한 것이 목욕이었다. 여인으로 며칠째 세안조차 못한다는 것은 그야말로 형벌 중의 형벌이었다.

적이건이 몇 발짝 떨어진 곳으로 걸어가 돌아섰다.

"안심하고 해. 멀찍이서 지켜줄 테니까."

"왜 제게."

가연은 얼떨떨한 표정이었다.

적이건이 멀찌감치 떨어졌다. 고맙다는 말을 했어야 했는데 당황한 나머지 기회를 놓쳤다.

가연이 안으로 들어갔다.

옷을 벗고 나무통 안으로 들어왔다.

참방참방.

물은 너무나 깨끗했다. 아마도 우물물을 길어와 부운 모양이었다.

'힘들었을 텐데.'

가연은 진심으로 감동했다.

저 멀리서 적이건의 목소리가 들렸다.

"신경 쓰이면 더 멀리 가 있을까?"

"아니요. 그냥 거기 있어줘요."

"그러지."

가연은 상쾌한 기분에 날아갈 것만 같았다.

눈물이 날 수밖에 없다. 이렇게 잘해주는 사람을 만난 적이 없었으니까.

자신에게 화상을 입힌 사람은 어머니였다.

만취한 상태였고 자신을 낳아준 은혜가 있다 해도, 그녀는 어머니를 용서할 수 없었다. 화상 입은 어린 자신을 버린 것이다.

부모라고 부르기도 싫었고 생각하기도 싫은 존재였다.

…자신을 버리지만 않았더라도.

세상에서 가장 부모복이 없는 년이러니 하고 살아온 인생이었다.

왜 이곳에 끌려왔는지 알 수 없었다.

온갖 구차하고 잡다한 일을 하며 근근이 연명해 온 삶이었다. 어디서 누구에게 얽혀 이런 꼴을 당했는지 알 수 없었다.

하긴 몰라도 상관없었다.

세상을 증오하기만 하고 살아온 인생이었다. 부모를 미워하기만 하고 살아온 인생이었다.

"왜 제게 이렇게 잘해주시는 거죠?"

가연의 마음이 두근거렸다.

그럴 리는 없겠지만 혹시 적이건이 자신을 좋아하는 것이 아닐까 하는 기대감도 들었다. 자신의 얼굴을 본 후에도 자신에게 이렇게 친절을 베푼 사람은 없었으니까.

하지만 대답은 전혀 의외였다.

"좋아하는 사람 생각이 나서."

"아!"

가연이 탄식했다.

"만약 그녀에게 이런 상황이 닥쳐오면 누군가 이렇게 도와주길 바라는 마음에서."

가연은 실망했고, 동시에 감동했다.

"…그녀는 정말 복이 많은 여자군요."

"헤헤헤. 그렇다고 봐야지."

"어떤 분인가요?"

"수수하게 생겼어. 적당히 착하고, 똑똑하고. 끈기도 있고."

"만나보고 싶군요."

"만나게 해주지."

"정말인가요?"

"곧 이곳을 빠져나갈 거야."

"저도 데리고 나가주실 건가요?"

"물론이지. 아, 물 좀 더 떠다줄까?"

"아뇨. 됐어요."

다시 눈물이 흘러내렸다. 왜 눈물이 나는지 몰랐다. 고마워서겠지. 또 다른 의지도 생겼다.

꼭 살아남아서 적이건의 그녀를 보고 싶었다.

정말이지 깃발을 만들어 얼굴을 고쳐 줄 사람을 찾아 나서야겠다는 생각도 들었다.

그녀가 목욕을 마쳤을 때, 적이건은 어디론가 사라진 후였다.

적이건은 세 사람의 임시숙소로 돌아가지 않았다.

그는 누군가를 미행하고 있었다.

바람결에 실려온 비명 소리를 들은 것이다. 분명 살려달라는 소리였다.

적이건이 소리가 들린 쪽으로 조심스럽게 걸어갔다.

사내 서넛이 누군가를 강제로 끌고 가고 있었다. 입에 재갈이 물린 중년 사내였다. 근처에 사람이 기거하는 천막이 몇 군데 있었지만 소리를 못 들었는지, 아니면 모른 척하는 건지 나와보는 사람은 아무도 없었다.

사내들이 중년 사내를 끌고 외진 곳으로 향했다.

 적이건이 조심스럽게 그들을 미행했다.

 이윽고 그들이 도착한 곳은 광장의 북쪽 가장자리였다. 석벽 아래 도착한 사내들이 벽을 두드려 신호를 보냈다. 그러자 놀랍게도 석문이 열렸다.

 사내들이 잡아온 중년인을 그 안에 밀어 넣었다. 공포에 질린 사내가 반항을 했지만 꽁꽁 묶인 상태였기에 저항할 수 없었다. 곧바로 석문이 닫혔다.

 적이건의 눈빛이 날카로워졌다. 분명 이자들은 몽악에게 사람을 잡아 바치는 것이 틀림없었다.

 사람들이 계속 왔음에도 전체 숫자가 비슷하게 유지되는 이유는 서로 싸워서 죽기 때문이 아니었다. 이렇게 비밀리에 잡혀가기 때문이었다.

 "모두들 수고했다."

 수장으로 보이는 사내가 나머지 사내들에게 무엇인가를 나눠 주었다. 정오에 떨어진 식량주머니였다. 한 사람당 세 개씩 받아 챙기고는 기분 좋게 흩어졌다.

 적이건이 그들 중 한 사내를 뒤쫓았다.

 사내가 자신의 천막 안으로 들어가길 기다렸다가 조용히 따라 들어갔다.

 "헉! 누구?"

 퍽!

적이건이 사정없이 주먹을 날렸다.

얼굴을 강타당한 사내가 뒤로 자빠졌다.

그는 바로 식량배급을 받을 때 만났던 이엽이었다. 광대뼈가 깨지는 충격에 고통스럽게 인상을 일그러뜨렸다.

뒤늦게 상대를 알아본 이엽이 화들짝 놀랐다.

"다, 당신은?"

"그래, 나야. 그러니 공연히 반항하지 마. 죽는 수가 있으니까."

적이건이 살기 어린 눈빛으로 이엽을 노려보았다.

"도대체 왜 이러시는 겁니까?"

"방금 전 그 사람을 어디로 내보낸 거지?"

이엽이 깜짝 놀랐다.

적이건이 나직이 말했다.

"어제 봤지? 나 사람 죽이는 것 따윈 망설이지 않아."

이엽이 침을 꿀꺽 삼켰다. 어설픈 변명 따위가 통할 상대가 아니었다. 하지만 그렇다고 솔직히 말할 수도 없는 노릇이었다.

"네게 들었다고 안 해. 걱정 마."

그 말에 이엽의 마음이 조금 흔들렸다.

적이건이 비수를 꺼내 들었다. 당장이라도 찌를 기세였다.

"좋아! 다른 놈에게 물어보지. 의리를 지키다 죽는 것도 가치있는 삶이겠지."

이엽이 소스라치게 놀라며 손사래를 쳤다.

"잠깐! 말하겠습니다."

"너 곤란하게 안 해. 걱정 마."

이엽은 어쩔 수 없다고 생각했다. 이엽이 힘없이 말했다.

"어디로 데려가는지 저도 모릅니다."

"그냥 심부름만 하는 거다?"

"네. 며칠에 한 번씩 명령이 내려옵니다."

"어떤 식으로?"

"성별과 나이, 건강 상태를 보내옵니다. 그럼 그 기준에 맞는 사람을 물색해 골라 보냅니다."

적이건의 눈빛이 날카로워졌다.

"아까 식량을 나눠 준 자는 누구지?"

"그는… 곤수파의 사람입니다."

이엽이 말을 더듬었다. 비밀을 누설한 것에 대해 곤수파의 보복이 두려웠다.

"네가 그들의 세작이군."

이엽이 흠칫 놀랐다.

"아, 아닙니다."

퍽!

다시 적이건의 주먹이 이엽의 얼굴을 강타했다.

얼굴을 감싸며 고통을 참는 그에게 적이건이 냉정하게 말했다.

"네가 그들의 조직원인데 왜 아까 그곳에서 식량을 받았지?"

"그건……."

"네가 세작질을 하든 말든 내 상관이 아니지. 하지만 내게 거짓말은 하지 마!"

이엽이 풀 죽은 얼굴로 고개를 푹 숙였다.

"죄송합니다. 어쩔 수 없었습니다."

이엽이 순순히 고백했다. 그는 곤수파의 세작이었다. 워낙 평범했고 성격이 소심해 아무도 자신이 세작임을 알아차리지 못했다.

적이건이 조금 다정하게 말했다.

"이해해. 살기 위해서 그랬겠지. 나는 단지 진실을 알고 싶을 뿐이야."

"그들이 제안을 해왔습니다. 비조직원들의 일거수일투족을 감시해 달라고."

"잡혀간 이들이 돌아온 적이 있었나?"

그러자 이엽이 고개를 내저었다. 양심의 가책이 되는지 얼굴이 붉게 달아올랐다.

"여러 소문이 있어요. 괴물의 먹잇감이 된다는 말도 있고 전쟁터로 끌려간다는 말도 있고."

"솔직히 말해줘서 고마워."

적이건이 자리에서 일어났다. 그냥 돌아서자 이엽이 놀라 물었다.

"이대로 그냥 가시는 겁니까?"

"그럼 죽여? 살인멸구 당할래?"

"아, 아닙니다."

"걱정 마. 뭐 대단한 비밀이라고 살인멸구를 해? 그냥 나 만난 것 잊어."

"알겠습니다."

적이건이 그냥 이대로 갈 줄 몰랐던 그였다. 하다못해 식량이라도 뺏어갈 줄 알았다.

적이건이 밖으로 걸어나왔다. 이엽이 따라 나왔다.

"저기……."

"왜?"

"조심하십시오. 지금 곤수파에서 노리고 있습니다."

"나를? 왜?"

"지난번 우물가에서 당한 자들이 바로 곤수파 소속입니다. 조만간에 사람들이 찾아갈 겁니다."

"알려줘서 고맙군."

꾸벅 인사를 하며 이엽이 천막 안으로 들어갔다.

적이건이 한쪽의 커다란 천막들을 바라보았다.

"곤수파라 이거지."

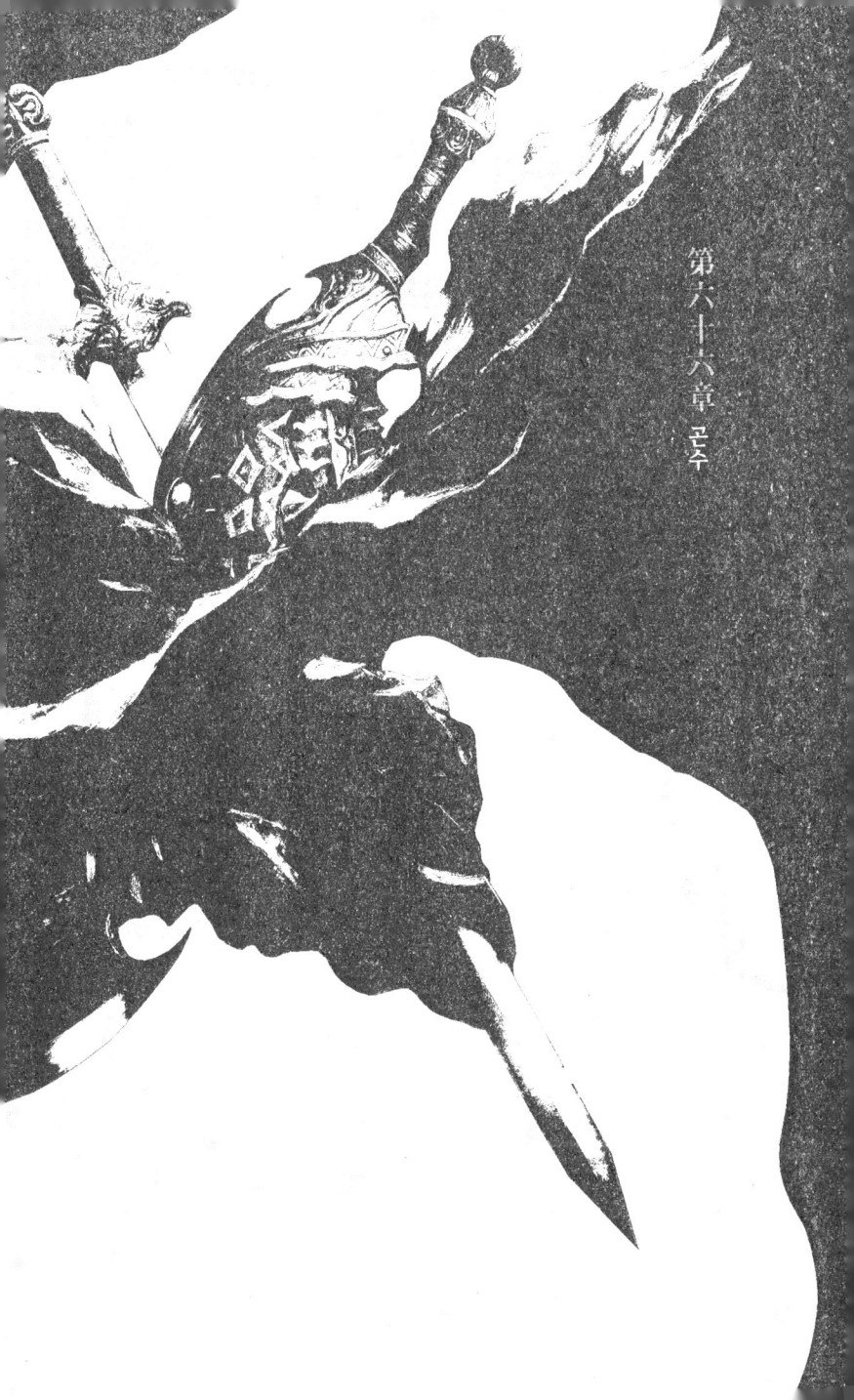

第六十六章 공주

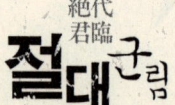

"아들이 너무 그립네. 아들이 죽었을까 너무 두렵네."

상월춘의 눈에 눈물이 맺혔다.

이곳에 온 지도 며칠이 지났고, 적이건과 가연은 잘 적응하고 있었다. 하지만 상월춘은 점점 더 힘들어하고 있었다. 이유는 바로 아들에 대한 그리움이었다. 죽을 때가 가까워졌다고 느꼈는지 그리움이 더욱 심해졌다.

"보고 싶네."

계속되는 상월춘의 자식 타령에 가연이 신경질적으로 소리를 내질렀다.

"그딴 소리 이제 그만 좀 해요!"

듣는 내내 신경이 거슬렸던 그녀였다.

빌어먹을! 그깟 자식이 뭐 중요하다고. 그깟 자식이 뭐라고?

엄마 얼굴만 떠올려도 경기를 하는 그녀였다.

누군 이렇게 자식을 그리워하고 있는데, 엄마는 자신을 생각이나 할까? 자신의 존재 따윈 새까맣게 잊었을 것이다.

한 사람은 너무나 그리워하고 있었고, 한 사람은 너무나 증오하고 있었다.

적이건이 습관적으로 하늘을 올려다보았다.

높은 천장 너머 푸른 하늘이 그리웠다. 그 하늘을 배경으로 떠올리고 싶은 얼굴들이 많다.

의외로 아버지 생각이 자꾸 난다.

자신의 일을 허락해 주실 때의 그 순간을 잊을 수 없다.

자신을 바라보던 그 눈빛.

그러고 보면 언제나 무뚝뚝하신 것 같았지만 언제나 자신을 바라보는 눈빛은 따스하셨다. 그저 잊고 있었을 뿐이다.

물론 여전히 아버지는 대하기가 어렵다. 또다시 부딪히는 일이 생기겠지. 그래도 예전처럼 무작정 아버지를 부정하게 될 것 같진 않았다.

어머니야 뭐 잘 계시겠지.

지금쯤이면 부모님이 자신을 찾아 나서셨을 것인데.

찾으시기 힘들 거란 생각이 들었다. 쉽게 찾아내기에는 너무나 멀리 왔고 너무나 은밀한 곳에 갇혀 있었다.

차련의 얼굴이 떠올랐다.

걱정 많이 하고 있을 텐데.

정말이지 같이 끌려오지 않은 것을 생각하면 비연회주에게 감사의 절이라도 하고 싶은 심정이다.

그녀가 이곳에 있다면?

적이건이 힐끔 가연을 쳐다보았다.

그녀에 대한 신경보다 아마 열 배는 더 신경을 쓰고 있을 것이다.

아, 생각만 해도 두렵다.

그렇게 생각하니 가연에게 조금 미안해졌다.

상월춘이 앓는 소릴 냈다.

적어도 지금의 그는 반면교사(反面敎師)다.

소중한 것은 잃고 나서야 깨닫는다는. 있을 때 최선을 다해야 한다는. 너무나도 소중한 교훈을 그의 불행한 인생을 통해 알려주고 있다.

그 역시 불쌍한 사람이다.

살려서 데려 나갈 것이다. 그의 자식을 찾아줄 것이다. 가연의 얼굴을 고쳐 줄 것이다. 그래서 비연회주에게 보여줄 것이다. 그녀와 자신이 무엇이 다른지.

세 사람이 각기 상념에 빠져 있을 그때.

누군가 그들에게로 다가왔다. 날카로운 눈매만큼 길쭉한 하관(下顎)이 인상적인 사내였다.

이전에 다투었던 사내들과는 느낌부터가 다른 사내였다.

훨씬 더 강한 사내였다. 어딘지 모르게 내공이 넘칠 것 같은 느낌도 들었다.

"네가 적이건이냐?"

어떻게 알았는지 이름까지 알고 찾아왔다.

적이건이 묵묵히 고개를 끄덕였다.

"따라와. 뵈어야 할 분이 있다."

적이건이 마치 기다렸다는 듯 자리에서 일어났다. 어차피 한 번은 부딪쳐야 할 자들이었다. 아니, 먼저 나서서 접근을 할 작정이었다. 이렇게 찾아와 주니 고마울 따름이다.

"그러지."

적이건이 일어나자 두 사람이 함께 일어났다.

"너 혼자만 간다."

걱정하는 두 사람을 안심시킨 후, 적이건이 혼자 사내와 동행했다.

한참을 말없이 걷던 사내가 물었다.

"들어오기 전에 무슨 일을 했나?"

"뭐 이것저것."

사내는 적이건이 십여 명이나 되는 수하들을 해치웠다는 것이 믿기지 않았다. 겉보기에는 무공과 전혀 어울리지 않았다.

"어떤 무공을 익혔나?"

"뭐 이것저것."

성의없는 대답이라 생각되었는지 사내가 검날처럼 날카롭게 인상을 그었다.

물론 적이건은 전혀 주눅 들지 않았다.

"그쪽이야말로 칼질 좀 한 것 같은데?"

사내가 피식 웃었다. 칼질 좀 했다는 표현 정도로는 부족한 지난날이었다.

두 사람이 곤수파의 본거지에 도착했다.

일반적인 천막들에 비해 크기가 훨씬 큰 천막들이 여기저기 있었는데, 곤수가 있으리라 예상되는 중앙의 나무 건물은 이곳에 와서 본 거처들 중 제일 큰 건물이었다.

그 건물 앞에는 수십 명의 사내들이 여기저기 흩어져 잡담을 나누고 있었다.

그들의 시선이 적이건에게 집중되었다.

"저놈인가?"

"계집애처럼 생겼는데?"

"두목이 좋아하겠어!"

휘파람과 욕설, 이런저런 지저분한 말들이 쏟아졌다.

적이건은 묵묵히 앞만 바라볼 뿐 아무 반응도 보이지 않았다.

이윽고 두 사람이 건물 안으로 들어섰다.

정면 중앙에 중년 사내가 앉아 있었다.

적이건은 한눈에 그가 이곳의 주인인 곤수임을 알 수 있었다. 어울리지 않게 양옆에는 시중드는 여인들까지 있었다.

곤수는 마치 자신이 왕이라도 된 양, 거드름을 피우며 적이건을 내려보았다.

한옆으로 각기 다양한 병장기를 착용한 남녀 네 명이 서 있었다. 아마도 곤수의 친위대이자 핵심고수들인 모양이었다.

"그놈이 저놈인가?"

곤수의 물음에 적이건을 데려온 사내가 정중히 고개를 숙이며 대답했다.

"그렇습니다."

"생각보다 젊군?"

적이건이 조금도 겁먹지 않은 기도로 곤수를 응시했다.

그것이 곤수의 호기심을 자극한 모양이었다.

"온 지 며칠도 안 돼 사고를 치셨다?"

적이건이 당당히 대답했다.

"난 뭐든 못 먹게 하면 신경이 날카로워지거든."

"하하하하!"

곤수가 크게 웃었다.

"재밌는 친구군."

"날 왜 불렀지? 개 값 치르시겠다?"

"규칙이지. 당한 것은 열 배로 갚아준다."

"이런 후진 곳에도 규칙이 있나?"

미간을 꿈틀거리며 곤수가 대답했다.

"인간이 모인 곳이라면 언제나 규칙이 생기기 마련이지."

"왕노릇 하려는 자도 생기고 말이야."

곤수의 낯빛에 불쾌감이 스쳤다. 하지만 애송이 하나를 두고 심기를 흩뜨리는 모습을 보이고 싶지 않았는지 대범하게 웃었다.

"하하하. 맞네. 내가 바로 이곳의 왕이지."

적이건이 도발적으로 물었다.

"누가 만들어준 자리지?"

의미심장한 물음이었다. 배후에 이곳을 관리하는 몽악과 관련이 있는 것이 아니냐는 의미가 담겨 있었다. 곤수의 표정이 굳어졌고, 지켜보던 자들은 미소를 지었다.

"어차피 죽이려고 부른 것 아닌가?"

"그래서 마음껏 지껄이다 가시겠다?"

"희롱당하는 것 딱 질색이거든."

"그럼 소원대로 해주지."

그 말을 신호로 지켜선 사내들 중 금강역사처럼 늠름한 근육질의 사내가 앞으로 나섰다. 그의 무기는 검은 쇠몽둥이였다.

"본때를 보여주마."

사내는 적이건에게 누런 이를 드러내며 노골적인 적의를 뿜어냈다.

"육포 쪼가리 먹고도 몸관리 잘했네?"

적이건의 조롱이 사내의 화를 북돋았다.

몽둥이가 위협적으로 허공을 가로질렀다. 맞으면 그대로 머리통이 박살날 위력이었다.

적이건이 손가락을 까닥거리며 그를 더욱 자극했다.

부웅—!

다시 날아든 몽둥이가 적이건의 머리를 스쳤다. 몽둥이를 피하면서 적이건이 사내의 옆구리로 파고들었다. 덩치사내의 몸놀림은 날렵했지만 그렇다고 적이건만큼 빠른 것은 아니었다.

퍽퍽!

적이건의 양 주먹이 연이어 사내의 옆구리에 작렬했다.

덩치사내가 순간 휘청했지만 이내 다시 몽둥이를 휘둘러 댔다.

붕—!

살인적인 바람을 일으키는 것은 앞서와 같았지만 다음 사내의 행동은 달랐다.

"크아아악!"

사내가 옆구리를 붙잡고 바닥을 나뒹굴었다.

앞서의 연타에 늑골이 부러진 것이다.

퍽! 퍽!

적이건이 발길질을 하기 시작했다.

이미 승부가 났음에도 적이건은 공격을 멈추지 않았다.

부러진 늑골 위로 적이건의 발길질이 날아들었다. 사내가 비명을 내질렀다.

"그만!"

곤수가 고함쳤다.

하지만 적이건은 멈추지 않았다.

퍽퍽퍽퍽!

사내가 게거품을 물고 완전히 정신을 잃고 나서야 발길질을 멈췄다. 깨어나도 한동안은 제대로 걷지도, 밥을 먹지도 못할 것 같았다.

스윽 곤수를 향해 돌아서는 적이건의 눈에는 독기가 서려 있었다.

"싸움을 시작하는 것은 당신 마음대로일지 몰라도, 끝내는 것은 내 마음이야."

자신에게 싸움을 걸면 끝장을 보기 전까진 끝내지 않겠다는 경고였다.

왠지 스산한 기분에 곤수의 등줄기가 시큰해졌다.

하지만 이내 곤수가 비웃듯 말했다.

"좋아. 그 정도 깡다구는 있어야 구경거리라도 되겠지."

두 번째 상대가 걸어나왔다. 앞서와는 정반대의 느낌을 주는 사내였다. 말라 비틀어졌다는 표현이 어울릴 그는 매우 음산한 느낌을 주었다.

적이건이 대번에 그의 과거를 알아맞혔다.

"살수 출신이군."

사내의 움직임이 신중했다. 자신의 기도만으로 살수였던 과거를 알아냈다는 것은 상대의 눈썰미가 보통이 아님을 증명하는 것이었다.

적이건 역시 긴장을 풀지 않았다. 내력이 있다면 한 번에 다 쓸어버릴 상대들이겠지만, 지금은 변수가 너무나 많은 상황이었다. 한순간의 실수로 죽을 수도 있었다.

사내의 소매에서 세 자루의 비수가 흘러내렸다. 손가락 사이로 꽉 틀어쥔 비수의 날이 번뜩이고 있었다.

쉬잉!

첫 번째 비수가 적이건의 머리를 노리고 날아들었다.

고개를 젖혀 피하면서 적이건이 사내의 하체를 노리며 미끄러지듯 쇄도했다.

두 번째 비수가 날았다.

팍!

빗나간 비수가 땅바닥에 튕겨 날아갔다. 이번 역시 적이건이 몸을 비틀며 피해낸 것이다.

사내가 허공으로 훌쩍 뛰어올랐다.

섯!

세 번째 비수가 날아갔다.

푸욱!

살이 찢기는 소리에 곤수가 박수를 치며 일어섰다.

"그렇지!"

다음 순간 곤수의 낯빛이 굳어졌다.

털썩!

살수 사내가 땅바닥으로 추락했다. 그의 가슴에 비수가 박혀 있었다.

그가 비수를 날리기 전에, 적이건이 먼저 비수를 날린 것이다.

적이건이 옷을 털며 일어나더니 품에서 또 다른 비수를 꺼냈다. 앞서 우물가 싸움에서 전리품으로 얻은 바로 그 비수였다.

적이건이 씩 웃으며 말했다.

"실은 나도 몇 자루 있거든."

순식간에 수하를 두 명이나 잃자 곤수는 기분이 상했다.

세 번째 상대가 등장했다.

평범한 외모였는데도 왠지 기분 나쁜 느낌을 주는 중년인이었다.

적이건이 그 기분 나쁜 이유를 찾기 시작했다.

싸움을 할 때, 이런 기분이 들 때는 단 한 가지 이유뿐이었다. 뭔가 놓치고 있는 것이 있을 때다.

중년인의 무기는 철선(鐵扇)이었다.

파앙!

경쾌한 소리를 내며 부채가 펼쳐졌다. 부채에 그려진 것은 상반신을 드러낸 풍만한 여인들이었다.

적이건이 피식 웃었다.

"내 취향은 아니군."

파파팡!

적이건이 허공을 날아 연달아 발길질을 가했다. 사내의 부채에 공격이 막혔다.

사내의 부채 다루는 실력은 대단했다. 현란하다는 표현이 어울릴 정도로 사내의 부채는 다양한 움직임을 보이고 있었다. 내력이 있었을 시기에는 꽤나 유명했을 것 같았다.

팡팡!

주먹과 부채가 부딪쳤다.

짐짓 아프다는 시늉을 하며 적이건이 뒤로 물러섰다.

겉으로는 경솔한 듯 행동했지만 적이건은 매우 신중하고 계산된 움직임을 보이고 있었다.

찝찝한 느낌이 계속되고 있었기 때문이었다.

이번에는 사내가 적극적으로 달려들었다.

날아드는 부채를 다시 막아내려는 그때.

철컥!

쫘아아아악!

부채 끝에서 칼날이 튀어나오며 적이건의 살갗을 찢었다.

파파파팟!

팔뚝에서 피가 뿜어져 나왔다.

적이건이 바닥을 굴러 뒤로 물러났다. 칼날이 팔을 긁는 순간 팔을 비틀어 피하는 바람에 다행히 뼈까지 다치진 않았다.

중년인이 회심의 미소를 지었다. 싸움의 균형이 무너졌다고 생각한 모양이었다.

사내가 다시 달려들었다. 하지만 결과적으로 경솔한 행동이었다.

그 찰나의 방심을 적이건은 놓치지 않았다.

적이건이 부채의 칼날을 피하며 사내의 팔을 뱀처럼 감쌌다.

우둑!

사내의 팔을 가볍게 꺾었다.

부채가 떨어져 내렸다.

다른 손으로 부채를 잡으려던 그 순간.

한발 먼저 적이건의 팔꿈치가 그의 명치를 가격했다.

뻑!

둔탁한 소리와 함께 사내가 뒤로 튕겨져 날아갔다. 보기보다 강골이었는지 사내는 곧바로 쓰러지지 않았다. 비틀거리며 물러서던 사내의 손이 품 안으로 들어갔다.

안 돼!

그 순간 적이건은 지금까지의 찝찝함의 정체가 바로 저 행동과 관련이 있다는 것을 깨달았다.

생각과 동시에 벼락처럼 빨리 그를 향해 몸을 날렸다.

곤수 *183*

사내가 품 안에서 꺼낸 것을 던지려는 순간.

퍽!

한발 먼저 날아든 적이건이 사내의 손을 걷어찼다.

화아아악!

하얀 가루가 사내의 얼굴에 뿌려졌다.

"아아아아아아악!"

가루를 뒤집어쓴 사내가 끔찍한 비명을 지르며 바닥을 뒹굴었다.

숨을 멈춘 적이건이 후다닥 뒤로 물러섰다.

가루는 독이었다. 어찌나 지독한 독이었는지 순식간에 사내의 얼굴은 붉게 변하며 물집이 생기기 시작했다. 고통에 뒹구는 모습을 보며 적이건이 말했다.

"살고 싶으면 어서 해약을 처먹어!"

더 이상 공격하지 않았음에도 사내는 해약을 꺼내지 않았다. 고통 때문이 아니라 해약 자체가 없는 듯 보였다.

적이건이 혀를 차며 고개를 내저었다.

"해약도 없는 독을 뿌리려고 했어? 나쁜 새끼."

숨넘어가는 소리를 내던 사내가 축 늘어졌다. 손써볼 틈도 없이 절명한 것이다.

생각지도 않게 쓸 만한 부하를 셋이나 잃자, 곤수의 심기는 매우 불편해졌다.

사내들이 들어와 시체를 치웠다.

적이건이 옷을 찢어 팔의 상처를 동여맸다.

그리고는 곤수를 쳐다보며 다시 한 번 도발했다.

"마지막은 왕이 나오시는 건가?"

곤수의 입매가 그의 기분처럼 비틀어졌다.

네 번째 상대가 걸어나왔다. 기다란 채찍을 든 여인이었다. 관능미 넘치는 육체에 차가운 성격일 것 같은 외모였다. 오히려 그런 차가움이 그녀를 더욱 매력적으로 보이게 만들었다.

적이건이 한숨을 내쉬었다.

"아! 드디어 내 최대 약점을 알아냈군."

쉬이익!

말하는 틈을 타서 다짜고짜 채찍부터 날아들었다.

"어이쿠!"

적이건이 호들갑을 떨며 폴짝 뛰었다.

경쾌한 소리를 내며 채찍이 바닥을 때렸다.

휘리리리릭.

채찍이 허공에서 춤을 췄다. 여인의 채찍 다루는 실력은 매우 정교했다.

서로를 노려보며 두 사람은 긴장을 늦추지 않고 있었다.

특히 여인은 자신이 지닌 비장의 절기를 초반에 쓰려고 마음먹고 있었다. 앞서 죽은 세 사람은 비록 자신보다 한 수 아래였지만 그렇다고 적이건처럼 쉽게 그들을 죽일 자신은 없었다.

휘리리리리릭!

채찍이 역동적으로 원을 그리며 돌기 시작했다.

적이건은 채찍 끝을 보지 않았다. 오직 여인의 눈만을 응시했다.

쐐애애애애액!

앞서와는 비교할 수 없을 정도로 빠르게 채찍이 날아들었다.

찌이이익.

아슬아슬하게 비켜 나간 채찍에 옷이 찢겨져 나갔다. 여인의 채찍은 도검보다 더 날카로웠다.

적이건이 달려가 그 기세로 허공을 날았다.

채찍이 허공을 갈랐다.

쫘아악!

날아든 채찍을 팔목에 휘감은 채 적이건이 여인을 덮쳤다.

여인이 회전하며 힘차게 채찍을 날렸다.

그 힘에 밀려 적이건이 뒤로 날아갔다.

꽈당!

바닥을 뒹굴었다.

일어난 적이건이 등을 만졌다.

"어이쿠! 아파라!"

적이건을 보며 여인이 혀를 내밀어 도발적으로 입술을 핥았다.

"헤헤. 그나마 다행인 것은 말이죠."

적이건이 다시 달려들었다.

뱀처럼 날아드는 채찍을 피해 적이건의 몸이 곡예를 하듯 크게 회전했다.

퍽!

한 바퀴 회전한 적이건의 발이 여인의 턱을 강타했다.

허공을 붕 날아간 여인이 그대로 쓰러졌다.

기절한 여인을 내려다보며 적이건이 미안한 표정을 지었다.

"내가 좋아할 유형이 아니거든요."

그 모습을 지켜보는 곤수의 안색은 싸늘히 가라앉아 있었다. 믿었던 여인마저 당했지만 그렇다고 공포에 떨지도 않았다. 어딘지 믿는 구석이 있는 눈치였다.

이제 남은 사람은 한 명이었다.

바로 적이건을 데리러 왔던 그 사내였다.

적이건이 그를 보며 싱긋 웃었다.

"당신일 줄 알았지."

"그렇다면 조심해야 한다는 것도 알겠군."

쉬이익!

벼락처럼 뽑혀 나온 사내의 검이 허공을 가로질렀다.

앞서 나섰던 이들과는 비교가 안 될 정도로 **빠른** 움직임이었다.

날아든 검이 적이건의 오른쪽 귀를 스쳤다.

미처 반격을 하기 전에 사내의 검이 회전하며 적이건의 허리를 베어왔다.

사내의 움직임은 더없이 간결했고 군더더기가 없었다.

쉭! 쉬익! 쉬이익!

빠르게 날아드는 검을 적이건이 춤을 추듯 피했다. 이어지는 공격에 전혀 반격할 기회를 잡지 못하고 있었다.

퍽!

어깨에 일장을 얻어맞은 적이건이 바닥을 뒹굴었다.

사내는 검뿐만 아니라 권법에도 능통했다.

적이건의 어깨가 부어올랐다. 적이건이 사내를 노려보며 어깨를 천천히 움직였다. 다행히 부러지진 않은 듯 보였다.

다시 사내가 선공을 해왔다.

피릿!

검이 적이건의 어깨를 스쳐 지나가던 그 순간.

적이건이 기다렸던 기회를 잡았다.

적이건이 피하는 기세를 그대로 살려 오른쪽 팔꿈치로 사내의 명치 가격에 성공한 것이다.

퍽!

정확히 급소에 맞았기에 사내는 나가떨어져야 했다.

하지만 사내는 건재했다. 오히려 뒤로 튕겨 나간 것은 적이건이었다.

바닥을 뒹굴던 적이건이 벌떡 일어났다. 그가 눈을 크게 뜨고 놀란 목소리로 말했다.

"반탄강기?"

말을 마침과 동시에 적이건이 피를 토해냈다.

"쿠에에엑!"

방금 전 한 수로 내상을 입은 것이다.

"당신 내력이 있잖아?"

사내는 내공이 있었던 것이다. 그것도 삼류무사의 조촐한 내력이 아니었다. 일류의 그것처럼 거침없이 힘찬 내력이었다.

사내는 몽악이 곤수를 지원하기 위해 보낸 고수였다.

본색을 드러낸 사내가 사정없이 적이건을 걷어찼다.

피하지 못하고 적이건이 그대로 나가떨어졌다.

사내가 다가와 적이건의 머리채를 휘어잡은 채 일으켰다.

적이건이 곤수를 보며 힘겹게 말했다.

"이거 비겁하잖아."

곤수가 비릿한 웃음을 지었다.

"난 독종을 아주 좋아하지. 어떤가? 내 부하가 되지 않겠나?"

"내가 말했지? 난 희롱당하는 것을 싫어한다고."

"어떻게 알았지?"

실제로 적이건을 부하로 삼을 생각은 전혀 없었다. 적당히 희망을 주며 농락하려고 했던 것이다.

적이건이 싸늘히 말했다.

"넌 부하를 넷이나 죽인 자를 살려둘 정도로 배포가 커 보이지 않거든."

화를 참지 못하고 곤수가 신경질적으로 발을 굴렀다.

정말이지 끝까지 기분을 상하게 하는 놈이었다.

곤수가 이를 갈며 말했다.

"널 죽이지 않겠다. 대신 그곳에 보내 지옥 같은 고통을 맛보게 해주지."

적이건이 곤수를 노려보며 소리쳤다.

"걱정 마! 돌아오면 난 널 그냥 죽여줄 테니까!"

퍽!

적이건이 정신을 잃었다.

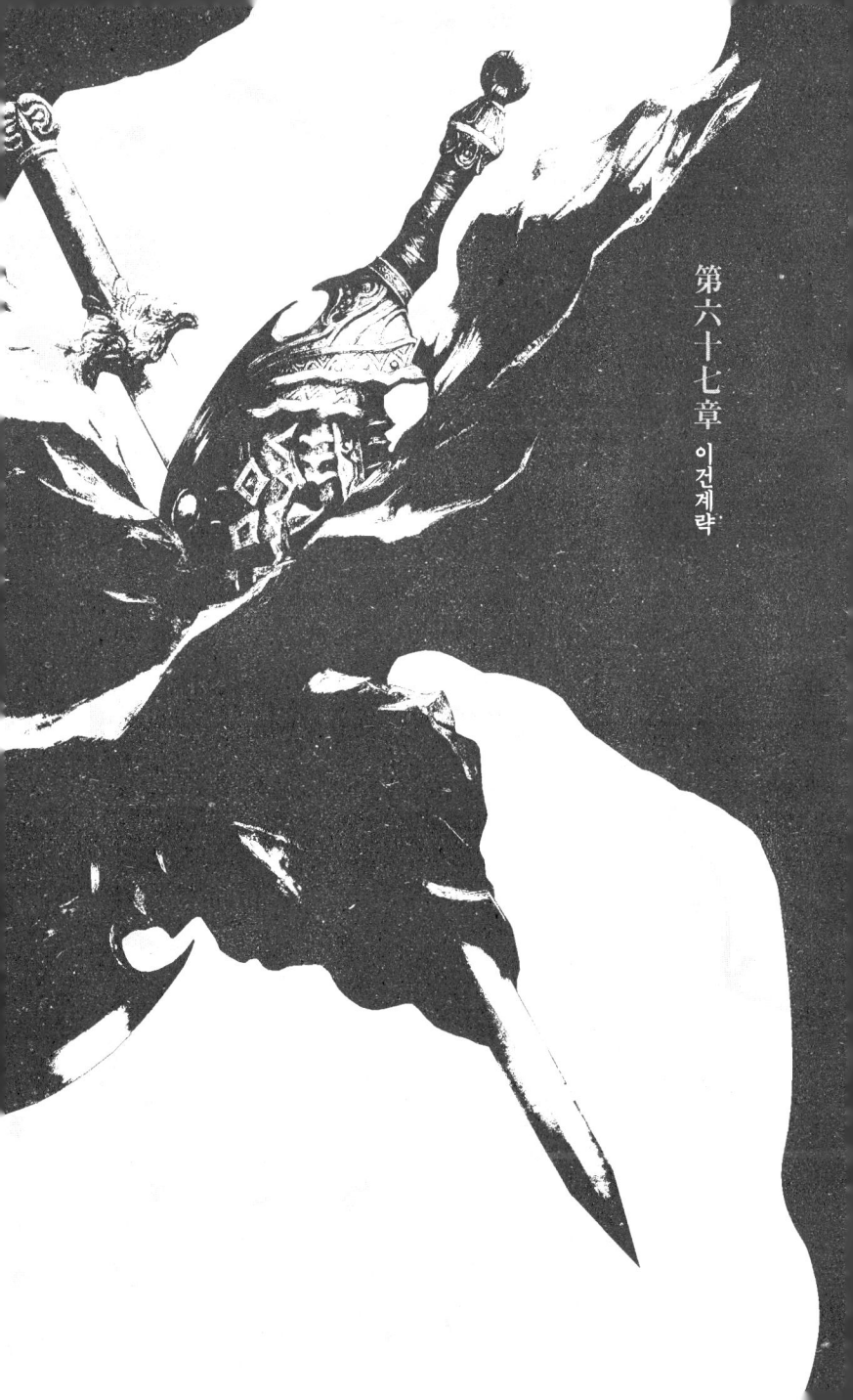

第六十七章 이건계략

絶代
君臨
절대군림

등에서 느껴지는 한기에 적이건이 정신을 차렸다.

상반신이 벗겨진 채 쇠로 만들어진 침상에 누워 있었다. 심한 몸살을 앓을 때처럼 온몸에 힘이 없었다.

한옆에 등을 돌린 채 대복귀(大腹鬼)가 뭔가에 열중하고 있었다.

대복귀는 터질 듯 공처럼 부푼 배를 지닌 사내였다. 과장을 보태지 않고 뻥 차서 굴리면 데굴데굴 굴러갈 것 같았다. 인기척을 느낀 대복귀가 힐끔 돌아보며 깜짝 놀랐다.

"어? 벌써 깼나?"

그가 눈을 동그랗게 뜨고 육중한 몸을 쿵쾅거리며 적이건에게 다가왔다. 적이건의 두 눈을 까뒤집어 보더니 몸 이곳저곳을 살폈다.

"이럴 리가 없는데."

대복귀가 고개를 갸웃거리며 자신의 배처럼 커다란 붕어눈을 껌벅거렸다.

"뭐가 잘못됐지?"

철컹!

대복귀의 목을 강타하려고 날아간 적이건의 손이 옆구리 위쪽에서 멈췄다. 적이건의 두 팔은 침상과 이어진 굵은 쇠사슬로 묶여 있었다.

"끙! 아프군."

적이건이 인상을 썼다.

대복귀가 가소롭다는 표정을 지었다.

"감히 날 기습을 하려 들다니."

짝!

대복귀가 적이건의 배를 손바닥으로 사정없이 후려쳤다.

"아악!"

적이건이 고통스럽게 비명을 내질렀다.

뭐가 이렇게 아프지?

평소의 몸 상태와 달랐다. 몸은 외부의 고통에 매우 민감한 상태였다.

적이건이 고개를 들어 몸을 살폈다. 상반신이 벗겨져 있었는데, 몸 군데군데가 벌겋게 부어올라 있었다.

"이게 뭐야? 내게 무슨 짓을 하고 있는 거야?"

적이건이 인상을 쓰며 대복귀를 노려보았다.

대복귀는 한쪽 벽에 놓인 약장에서 무엇인가를 찾고 있었다.

"히히히. 조금만 있으면 안 아프게 될 거야."

대복귀는 어딘가 모자란 느낌을 주고 있었다.

"듣자니 위에서 사고를 쳤나 보던데."

그렇다면 다시 그곳에서 지하로 내려왔단 말이군.

적이건이 찬찬히 방을 살폈다. 사방의 약장에는 온갖 종류의 약병들이 가득했고, 구석구석 바닥에는 이름도 알 수 없는 수많은 약재들이 가득 쌓여 있었다. 늙은 독공고수의 음침한 조제실 같은 분위기였다.

"여긴 어디지?"

대복귀가 돌아보지 않은 채 대답했다.

"너를 완성시켜 줄 곳이지."

"완성?"

힐끔 돌아보는 대복귀의 두툼한 볼이 더욱 부풀어 올랐다.

"히히히. 기대해도 좋아."

여유롭게 휘파람을 불어대는 대복귀는 그야말로 위험스런 기운을 팍팍 풍기고 있었다. 뭔가 모자라 보여 더욱 그러했다.

적이건이 그의 등을 보며 말했다.

"난 이미 완성되어 있다고. 그러니 그냥 풀어주지."

"엉? 네가 이미 완성되어 있다고?"

대복귀가 어리둥절한 얼굴로 돌아보았다. 순진한 아이 같은 반응이었다.

적이건이 눈치를 살피며 넌지시 말했다.

"물론이지. 난 이미 완성되어 있다니까."

잠시 적이건을 응시하던 대복귀가 갑자기 쿵쾅거리며 달려왔다.

짝―!

대복귀가 아까보다 더 아프게 적이건의 배를 후려쳤다.

"아아악!"

절로 비명이 터져 나왔다.

대복귀가 씩씩거리며 말했다.

"거짓말하지 마! 날 바보 취급하지 마!"

흥분한 대복귀의 모습에 적이건은 그가 확실히 모자라다는 것을 확신했다.

"알았어. 내가 잘못했어."

씩씩거리며 대복귀가 약장으로 돌아갔다.

빠르게 심호흡을 해서 고통을 누그러뜨린 적이건이 달래듯 말했다.

"맞아. 이 세상에 완성된 사람은 없지."

대복귀가 돌아보며 히죽 웃었다.

"히히히. 그럼."

대복귀가 몇 가지 물건들을 챙겨서 돌아왔다. 독한 향이 나는 천으로 적이건의 가슴을 슥슥 닦았다.

몸을 닦던 대복귀가 잠시 적이건의 몸을 감상하듯 내려다보았다.

"히히히. 좋은 몸이야."

대복귀가 탐나는 얼굴로 매끈한 적이건의 몸을 매만졌다.

"아깝다, 아까워."

불길한 마음을 애써 감추며 적이건이 넌지시 말했다.

"그럼 풀어주면 되지. 네가 날 가지면 되잖아."

"그럴까?"

진지하게 고민하던 대복귀가 이내 고개를 내저었다.

"아쉽지만 그건 불가능해. 사부님께서 아시면 요절내실 일이야."

그러면서 커다란 대침을 들었다.

"설마 그걸로 날……."

말이 끝나기도 전에 대침이 날아들었다.

푸우욱!

"아아악!"

비명을 내지르는 적이건의 허리가 크게 휘었다.

대복귀가 만족스런 웃음을 지었다.

"이젠 약기운이 제대로 돌 거야."

온몸을 떨며 경련하던 적이건이 그대로 쓰러지며 정신을 잃었다.

적이건이 다시 정신을 차렸을 때, 방에는 또 다른 사람이 와 있었다.
눈을 뜨지 않고 적이건이 대화를 엿들었다.
"특이한 체질입니다, 사부님."
대복귀의 목소리였다.
"약이 잘 듣지 않는다고?"
대답을 한 노인의 목소리는 음침하고 기괴했다. 성격이나 외모까지 짐작할 수 있을 그런 목소리였다.
"거봉침(巨峰針)을 놓고서야 겨우 재울 수 있었습니다."
사부를 대하는 대복귀의 태도는 매우 조심스러웠다.
"그렇다면 이상한 일이군."
적이건은 최대한 깨어났다는 것을 들키지 않으려 했다.
한방에 있으면서 자신이 깨어 있음을 알아차리지 못한다는 것은 그의 무공 실력이 극상승의 경지는 아니란 뜻이었다. 물론 일부러 모른 척하고 있을 수도 있지만 왠지 그럴 것 같진 않았다. 그 말은 곧 내력만 회복하면 해치우고 달아날 수 있다는 뜻이다.
"청명탕(淸明湯)을 먹인 후 경과를 지켜보도록 하지."
"알겠습니다, 사부님."

노인이 등을 돌린 느낌이 들자 적이건이 살며시 실눈을 떴다.

공처럼 둥글고 큰 대복귀에 비해 반의반도 안 돼 보이는 체구의 노인의 모습이 보였다.

얼굴은 보이지 않았지만 노인에게선 음침한 사기가 뿜어져 나오고 있었다.

느낌상 독을 쓰는 사파의 고수가 분명했다.

적이건의 예측은 정확했다. 노인은 바로 독공의 고수 음약사(陰藥師)였다.

그는 본래 운남 독왕문의 장로였다. 당시 독왕문 제일고수였던 율회가 부상을 당했을 때, 그에게 치료가 맡겨졌다. 당시 그는 독왕문 내에서도 가장 뛰어난 의술을 지니고 있었다.

율회의 치료에 음약사는 혼신의 힘을 다했다. 율회는 독왕문주의 막내동생으로 차기 독왕문주로 거론되던 인물이었던 것이다. 하지만 칠 일 밤낮에 걸친 음약사의 헌신적인 치료에도 불구하고 율회는 결국 죽고 말았다.

아무도 음약사에게 책임을 묻지 않았다. 음약사가 살리지 못했다면 독왕문 내의 그 누구도 율회를 살릴 수 없다는 것을 잘 알고 있었기 때문이었다. 하지만 음약사는 스스로에게 그 책임을 물었다.

이후, 음약사는 점점 성격이 변해갔다. 신경질적이고 흉포해졌다. 독왕문 내의 하급무인들이 실종되는 일이 발생했다.

독왕문주는 그게 음약사의 소행임을 밝혀냈다. 하지만 음약사의 심정을 이해한 그는 벌을 내리지 않았다.

음약사는 자신의 거처에만 틀어박혀 지내다 불로불사의 환단을 제조하겠다는 서찰을 남긴 채 어디론가 사라지고 말았다.

이후 그의 모습을 보지 못했는데 오늘 이곳에서 만나게 된 것이다.

대복귀는 그가 말년에 거둬들인 제자였다.

그때 밖에서 인기척이 들렸다.

"어르신."

문이 열리며 사내 둘이 중년인을 끌고 왔다.

"이자의 상태가 이상합니다."

끌려온 사람은 살아 있는 사람의 몰골이 아니었다. 온몸이 피땀으로 젖어 있었고, 두 눈은 완전 시뻘겋게 충혈되어 있었다.

적이건은 그가 누구인지 알 수 있었다. 바로 얼마 전에 이엽 패거리에게 납치되었던 바로 그 중년인이었다.

음약사가 사내를 살피더니 고개를 내저었다.

"틀렸어. 약기운을 이겨내지 못했어."

음약사가 망설이지 않고 일장을 내려쳤다.

꽈직!

중년인의 두개골이 부서지며 그대로 절명했다.

"이건 돼지 먹이로도 쓸 수 없다. 태워 버려라. 그리고 같은 조건의 재료를 더 보내라고 전해라."

"알겠습니다."

사내들이 시체를 끌고 사라졌다.

음약사가 대복귀의 배를 쿡쿡 찔렀다.

"절대 게으름 피우면 안 돼!"

마치 자신의 눈 밖에 나면 방금 전 중년인처럼 죽여 버리겠다는 협박처럼 들렸다.

"네, 사부님!"

대복귀는 음약사가 두려운지 눈도 마주치지 못했다.

덜덜 떠는 그의 모습을 음약사는 매우 못마땅한 모습으로 쳐다보았다. 원래 대복귀는 매우 총명한 사내였다.

하지만 자신의 밑에서 온갖 독초를 키우며 약을 만드는 과정에서 이렇게 변해 버리고 말았다. 아주 가끔은 안쓰럽기도 했지만 대부분은 짜증스러울 뿐이었다. 자신의 책임을 통감하기보다는 견뎌내지 못한 제자가 못마땅했다. 바보가 돼가는 제자를 볼 때마다 자신의 시험이 잘못되고 있다는 생각이 드는 것이다.

음약사가 방을 나갔다. 그제야 대복귀가 한숨을 내쉬었다. 점점 무서워지는 사부가 이제는 두렵기만 했다.

적이건이 불쑥 입을 열었다.

"이봐."

"어이쿠!"

대복귀가 깜짝 놀랐다.

놀란 가슴을 쓸어내리던 그가 다시 눈을 동그랗게 뜨며 다가왔다.

"또 벌써 깨어났어? 정말 괴이한 체질이군."

"원래 내가 잠자리를 좀 가리거든."

대복귀가 다시 대침을 챙겨 드는 것을 보며 적이건이 소리쳤다.

"잠깐, 잠깐!"

"왜?"

"그거 쓰기 전에 우리 대화나 좀 나누자고."

"왜?"

"왜라니? 여기 틀어박혀 지내면 심심하지 않아?"

그러자 대복귀가 애써 어떤 말을 떠올리려는 듯 눈알을 굴리더니 이윽고 입을 열었다.

"사내는 묵묵히 자신이 해야 할 일을 할 때가 가장 멋진 법이지."

"와! 정말 멋진 말인데?"

"헤헤헤헤."

적이건의 과장된 감동에 대복귀가 헤벌쭉 웃었다. 언젠가 사부가 해준 말을 잊지 않고 기억하고 있었다.

적이건이 더욱 그의 비위를 맞추기 시작했다.

"너 은근히 매력있는데? 혼인은 했어? 당연히 했겠지?"

그러자 대복귀가 당황했다

"호, 혼인? 아직 못했다."

"그래? 이미 한 줄 알았는데. 그것도 멋진 여자랑. 못한 게 아니라 안 한 거겠지."

"그래. 못한 것 아니다."

"당연히 그렇겠지. 묵묵히 자기 일을 하다 보면 혼기를 놓칠 수도 있지."

"헤헤헤. 그거야."

그러면서 적이건이 넌지시 물었다.

"그럼 아직 여자랑 자본 적 없겠네?"

대복귀의 두툼한 양 볼이 새빨갛게 달아올랐다.

"난, 난 여자하고……"

대복귀는 당황한 기색이 역력했다.

적이건이 넌지시 말했다.

"여자랑 자게 해줄까?"

대복귀가 솔깃한 표정으로 적이건을 쳐다보았다.

"어떻게?"

"정말 멋진 여자를 많이 알고 있거든. 날 풀어주기만 하면……"

쿵쾅쿵쾅!

대복귀가 갑자기 돌진해 왔다.

그리고는 사정없이 적이건의 머리를 박치기로 들이박았다.
퍽!
정신을 잃은 적이건을 보며 대복귀가 씩씩거리며 말했다.
"우이씨! 나 바보 취급하지 말랬지?"

"아까는 오해가 있었어."
잠시 후 깨어난 적이건이 다시 대복귀를 달래기 시작했다.
대복귀는 화난 표정으로 적이건을 노려보았다.
"날 바보 취급하면 곤란해."
"오해였다니까."
"원래라면 네놈과 이야기 한마디 할 일 없어."
"원래라면?"
"네놈 체질이 특별해서 좀 더 조사를 하기로 결정이 났거든."
그러면서 대복귀가 약사발을 가져왔다.
피처럼 붉은색의 약에서는 지독한 냄새가 났다.
적이건이 인상을 찡그렸다.
"이게 뭐지?"
"청명탕."
"처음 듣는데?"
"우리 사부님의 비법이 담긴 약이지. 원래 다른 사람들은 홍화탕(紅花湯)으로 충분한데, 넌 특별하니까."

사발이 적이건의 입가에 내밀어졌다.

어떻게 해서든 먹지 않으려는 적이건의 노력이 이어졌다.

"이 손 좀 풀어주면 안 될까? 내가 직접 먹고 싶은데."

"풀어주면 달아나려고 그러지?"

"그럴 리가. 절대 안 그런다고 약속할게."

"믿을 수 없어."

"맹세할게. 만약 내가 약속을 어기면… 우리 부모님은 천마에게 끌려가게 될 거야!"

"천마?"

"그래, 마교 교주. 사람을 그냥 쭉쭉 찢어 죽인다는 그 천마!"

"아아아! 무서워."

대복귀가 두려운 듯 머리를 박박 긁어댔다.

"하늘에 맹세컨대 약속을 어기면 나도 천마에게 함께 끌려가게 될 거야."

"그렇다면……"

대복귀가 적이건에게 다가왔다. 적이건이 묶인 팔을 간절히 쳐다보았다.

당장이라도 풀어줄 듯 쇠사슬을 만지더니.

빠악!

대복귀가 사정없이 적이건을 후려쳤다.

"또 날 바보 취급하는군!"

적이건이 인상을 썼다.
"빌어먹을. 이 머저리 자식아!"
"안 속는다, 안 속아!"
대복귀가 적이건의 입을 강제로 벌렸다.
콸콸콸!
적이건의 입에다 약을 쏟아부었다.
약기운은 순식간에 반응을 보였다.
"으으윽!"
적이건의 두 눈이 부릅떠졌다. 고통에 겨운 신음성이 입가에서 흘러나왔다.
"이건… 독이잖아?"
"약이라니까!"
"너 이 새끼!"
적이건이 흉측한 표정을 지었다. 이글거리는 적이건의 눈빛에 대복귀가 질겁했다.
"무섭다."
"이 빌어먹을 바보새끼! 너 나중에 내 손에 죽을 때, 꼭 이 약을 처먹일 테다! 으아아악!"
저주에 찬 적이건의 고함에 대복귀가 뒷걸음질을 쳤다.
"무서워."
그러더니 갑자기 적이건에게 달려들었다.
퍽!

박치기로 적이건의 얼굴을 강타했다.

적이건이 그대로 뒤로 넘어가며 정신을 잃었다.

대복귀가 아이처럼 해맑게 웃었다.

"헤헤헤헤. 이제 안 무섭다."

*   *   *

"구화마공은 마기(魔氣)와 사기(邪氣)에 대항하는 힘이 절대적이다. 따라서 소림이나 무당의 귀재가 구화마공을 이길 수 있을지는 몰라도, 마공이나 사공을 익힌 자는 절대 구화마공을 이길 수 없다. 그게 바로 구화마공이 마중마(魔中魔)의 절대마공이라 불리는 이유다."

꿈결처럼 들려오는 어머니의 말을 떠올리며 적이건이 눈을 번쩍 떴다.

이전과 다른 방 안이었고 묶여 있지 않았다.

적이건이 벌떡 일어났다.

일단 사방의 벽부터 살폈다. 튼튼한 석벽으로 만들어져 있었다. 출입구 역시 마찬가지였다.

인기척에 적이건의 시선이 위를 향했다. 유난히 높은 난간에 두 사람이 서 있었다. 바로 음약사와 대복귀였다.

"청명탕도 약효를 발휘하지 못하고 있습니다."

대복귀의 말에 음약사가 턱을 매만지며 고개를 갸웃거렸다.

"정말이지 괴이하군."

"지금까지 수많은 자들을 시험했지만 저런 자는 처음입니다."

"특별한 체질로 태어났거나, 예전에 영약을 먹었을 가능성이 있지."

둘의 대화를 들으며 적이건은 그 난간으로 뛰어올라 갈 방법을 생각하고 있었다. 하지만 벽은 매끄러웠고 난간은 너무 높았다.

손이 자유로울 때 뭔가 해내야 하는데.

"시험을 시작한다."

음약사의 명령에 대복귀가 한옆의 기관을 조종했다.

석벽문이 열리며 누군가 안으로 들어왔다.

비슷한 또래의 건장한 체구의 사내였다.

그와 눈이 마주치는 순간 적이건은 흠칫 놀랐다.

곧이어 적이건이 소리쳤다.

"빌어먹을! 이제 알겠군."

사내의 눈빛은 약에 취한 듯 몽롱했다.

적이건의 눈에서 분노의 불꽃이 피어올랐다.

"그때 그놈들이 바로 여기서 만들어졌군."

비연회에서 호접혈망을 펼쳤을 때 자신과 무영을 추격하던 이들은 모두 약에 취해 있었다. 고통을 모르는 강시 같은 자들이었다.

이곳은 바로 그들이 제조되는 곳이었다.

적이건은 구화마공을 익힌 까닭에 음약사의 모든 약이 효과가 없었던 것이다.

적이건이 음약사와 대복귀를 무섭게 올려다보았다.

"너희 둘! 내 손에 죽었어. 빌어먹을! 어찌 된 곳이 이곳은 전부 죽일 놈들밖에 없지?"

음약사가 비웃듯 말했다.

"그전에 네 목숨부터 구해야 할 것이다."

약에 취한 사내가 천천히 다가왔다.

적이건의 표정이 진지해졌다. 이미 그들이 고통을 느끼지 않는다는 것을 경험해 보았다. 내력 없이 그들을 상대하는 것은 정말 쉽지 않은 일이 될 것이다.

그나마 다행이라면 상대가 무기를 들지 않았다는 점이었다. 죽이려는 목적이 아니라 자신을 시험하기 위해서였다.

쇄애액!

사내의 수도가 적이건을 찔러왔다.

얼굴을 스치고 지나가며 화끈한 바람을 일으켰다.

적이건이 바닥을 굴렀다.

사내는 봐주거나 망설이지 않았다. 이미 인지 능력을 거의 잃어버린 그였다. 강시와 다른 유일한 이유는… 살아 있다는 것이다.

파파곽!
사내의 주먹에 석벽이 부서지며 튀었다.
쫘직!
사내의 발길질에 바닥이 부서졌다.
"빌어먹을! 이거 장난이 아니잖아!"
적이건이 위를 올려다보며 소리쳤다.
음약사와 대복귀는 흥미롭게 둘의 싸움을 지켜보고 있었다.
"사부님, 신체 능력도 최상급입니다."
"그렇군. 대단한 녀석이야."
적이건을 주시하는 음약사의 눈빛에 광기가 흘렀다.
"미뤄뒀던 시험을 할 때가 된 것 같군."
그 말에 대복귀가 깜짝 놀랐다.
"그 정도입니까?"
"그렇다. 홍화탕과 청명탕이 듣지 않는 신체는 내 지금까지 본 적이 없다. 더구나 저것과 대등한 싸움을 벌이다니! 정말 탐나는 녀석이구나!"
음약사는 오랜 숙원을 이룰 생각에 흥분하고 있었다.
지금까지 숱한 시험을 해왔다. 비연회를 떠나지 않고 있는 것도 그들이 제공해 주는 수많은 실험체 때문이었다.
비연회가 원하는 생체병기를 만들어내고는 있지만 자신이 바라는 것은 그 정도가 아니었다. 그가 바라는 것은 완전체였다.

"도검불침(刀劍不侵), 수화불침(水火不侵), 한서불침(寒暑不侵)은 기본이고 만독불침(萬毒不侵)을 거쳐 금강불괴(金剛不壞)를 넘어 최종적으로 불로불사(不老不死)의 완전체. 멋지지 않느냐!"

그를 위해 시험을 당했던 이들은 모두 대법을 견디지 못하고 죽고 말았다. 이제 가장 훌륭한 재료를 얻은 것이다.

"미친 새끼!"

공격을 피하던 중에도 음약사의 말을 모두 들은 적이건이었다.

정말 황당하고 화나는 말이었다. 저딴 말도 안 되는 꿈 때문에 그 많은 사람이 실험체가 되었다는 사실이.

펑펑!

잡힐 듯 말 듯 달아나는 적이건에게 화가 난 사내가 장력을 발출하기 시작했다.

빗나간 장력에 벽이 부서지며 떨어졌다.

"멍청아! 날리려면 확실히 날려 버리란 말이다!"

하지만 벽을 완전히 날려 버리기에는 벽은 너무나 튼튼했다.

파파파팡!

이어지는 주먹세례를 피해 적이건이 사내의 허점을 파고들었다.

우둑!

적이건이 사내의 팔을 꺾으며 밀어붙였다. 사내가 다른 팔꿈치로 적이건의 등을 내려쳤다.

적이건이 한 바퀴 회전하며 빠져나갔다. 이미 예측한 움직임이었다. 사내의 빈 가슴에 다시 적이건의 주먹이 날아들었다.

빡!

사내가 크게 흔들리며 뒤로 물러섰다. 고통에 물러선 것이 아니라 충격에 의한 반동에 불과했다.

적이건은 그 기회를 놓치지 않았다.

어느새 적이건의 오른팔이 사내의 목을 휘감고 있었다.

우두두두둑.

사내의 목이 완전히 꺾였다. 곧이어 발버둥을 치던 몸이 축 늘어졌다.

아직 앳된 얼굴의 그를 내려다보는 적이건의 표정은 그다지 좋지 않았다.

"미안하군."

진심으로 미안한 표정이었다.

그 분노가 향한 곳은 박수를 치고 있는 음약사였다.

적이건의 눈빛이 완전히 차가워졌다. 내력이 없었지만 선천적인 살기가 뿜어져 나왔다. 대복귀가 놀라 물러섰다.

그에 비해 음약사는 더욱 기뻤다. 적이건이 뛰어나면 뛰어날수록 자신의 꿈을 이룰 수 있으리란 생각이 들었다.

적이건이 뛰어올랐다. 보통 사람과는 비교할 수 없이 높은 도약이었지만 그들이 서 있는 난간까지는 올라가지 못했다.

난간 자체가 워낙 높은 곳에 설계되어 있었다.

화난 적이건이 벽을 타고 기어오르려 했다. 하지만 벽은 너무나 미끄러웠고, 내력 없는 몸으로는 기어서 올라갈 수 없었다.

퍼억!

화를 참지 못하고 적이건이 벽을 가격했다.

그리고 음약사를 노려보며 살기를 뿜었다.

"그런 불사체를 만들 수 있다면… 네 자신에게 시험하는 것이 좋을 거다! 내 손에 죽기 전에."

퍽!

음약사의 지풍이 적이건의 가슴에 적중했다.

적이건이 그대로 쓰러졌다. 바닥에 널브러진 적이건을 내려다보며 음약사가 나직이 말했다.

"난 네가 마음에 든다. 저놈을 옮겨!"

두 사람이 그곳을 나간 직후.

또 다른 두 사람이 소리없이 그곳에 나타났다.

그들은 바로 비연회주와 연사였다.

두 사람은 대복귀가 무인들을 데리고 와서 적이건을 업고 나가는 것을 말없이 지켜보았다.

그들이 사라지자 비연회주가 침묵을 깼다.

"과연 그의 핏줄이군요."

운명은 분명 있다. 운명을 타고난 사람도 분명 있다.

적이건이 음약사의 손에 들어간 것도 분명 운명일 것이다.

비연회주는 그렇게 믿었다. 보낼 때부터 여기서 만나게 될 줄 알았다. 그런 게 운명이니까.

연사가 차분히 말했다.

"이대로라면 저 아이는 죽거나 폐인이 될 것이야."

비연회주가 웃으며 한마디 덧붙였다.

"혹은 제압당한 혈도를 풀 방법을 찾거나요."

"똑똑한 아이니까 그럴 수도 있겠지. 만약 그렇게 된다면 음약사가 죽을 수도 있어. 우린 큰 타격을 입게 될 것이야."

"……"

"지금 당장 저 아이를 죽이시게. 그리고 이곳을 폐쇄하고 새로운 곳으로 옮기게."

비연회주는 묵묵부답으로 그 제안을 거부했다.

연사가 한숨을 내쉬며 말했다.

"그녀가 오고 있네."

그녀란 바로 유설하였다.

"그 사람은요?"

비연회주의 복잡한 눈빛에는 어떤 설렘이 깃들어 있었다.

그러나 연사가 고개를 내저었다.

"그가 온다는 보고는 없네. 오는 것은 그녀뿐이네."

무시당했다고 생각해서였을까? 비연회주가 입술을 깨물며 주먹을 꽉 쥐었다. 그녀의 분노가 느껴졌다.

 "이번 일로 희생이 크네."

 "하부조직은 얼마든지 잘려 나가도 상관없어요."

 "그녀는 결국 이곳까지 찾아낼 것이네."

 "바라는 바예요."

 연사가 가볍게 한숨을 내쉬었다. 지금까지 더없이 냉철한 마음으로 비연회를 키워온 그녀였다. 하지만 이 부분만큼은 그러지 못했다.

 연사는 그런 그녀의 모든 것을 이해할 수 있었다.

 그녀는 이럴 수밖에 없는 이유가 있으니까.

 다만 걱정이 될 뿐이다.

 점점 다가오는 유설하도, 호시탐탐 기회를 노리는 부회주도.

 "연이가 그녀를 이기지 못할 수도 있어."

 "…연이는 강해요. 그깟 년 정도는……."

 "그깟 년이 아니네! 상대는 나찰이야! 천마의 무공을 이어받은 여인이라고! 마교 역사상 처음 있는 일이네! 그녀는 무공의 천재야!"

 소릴 지르고 나서야 연사는 후회했다. 비연회주가 얼마나 그녀를 싫어하는지 알고 있으면서.

 비연회주가 나직이 말했다.

이건계략 215

"…그래서겠죠? 그가 떠난 이유가?"

연사는 아무 대답도 하지 못했다.

비연회주가 담담히 말했다.

"저답지 않다는 것 인정해요. 하지만 이번 일만 끝나면 원래의 저로 돌아갈 거예요. 걱정 마세요."

연사의 걱정은 그것이 아니었다.

'아! 결국은 다 밝혀지고 말 것인가?'

그것은 비연회주조차도 모르는 연사만의 고민이었다.

* * *

"그럼 위기를 벗어나기 위한 세 번째 방법은 뭔가요?"

"상대의 약점을 파고드는 것이다."

"만약 약점이 없는 상대라면요?"

"그런 사람은 없단다."

"그럼 어머니도 약점이 있단 말씀이신가요?"

세상에서 가장 완벽하다고 생각했던 어머니였다.

"물론이다. 나 역시 약점이 있지."

그때까지만 해도 그 약점은 어떤 신체적인 약점이라 생각했다.

하지만 이제 분명히 알 것 같다.

어머니의 약점은 아버지고, 또 나였다는 것을.

가족이라는 이름의 약점.

그것은 아버지 역시 마찬가지였으리라 생각한다.

그렇다면 내 약점은 무엇일까?

나 역시 가족일까?

난 그런 책임감있는 삶을 살아갈 수 있을까?

"끄으응!"

묵직한 비명을 내지르며 적이건이 눈을 번쩍 떴다.

낯익은 천장이 보였다.

쉬침상이 있던 바로 처음의 그 방이었다.

몸에는 수많은 침이 꽂혀 있었다. 대법이 진행 중임을 알 수 있었다.

온몸이 굳어가고 있었다. 어떤 대법인지 몰라도 몸을 망치고 있음을 알 수 있었다. 만약 음약사의 목표가 금강불괴까지였다면 어쩌면 그는 꿈을 이룰 수 있을지도 몰랐다. 하지만 그의 꿈은 불로불사였디. 자연의 뜻을 거스르는. 결국 애초에 꿔서는 안 될 꿈을 꾼 것이다.

대법은 절대 성공할 수 없다. 더 진행되기 전에 막아야 한다.

적이건의 시선이 한옆 의자에 앉아 졸고 있는 대복귀에게로 향했다.

말없이 그를 응시했다.

처음부터 느꼈지만 탈출의 열쇠는 오직 그에게 있었다.

네 약점은 무엇이지?

적이건은 한참을 그렇게 대복귀를 쳐다보았다.

잠시 후 대복귀가 잠에서 깼다.

"어랏!"

적이건이 깨어 있는 모습에 후다닥 달려왔다. 잠시도 쉬지 않고 적이건을 지켜보고 있으란 엄명을 받은 그였다.

"나 안 잤어. 안 잤다고!"

"그래. 안 잤어."

적이건이 고통스럽게 인상을 찡그렸다.

"힘들군. 조금만 쉬었다 할 수 있을까?"

"조금만 참아. 편해질 거야."

"어려서부터 온 중원을 다 돌아다녔지. 고생도 많이 했다고 생각했는데. 지금 생각해 보니 그건 고생도 아니었군."

"이제 곧 너는 완벽한 신체로 다시 태어날 거야."

"과연 그럴까?"

적이건이 힘겨운 눈빛으로 대복귀를 쳐다보았다.

적이건이 말없이 자신을 응시하자 대복귀가 당황해했다.

"왜 그런 눈으로 보지?"

"정말 믿고 있나? 네 사부가 그런 완벽한 신체를 만들 수 있다고? 금강불괴에 불로불사의 신체를 만들 수 있다고?"

"당연하지."

"거짓말 마. 너도 믿고 있지 않아."

"아, 아니야. 난 믿고 있어."

"이봐, 솔직하게 말해도 돼. 네 사부는 널 좋아하지도 않아. 널 경멸하고 있다는 것을 너도 알잖아."

"뭐라고?"

대복귀의 눈동자가 흔들렸다. 분명 동요하고 있었다.

"하긴 나라도 좋아하지 않겠다. 뚱뚱하고 쓸모없는."

"닥쳐!"

대복귀가 손을 번쩍 들었다. 하지만 평소처럼 배를 때리거나 박치기를 하지 못했다. 그저 분노를 이기지 못해 손을 부들부들 떨 뿐이었다.

"대법을 망칠까 봐 때리질 못하는군."

"너! 이 자식!"

"내가 죽으면 사부는 널 원망할 거야. 내가 잘못했기 때문에 실패했다고 뒤집어씌우겠지."

"그럴 리가 없다!"

"과연 그럴까? 으으윽!"

갑자기 적이건이 비명을 지르기 시작했다. 적이건의 등으로 피가 흘러나오기 시작했다.

대복귀가 깜짝 놀랐다.

"왜 이래? 어디가 아픈 거야?"

"대법은 실패야. 아니, 애초부터 통할 리가 없었지."

"그게 무슨 소리냐?"

"이유를 말해줄까?"

"무슨 이유 말이냐?"

"대법이 실패할 수밖에 없는 이유."

"그런 이유가 있다고?"

대복귀는 믿을 수 없다는 표정이었다.

"그걸 네가 알아내면 사부가 좋아하겠지? 앞으로 널 정말 좋아할 거야."

대복귀의 마음이 달아올랐다.

"하지만 알려주지 않겠어. 네놈이 잘되는 꼴을 보기 싫거든."

적이건이 그의 애를 태웠다.

대복귀는 반신반의했지만 적이건의 등에서 흐르는 피를 보며 분명 실패의 이유가 있을 것이라 생각했다. 예전에도 같은 대법을 여러 번 했지만 출혈이 난 적은 처음이었다.

"…알려줘."

적이건이 죽음을 앞둔 병자처럼 총기 없는 눈빛으로 그를 응시했다.

"죽으면 안 돼!"

대복귀가 소리쳤다.

적이건이 죽으면 정말 사부는 자신에게 모든 책임을 뒤집어씌울 것이다.

"그래… 말해주지. 어차피 난 죽을 테니까. 불쌍해서 말해준다."

적이건이 목소리를 낮춰 은밀히 말했다.

"내 혈맥은 보통 사람과 다르지. 반대로 되어 있지."

대복귀가 깜짝 놀랐다.

"그럴 리가!"

그 사실을 알리러 사부에게 달려나가려는 것을 적이건이 막았다.

"늦었어! 네가 나가면 난 곧 죽을 거야."

대복귀가 다급하게 소리쳤다.

"어떻게 해야 널 살릴 수 있지?"

적이건이 웃으며 말했다.

"흐흐. 내 말을 믿어? 난 널 바보 취급하는 거야. 지금까지처럼 널 속여서 탈출하려는 거야. 그러니 그냥 네 사부나 데리러 가."

적이건이 그렇게 말하자 대복귀는 더욱 혼란스러웠다.

등에서 흘러나오는 피가 더욱 많아졌다. 대법이 제대로 되었다면 이렇게 피가 나올 리가 없었다.

"제발! 어떻게 해야 널 살릴 수 있지?"

대복귀의 마음이 다급해졌다.

적이건이 힘없이 말했다.

"방법을 말해준다 해도… 네놈이 혈도 따윌 알 리가 없잖아."

"안다! 잘 안다! 사부님께 배웠어."

"말해주지 않을 거야. 이대로 죽을 거야. 그럼 너도 죽게 되겠지. 나와 같이 가자! 저승길이 너무 외로울 거야."

"제발! 난 죽기 싫어!"

대복귀가 공포에 질렸다.

그제야 적이건이 힘없이 말했다.

"유문(幽門)혈에 박힌 침을 뽑아 대거(大巨)혈에 박고. 천추(天樞)혈에 박힌 침을 중극(中極)혈로……."

대복귀가 시키는 대로 침을 바꿔 꽂기 시작했다.

적이건이 시키는 대로 열다섯 곳의 침을 바꾸어 꽂았다.

그러자 거짓말처럼 등 뒤에서 흘러나오던 피가 멈추었다.

"됐다! 됐어! 내가 해냈어!"

대복귀가 기뻐하며 펄쩍 뛰었다.

적이건은 잠이 든 것처럼 평온한 표정이었다.

그때 문이 열리며 음약사가 들어왔다.

"이 무슨 소란이냐!"

"사부님! 제가 이자를 구했습니다!"

"뭔 헛소리냐!"

음약사가 버럭 소릴 지르며 달려왔다. 적이건의 등 아래 말라붙은 피를 보며 음약사가 버럭 소리를 질렀다.

"무슨 짓을 저지른 것이냐!"

"그, 그게 아니라!"

퍽!

음약사가 사정없이 그를 후려쳤다.

대복귀가 머리를 싸매며 바닥을 뒹굴었다.

"어떻게 된 일인지 어서 말해라!"

대복귀가 구석에 처박혀 방금 전에 있었던 일을 설명하기 시작했다.

음약사의 표정이 시시각각 변했다.

"놈의 혈맥이 반대로 되어 있다고? 그게 말이 되는 소리냐!"

"사실이었습니다. 놈이 시키는 대로 침을 바꿔 꽂자 출혈이……."

"뭐! 침을 바꿔 꽂아?"

음약사가 놀라 적이건을 돌아보았다.

정말이지 자신이 시행한 것과 다르게 침이 박혀 있었다.

"이런 미친놈!"

퍽! 퍽!

음약사의 눈이 뒤집어졌다.

"피가, 피가 멈췄습니다. 제가 저자를 살렸습니다."

대복귀가 변명하듯 소리쳤지만 음약사는 광분한 상태였다.

"네놈이 감히 노부의 허락도 없이 침에 손을 대다니! 이 찢어 죽일 놈 같으니라고!"

"으아아악!"

갑자기 대복귀가 고함을 지르며 음약사를 머리로 받아버렸다.

퍽!

설마 자신을 공격하리라곤 꿈에도 생각 못한 상황에서의 갑작스런 박치기였다.

음약사가 코를 부여 쥐었다.

코피를 흘리는 음약사를 보며 대복귀가 억울함을 하소연했다.

"제가 저자를 살렸단 말입니다!"

음약사의 눈에서 살기가 뿜어져 나왔다.

"이놈이! 감히 사부를 쳐? 네놈을 기사멸조(欺師滅祖)의 죄로 다스리겠다!"

음약사가 당장이라도 때려죽일 듯 손을 번쩍 들었다.

"으아아악!"

대복귀가 비명을 질러댔다.

그때 뒤에서 들려오는 한마디.

"정말 못 봐주겠군."

음약사의 행동이 딱 멈췄다. 놀라서 돌아보자 적이건이 눈을 뜬 채 자신을 보고 있었다.

"당신 제자 말 다 사실이야."

음약사가 놀란 얼굴로 물었다.

"그렇다면 정말 혈맥이 거꾸로 되어 있느냐?"

"세상에 그런 사람이 어디에 있겠어?"

그러자 뒤에 웅크리고 있던 대복귀가 소리쳤다.

"아까 그렇다고 하지 않았냐?"

"널 속이기 위해서라고 했잖아. 네 사부에게 달려가서 알리라고 했고. 맞지?"

"그건!"

대복귀가 뭐라 반박하지 못했다. 상황이 달랐지만 사실은 사실이었다.

대복귀를 홱 돌아보는 음약사의 두 눈이 더욱 길게 찢어졌다.

"피, 피가 났습니다! 저놈의 등에서 피가 났습니다. 저놈 말이 사실이 아니라면 피가 날 리 없지 않습니까?"

음약사가 적이건을 돌아보았다.

그러자 적이건이 몸을 돌려 등을 보여주었다.

등에 무엇인가 박혀 있었다. 날카롭고 긴 돌조각이었다.

앞서 약에 취한 사내가 부서뜨린 벽의 조각이었다.

적이건이 은밀히 그것을 챙겼던 것이다.

손이 쇠사슬로 묶여 있었지만 다행히 돌조각이 간신히 등까지 닿았다.

음약사가 물었다.

"왜 이런 짓을 꾸몄지?"

"그야 이유는 한 가지지."

따아앙!

그 순간 적이건을 묶어놓았던 쇠사슬이 끊어졌다.

적이건이 천천히 몸을 일으켰다.

음약사가 경악한 표정으로 물었다.

"어떻게 제압된 혈도를 풀었느냐?"

"네 제자가 침을 찔러 넣어줬지."

"이 멍청한 놈아!"

치밀어 오르는 분노를 참지 못하고 음약사가 대복귀를 내려쳤다.

꽈직!

너무나도 빠르고 강한 일격을 대복귀는 피하지 못했다. 머리통이 깨진 대복귀가 그대로 절명했다.

적이건이 가볍게 한숨을 내쉬며 고개를 내저었다.

애써 구해줄 마음이 있었다면 구해줄 수도 있었겠지만 그러지 않았다. 모자랐기 때문에 불쌍하기도 했지만, 모자라기에 살려둘 수도 없었다. 음약사의 제자가 된 순간, 이미 그의 운명은 정해진 것이었다.

음약사는 살기를 내뿜으며 물었다.

"파해법을 어떻게 알아차린 거지?"

"그건 당신 덕분이라고 볼 수 있지."

"뭣이?"

"여기 며칠 누워 있으며 생각을 많이 했지. 하기 싫어도 정말 생각이 많이 들더군. 당신이 먹였던 약들이 몸의 혈맥을 끊임없이 자극했지. 그 과정에서 알게 되었어. 어떤 혈맥이 어떤 식으로 제압을 당했는지."

"믿을 수 없다."

"내가 원래 무공 쪽은 천재 소릴 듣거든."

적이건이 자신의 몸에 박혀 있는 침을 하나씩 뽑았다.

자연스러운 적이건의 행동에서 그 어떤 허점도 찾지 못했고 음약사는 기습을 감행하지 못했다.

내공의 금제를 풀고 이미 일주천을 끝낸 적이건은 음약사가 감당할 상대가 아니었다.

모든 침을 뽑아낸 적이건이 천천히 침상에서 내려왔다.

적이건이 천천히 걸음을 옮겼다. 음약사가 긴장한 채 적이건의 움직임을 경계했다.

적이건이 책상 위의 것들을 구경하듯 만졌다. 여전히 음약사는 적이건의 빈틈을 찾아내지 못했다. 그럴수록 더 아깝다는 생각만 들었다. 완벽한 시험대상인데.

적이건이 등을 돌린 채 물었다.

"한 가지만 묻지. 약에 취한 이들을 되돌릴 수 있는 방법이 있나?"

음약사가 단호히 고개를 가로저었다.

"절대 없다."

"그런가?"

적이건이 한숨을 내쉬었다. 이미 만들어진 사람들만 해도 수백 명 이상이었다.

"당신은 정말 해서는 안 될 짓을 저질렀어. 그들은 산 사람들이라고."

"그들은 숭고한 희생을 했을 뿐이다."

적이건이 돌아섰다.

"웃기지 마. 그렇게 위대한 일이라면 왜 당신의 몸으로 시험하지 않았지?"

"그건!"

"당신은 자신이 없었던 거야. 아니, 마음속 깊은 곳에서는 당신이 하고자 하는 일이 개헛수작임을 알고 있었던 거야. 당신은 스스로를 속이고 있었지."

"헛소리 마라!"

흥분한 음약사가 쌍장을 휘두르며 달려들었다.

쉭쉭쉭쉭쉭쉭쉭쉭!

두 사람이 교차하며 스쳐 지나갔다.

음약사가 자신의 얼굴과 목, 가슴을 매만졌다. 온몸에 박힌 수많은 침이 느껴졌다. 적이건의 몸에 박혀 있던 침이었다.

한 걸음 더 걸은 후 음약사의 한쪽 무릎이 접혔다.

"쿠에엑!"

음약사가 피를 토하며 쓰러졌다.

경련을 일으키며 음약사가 힘겹게 입을 열었다.

"…억울해."

적이건이 고개를 내저으며 차갑게 대답했다.

"아니, 넌 과분해!"

적이건이 힘차게 내려쳤다.

꽝!

대복귀가 적이건을 찔러대던 대침이 음약사의 심장에 박혔다.

음약사가 그대로 절명했다.

천장을 올려다보며 적이건의 눈빛이 싸늘했다.

"가는 길 외롭지 않게 해줄게."

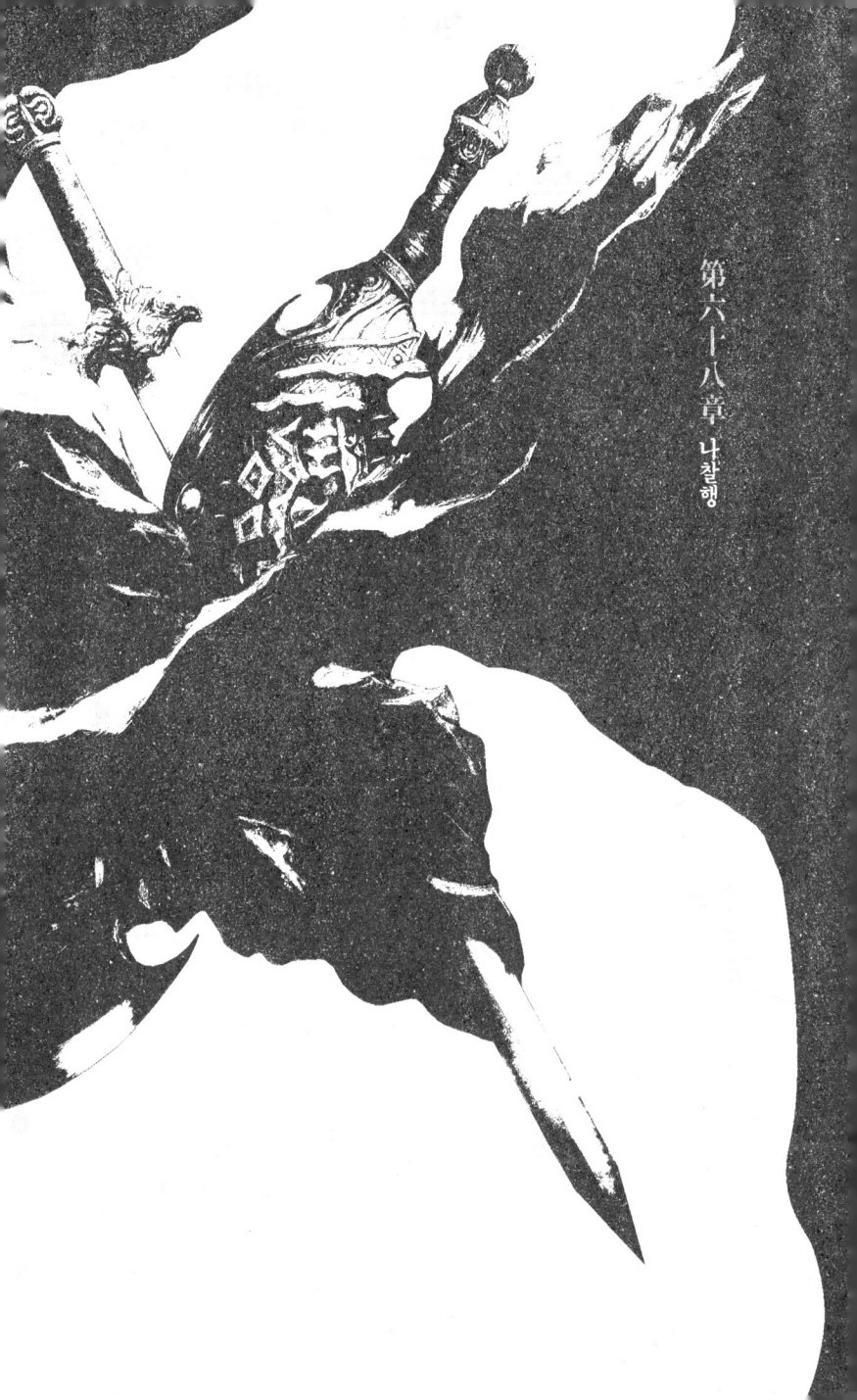

第六十八章 나찰행

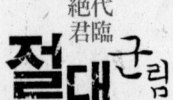

도심으로 들어선 마차가 속도를 줄였다.

마차를 모는 낯익은 두 사람은 얼마 전 적이건을 태운 마차를 몰던 두 무인이었다. 그때나 지금이나 그들은 아무 대화를 나누지 않은 채 묵묵히 마차만을 몰았다.

이윽고 마차가 예전의 그 골목길에 도착했다.

꽁꽁 묶인 채 마차에서 내린 사람은 비대한 체구의 여인이었다. 뚱보일 뿐만 아니라 추녀였다.

대기하고 있던 무인들이 여인을 보고는 인상을 찡그렸다.

서류를 받아 챙기며 무인이 물었다.

"오늘은 한 명뿐인가?"

"그래. 하지만 말들은 더 힘들어했다네."
사내들이 뚱뚱한 여인을 조롱하며 낄낄거렸다.
"수고하시게."
마차가 떠나갔다.
무인들이 뚱보여인을 끌고 건물 안으로 들어갔다.
걸어가던 사내들이 코를 킁킁거렸다.
"어디서 피 냄새가 나지 않나?"
"그런 것 같은데."
사내가 여인에게 코를 가져다 댔다.
"이년에게서 나는 냄새인 것 같은데."
"뭐?"
다른 사내가 코를 킁킁거렸다. 과연 여인에게서 피 냄새가 자욱했다.
"빌어먹을 년이 어디서 돼지라도 잡다 온 모양이군."
두 사내가 멀찍이 떨어져 걸었다. 수모를 당하면서도 여인은 그저 땅만 보고 걷고 있었다.
이윽고 그들이 지하로 향하는 기관에 도착했다. 언제나처럼 여인을 밀어 넣고 문을 닫았다.
"네년 몸무게에 뚝 끊어질지 모르니 꽉 잡으라고! 하하하!"
문이 서서히 닫혔다.
스르릉.
문이 닫히기 직전, 썩은 동태처럼 희미하던 여인의 눈빛이

맑게 빛났다.

여인의 손이 부드럽게 허공을 스쳤다.

피잇!

문이 완전히 닫히는 순간, 두 사내의 목이 그대로 떨어졌다. 영문을 몰라 두 눈을 치켜뜬 그들의 머리통에서 피가 흘러나왔다. 문틈으로 핏물이 흘러들었지만 지하로 향하는 기관은 멈출 줄 몰랐다.

* * *

이엽은 오늘도 변함없는 하루를 보내고 있었다.

얼마 전 적이건이 곤수파로 붙잡혀 갔다는 소식을 들었다. 처음 그 소식을 들었을 때, 이엽은 완전히 신경이 곤두섰다. 만약 적이건에게 정보를 말해준 것이 밝혀진다면 자신은 그날로 죽은 목숨이었다.

하지만 자신을 잡으러 오는 사람은 아무도 없었다.

대신 새로운 소식이 들려왔다. 적이건이 곤수파의 핵심고수 넷을 죽이고 지하로 끌려갔다는 소식이었다.

그저 싸움깨나 하는 정도인 줄 알았는데, 알고 보니 대단한 고수였다. 지금까지도 곤수파에서는 자신이 비밀을 누설한 것을 알아차리지 못했다. 적이건이 끝내 약속을 지킨 모양이었다.

속이 후련하면서도 한편으로 조금 안타까운 생각도 들었다. 비록 몇 대 얻어터지긴 했지만 그렇게 미운 상대는 아니었다. 모욕을 가하며 때리지 않아서일 것이다.

뭐 어쨌든 이제 다 끝난 일이었다. 지하로 끌려간 이상 돌아온 사람은 아무도 없었으니까. 이제 두 번 다시 그를 볼 일은 없을 것이다.

그가 자신의 천막으로 들어서던 그때였다.

"헉! 누구?"

그가 깜짝 놀랐다. 누군가 자신의 천막 안에 앉아 있었다.

상대를 확인한 이엽이 두 눈을 부릅떴다. 눈을 지그시 감고 앉아 있는 그는 바로 적이건이었다.

적이건이 담담히 말했다.

"잠시 기다려."

그리고는 계속 심법에 열중했다.

이엽은 감히 달아날 생각을 하지 못했다. 달아나고 싶어도 달아날 곳이 없었지만. 얌전히 적이건 앞에 앉았다.

이엽은 시간이 지날수록 적이건 손등의 문신이 점점 짙어지고 있다는 것을 발견했다. 정말 신기한 일이었다.

일다경쯤 지났을 때는 문신은 거의 제 색을 찾고 있었다. 손등의 악귀와 청룡이 금방이라도 튀어나올 것만 같았다.

이윽고 적이건이 눈을 떴다. 예전의 눈빛과는 완전히 달라져 있었다.

이엽이 조심스럽게 물었다.

"끌려갔다고 들었습니다."

"그랬지."

"어떻게 빠져나오신 겁니까?"

"다 죽이고 나왔다."

"히익!"

이엽이 깜짝 놀라 뒤로 몸을 젖혔다.

"걱정 마라. 널 죽이러 온 것이 아니니까. 물어볼 것이 있어 왔다."

"무엇입니까?"

"나와 함께 있던 두 사람 기억하지?"

"네."

"원래 있던 곳에 가보니 그들이 없었다. 어떻게 된 일이지?"

적이건의 눈빛이 차갑게 빛났다.

이엽은 거짓말을 할 이유가 없었다. 하지만 조심스러웠다. 그럴 만한 이유가 있었다.

"따라오시지요."

이엽이 앞장서 천막을 나갔다. 적이건이 그 뒤를 따랐다.

이엽이 안내한 곳은 돌무더기가 쌓인 곳이었다. 가늘어진 적이건의 두 눈이 설마하고 물었다.

이엽이 한숨을 쉬며 말했다.

"그 노인은 제가 이곳에 묻었습니다."

"여자는?"

적이건의 목소리가 건조해졌다.

"곤수에게 붙잡혀 갔습니다. 끌려가는 여자를 지키려다 노인이 죽은 겁니다."

"그게 언제 일이냐?"

"지하로 잡혀가시고 난 그날의 일입니다."

적이건은 아무 말도 하지 않았다. 벌써 며칠이나 지난 일이었다. 가연 역시 어떤 식으로든 운명이 정해졌을 시간이었다.

적이건은 가슴이 답답해졌다.

상월춘과 가연만큼은 무사히 데려 나가고 싶었는데.

"그녀는 아직 살아 있나?"

"잘 모르겠습니다."

"알겠다. 그만 가보도록."

또다시 그냥 보내주는 적이건에게 이엽이 꾸벅 인사했다.

"곧 이곳을 나가게 될 거다. 새 출발할 준비를 하도록."

이엽이 놀란 표정을 지었다. 이내 그 말을 믿는다는 듯 다시 한 번 감사의 인사를 건넸다.

이엽이 떠나고도 적이건은 잠시 그 돌무덤 앞에 서 있었다.

적이건의 눈빛은 점점 더 차가워지고 있었다.

*   *   *

기관의 문이 열리자 대기실의 무인이 인상을 썼다.

"네년 몸에 맞을……."

털썩!

무인이 말을 잇지 못하고 그 자리에 쓰러졌다. 무엇에 어떻게 당했는지 알 수 없었다. 마치 더위를 먹고 쓰러지는 사람 같았다.

여인이 문을 열고 들어갔다.

마침 몽악은 태사의에 앉아 있었다.

그는 추녀 뚱보여인의 등장에 잔뜩 인상을 찌푸렸다.

"요즘 왜 이러나?"

괜찮은 여자가 오면 일단 자신의 침실로 끌어들였던 그였다.

지난번 화상을 잔뜩 입은 가연 때문에 기분이 상했는데, 이제는 뚱보에 추녀였다.

"빌어먹을! 마가 끼었군!"

정확히 자신의 처지를 알고 있었지만, 뚱보여인의 무서움만큼은 아직 눈치 채지 못했다.

여인이 물었다.

"적이건이란 아이가 이곳에 왔지?"

"오호! 목소리 하난 좋구나."

그러나 이내 몽악의 표정이 살짝 찌푸려졌다.

적이건이라면 그 빌어먹을 놈이 아니던가? 하긴 지금쯤이면 죽지도 살지도 않은 신세가 되어 있을 놈이었다.
"봤군."
"어떻게 알지?"
"우리 아들은 너 같은 놈들을 짜증나게 하는 데 소질이 있거든."
"아들?"
몽악이 조금 의외란 표정을 지었다.
"그 꼴로 아이도 낳았단 말인가? 도대체 어느 눈먼 병신이 네년에게 육보시를 해주었단 말이냐? 부처라도 환생했나 보구나!"
지켜보던 사내들이 킬킬거리며 웃었다.
그때였다.
휘이이이이이이이이—
여인의 몸 주위로 찬란한 광채가 뿜어져 나왔다.
슈아아아아아아앙!
그녀를 감싼 눈부신 광채에 모두들 눈을 뜰 수 없었다.
광채가 사라지자 그곳에 또 다른 여인이 서 있었다.
지옥도를 손에 든 유설하였다.
유설하의 본모습을 본 몽악이 벌떡 자리에서 일어났다.
"이럴 수가!"
몽악은 유설하의 아름다움에 넋을 잃었다. 그야말로 태어나 처음 보는 미인이었다. 몽악뿐만 아니라 그곳의 모든 사내들이 깜짝 놀랐다.

몽악이 침을 꿀꺽 삼키며 물었다.

"당신은 누구요?"

"말했잖아. 아들 찾으러 왔다고."

몽악은 적이건이 비연회주와 관련이 있음을 떠올렸다.

'과연 회주와 관계가 있으니 평범한 것들은 오지 않는구나!'

방금 전 유설하가 보여준 수법은 역용술의 차원을 넘어선 예술이었다. 덩치 큰 여인을 선택한 이유는 도를 감추기 위함일 것이다. 무기를 몸과 함께 역용하다니! 그 역시 들어본 적이 없는 경지였다.

몽악은 긴장했다. 하지만 그렇다고 공포에 떨진 않았다. 대악랑이란 이름은 여인에게 당할 정도로 약한 이름이 아니었으니까.

"아름다우시오."

몽악의 감탄에 유설하가 단도직입적으로 물었다.

"헛소리 집어치고. 우리 아들 어디에 있나?"

유설하는 피곤했다. 이곳까지 오는 여정도 긴 여정이었지만, 아들에 대한 걱정 때문에 심력 소모가 극심했다.

"당신 아들은 안전한 곳에 있으니. 일단 우리 이야기부터 나눕시다."

몽악이 자리에서 일어나는 순간.

유설하가 지옥도를 내질렀다.

쇄애애애애액!

엄청난 바람 소리에 이은 폭음.

꽈아앙!

몽악이 두 손을 교차해 얼굴을 막고 있었다.

지옥도의 도풍을 막아낸 것이다. 막은 두 손이 끊어질 것 같았다. 머리가 깨어질 듯 아팠고 온몸이 얼얼했다.

'미치도록 아프군.'

예비 초식도 없이 대수롭지 않게 휘두른 공격이었다.

몽악은 상대의 무공이 상상 초월임을 느꼈다.

수하들이 자신을 보며 놀란 표정을 짓고 있었다.

'이놈들아! 뭘 그리 놀라느냐? 내가 이깟 공격에 당할 줄 알았더냐?'

유설하가 나직이 물었다.

"입구가 어디지?"

그 모습을 본 몽악이 인상을 찡그렸다.

'저 망할 년이 왜 내게 묻지 않는 거지?'

유설하가 수하 하나를 보며 묻고 있었다.

수하가 자신을 한 번 쳐다본 후 다시 유설하를 보며 눈치를 살폈다.

'저 미친놈이! 왜 눈치를 봐? 묻는다고 말해주려고?'

쇄애액!

다시 지옥도가 허공을 갈랐다.

방금 전 눈치를 보며 망설이던 수하의 목이 날아갔다. 그야말로 가차없었다.

유설하가 다시 물었다.

"입구가 어디지?"

이번에도 자신이 아니라 수하에게 물었다. 마치 자신을 없는 사람 취급하고 있었다.

몽악이 인상을 찡그렸다.

'저 죽일 년이!'

몽악이 벌떡 자리에서 일어나려 했다. 몸이 움직여지지 않았다.

'이거 왜 이래?'

마치 물먹은 솜처럼 몸이 무거웠다. 머리가 깨어질 듯 아팠다.

'설마 아까 공격에 내상을 입은 건가?'

말을 하려 했지만 입이 열리지 않았다.

그때였다. 유설하가 자신을 스윽 쳐다보았다.

"아직 안 뒈졌어?"

순간 몽악이 깜짝 놀랐다.

몽악이 힘겹게 고개를 숙였다. 가슴에 사람 머리통만 한 구멍이 뚫려 있었다.

쇄애애애애액!

무엇인가 날아든다는 생각이 드는 순간. 악명 높았던 몽악의 삶은 끝장났다.

단 한 수에 몽악의 가슴에 구멍을 낸 유설하의 신기에 무인들은 공포에 질려 있었다.

"어디지?"

쇄애애액!

또 다른 사내의 목이 날아갔다.

그러자 무인들이 앞 다투어 뛰어갔다.

"저곳입니다! 저곳입니다!"

수하 놈들이 우르르 지하로 내려가는 입구를 안내했다.

끄르릉.

문이 열렸고 적이건이 걸어갔던 기다란 복도가 모습을 드러냈다.

복도에 들어서며 유설하가 스윽 무인들을 돌아보았다.

살기 어린 시선에 사내들이 급한 마음에 소리쳤다.

"살려주시오!"

"약속을 지키시오!"

유설하의 지옥도는 인정을 두지 않았다.

쇄애애애앵!

칼질 두 번에 사내들의 몸이 양단되며 모두 쓰러졌다.

유설하가 차갑게 돌아섰다.

"입구를 물었지, 언제 살려준다고 했더냐."

　　　　＊　　　　＊　　　　＊

 언제나처럼 곤수파의 본거지는 떠들썩했다.
 여기저기 삼삼오오 모여 음담패설이며 욕설을 해대며 킬킬거리고 있었다.
 곤수의 거처 앞에 작은 말뚝이 하나 박혀 있었고 거기에 벌거벗은 여인이 개 목줄에 묶인 채 쓰러져 있었다. 온갖 오물과 진흙으로 여인의 몸은 더럽혀져 있었다. 온몸이 상처투성이였고 머리는 박박 밀려 있었다.
 가연이었다. 맑았던 눈빛은 완전히 빛을 잃은 후였다.
 지난 며칠 동안의 고통은 그야말로 이루 말할 수 없었다.
 곤수의 겁탈에 이은 사내들의 윤간, 이어지는 폭행과 정신적인 모욕, 인간세상이라면 일어나서는 안 될 모든 일들이 다 일어났다.
 이제 그녀에게 남은 가치는 이대로 굶겼을 때 과연 그녀가 언제 죽느냐에 걸린 몇 조각의 육포가 전부였다.
 그곳으로 누군가 걸어 들어왔다.
 삭막한 눈빛으로 천천히 걸어 들어온 사내는 바로 적이건이었다.
 적이건이 말없이 가연을 쳐다보았다.
 죽은 듯이 쓰러져 있는 가연은 적이건이 온 것도 모르고 있었다.

적이건의 어금니가 꽉 깨물어졌다.

적이건이 천천히 그녀에게 걸음을 옮겼다.

"너 뭐야?"

사내 하나가 적이건 앞을 막아섰다.

푸욱!

그의 목으로 검이 튀어나왔다.

그를 찌른 채 적이건이 앞으로 내달렸다.

"으아아아아아!"

적이건의 외침에 모두들 깜짝 놀랐다.

푹! 푸욱!

적이건의 검이 눈에 보이는 모든 사내들을 사정없이 찌르고 베었다.

뒤늦게 달아나려 했지만 소용없었다.

적이건은 미친 야수처럼 날뛰었다.

우드드득! 으득!

사내들의 팔과 다리가 작대기처럼 분질러졌다. 목이 잘리고 팔다리가 날아갔다.

비명 소리가 사방에 터져 나갔다.

마치 그 소리를 가연에게 들려주려는 듯 적이건의 손속은 잔혹했다.

마당에 있던 모든 사내들이 쓰러졌다. 산 자와 죽은 자가 뒤섞인 가운데 고통스런 신음 소리만이 흘러나왔다.

그제야 적이건이 가연에게 다가갔다.

등에 내력을 불어넣자 가연이 힘겹게 눈을 떴다.

"…왔군요."

그녀의 입이 힘겹게 미소를 만들어냈다.

"…너무 늦어서 미안."

"아니에요."

이미 정신도 육체도 완전히 파괴된 그녀였다.

"힘내! 이 얼굴 고쳐 줄게."

가연이 희미하게 미소를 지었다.

마지막이 다가왔음을 알리는 평온한 표정이었다. 지금까지 버틴 것만 해도 기적 같은 일이었다. 오직 이 순간을 위해 버틴 그녀였다.

"몇 번이나 죽으려 했는데… 당신을 기다렸어요. 그래서 죽지 못했어요."

"왜?"

"고마웠다는 말을 해주고 싶었어요."

"……"

"첫날에도 못했고… 목욕물 받아준 날에도… 고맙다는 말을 못했잖아요."

"…그깟 인사는 뭐 하게."

"얼굴 고쳐 준다는 당신 말이 거짓이라도 상관없어요. 태어나 처음으로 희망이란 것을 가져봤으니까요. 영원히 잊지 않을게요."

가연의 눈이 스르륵 감겼다. 그녀는 행복했다. 마지막 순간을 이 세상에서 가장 친절했던 사람의 품에서 죽는 것이니까.

"힘내! 힘내봐!"

적이건이 내력을 더욱 불어넣었다. 하지만 인간의 힘으로 막을 수 있는 단계를 지난 상태였다.

"…고마웠어요."

가연이 숨을 거뒀다.

"아아아아!"

적이건이 탄식했다. 마음이 아팠다. 비록 며칠간의 인연이었다.

이성적인 느낌은 전혀 없었다.

그저 화상을 입고 살아왔을 그 슬픔이 깊었으리란 생각에, 얼굴을 고쳐 주고 싶었을 뿐이었다. 그냥 이곳에서 데리고 나가주고 싶었다. 그 정도는 해줄 수 있을 줄 알았다.

눈물은 나지 않았다. 그래서 더 미안했다.

뒤에서 귀에 익은 외침이 들려왔다.

"아니! 저 자식이! 어떻게 돌아왔지?"

곤수였다. 그의 옆에는 새로 뽑은 것으로 보이는 사내들이 서 있었고 마지막에 싸웠던 내공이 있던 사내도 있었다.

장내의 끔찍한 상황에 곤수가 고개를 내저었다.

"그곳을 빠져나오다니. 과연 평범한 놈은 아니구나!"

적이건이 천천히 일어나 돌아섰다. 적이건은 웃고 있었다. 새하얀 미소였다. 그 섬뜩함에 곤수가 물었다.

"뭐가 그리 우습지?"

"그냥 우습네. 너희 같은 좆같은 놈들은 살고 저 여자애는 죽는 이 세상도 웃기고… 늙은이 하나, 여자애 하나도 못 지켜주면서 세상을 바꾸려고 한 나도 웃기고."

적이건이 표정 없는 얼굴로 곤수를 응시했다.

그 섬뜩한 무표정이 기분 나빠 곤수가 발작적으로 소리쳤다.

"저 새끼 목을 따버려!"

옆에 있던 사내들이 튀어나왔다.

마당에 있던 자들보다 뛰어난 실력을 지닌 자들이었다.

하지만 내력을 되찾은 적이건에게는 그놈이 그놈이었다.

퍽!

적이건의 주먹이 앞장선 사내의 옆구리에 박혔다.

꽈직!

늑골이 박살나며 날아갔다.

서걱!

뒤이어 달려들던 사내는 목이 날아갔다.

떼구루루루.

바닥을 구르는 수하의 머리통을 보며 곤수가 침을 꿀꺽 삼

나찰행 249

쳤다.

뭔가 전과 다르다는 것을 느낀 것이다.

불안한 마음에 더욱 큰소리를 쳤다.

"뭐 해! 당장 없애 버리라니까!"

사내들이 우르르 한꺼번에 달려들었다.

적이건이 귀찮다는 듯 검을 휘둘렀다.

쇄애애애애액!

사내들이 검기에 휩쓸려 날아갔다.

지켜보던 내공사내가 몸을 날렸다.

"내공을 회복했구나!"

쇄액!

사내의 검이 적이건의 어깨를 내려쳤다.

다음 순간, 믿을 수 없는 일이 발생했다.

까앙!

검이 부러져 날아간 것이다. 내력을 주입한 검이었다.

사내가 경악했다.

"이, 이런 호신강기는 본 적이 없다!"

사내의 목소리가 덜덜 떨렸다.

적이건이 천천히 부러진 검 조각을 주워 들며 말했다.

"나도 너희 같은 개새끼들은 본 적이 없다!"

사내가 한 발 뒷걸음질치던 그 순간.

쇄애애애애액!

검 조각이 사내의 심장을 뚫고 지나갔다.

사내가 그대로 절명해 쓰러졌다.

남은 사람은 이제 곤수뿐이었다.

그가 뒷걸음질치며 두려움에 떨었다.

"이러지 마! 내 뒤에 대악랑 몽악이 있어."

"내가 곧 죽일 놈이지."

"흥분하지 마! 어차피 죽은 사람은 죽은 사람이잖아! 나와 같이 이곳을 지배하자! 그 화상 난 계집은 잊어. 더 멋진 여자를 붙여줄게. 제발!"

적이건이 손을 내뻗었다.

곤수의 몸이 천천히 허공으로 날아올라 갔다.

"왜 이래! 살려줘! 제발! 재산을 다 준다! 감춰둔 재산을 주겠다! 여자들도 다 주지! 몽악에게 말해서 이곳에서 나가게 해주겠어!"

허공에 떠오른 그를 올려다보며 적이건이 싸늘히 말했다.

"말을 아껴! 지옥에서 해야 할 말이 많을 테니까."

쉭쉭쉭쉭쉭쉭쉭쉭쉭!

적이건의 검이 벼락처럼 빠르게, 수없이 내질러졌다.

검기의 난도질이었다. 비명조차 없었다.

후두두두둑.

산산조각난 곤수의 몸뚱어리가 바닥으로 떨어졌다.

적이건이 들고 있던 검을 내던졌다. 검이 흐르는 핏물 속으로 반쯤 잠겼다.

적이건이 가연의 시신을 조심스럽게 안아 들었다.

"내가 해줄 수 있는 건 이 정도뿐이야. 그리고 너도 곧 잊을 거야. 이런 일을 마음에 담고 살기에는 너무 힘들 것 같아서. 이런 비겁한 놈이니까 너도 어서 잊어. 다음 세상에선 예쁜 얼굴로 좋은 놈 만나고."

적이건이 가연을 안아 들고 걸어나왔다.

입구를 누군가 막아섰다.

마치 원래 그 자리에서 모든 것을 지켜본 것처럼 자연스런 등장이었다. 그만큼 대단한 실력.

그는 연사였다.

상대의 기도가 범상치 않음을 느낀 적이건이 한옆에 가연을 내려놓았다.

"당신이 연이인가요?"

"노부는 연사다."

"그나마 다행이군요."

"아니다. 너는 불행하다고 말해야 할 것이다."

"왜죠?"

"연이는 그저 너를 감시하는 임무만을 맡고 있었지만, 이제 그에게 새로운 부탁을 할 작정이니까."

연사의 주위로 검은 연기가 모여들기 시작했다. 적이건을 납치할 때의 바로 그 연기였다.

연사가 연기를 향해 말했다.

"저 아이를 죽이시오."

그러자 연기가 기괴한 목소리를 냈다.

"회주의 명령인가?"

"회주를 가장 잘 아는… 본인의 뜻이오."

조금 의미심장한 말이었다.

"…내키지 않는군."

"그럼 내가 처리할 테니 막지 말아주시오."

"…역시 내키지 않는군."

"부탁드리오. 처음이자 마지막 부탁일 것이오."

연사가 정중히 고개를 숙였다. 잠시 침묵하던 연기가 대답했다.

"좋아. 내가 처리하지."

"고맙소."

연기가 적이건에게 몰려들기 시작했다.

연사가 두말없이 사라졌다. 더 이상 볼 필요가 없다는 듯.

자신의 주위를 휘돌아 감는 연기를 보며 적이건이 차분히 말했다.

"검을 쓴다고 들었어요. 장난 그만 하고 나와요."

잡아먹을 듯이 빠르게 적이건 주위를 휘감던 연기가 적이건 정면에 모이기 시작했다.

서서히 연기는 사라졌고 그곳에 한 사내가 서 있었다.

사십대쯤으로 보이는 중년인, 바로 연이였다.

지극히 평범한 느낌의 사내였다. 보통 고수들이 자신의 경지를 안으로 갈무리할 수준에 이른다 해도 눈빛만큼은 감추기 어려웠다.

하지만 연이는 눈빛조차 무공을 익히지 않은 일반인들과 다를 바 없었다. 무공이 초절정의 경지조차 넘어섰다는 증거였다. 나이 역시 보이는 것보다 훨씬 많을 것이다. 늙은 연사의 정중함만 봐도 알 수 있었다.

"쭉 지켜보고 있었군요."

연이가 살짝 고개를 까딱거렸다.

"왜 애초에 막지 않았죠? 그렇다면 음약사는 죽지 않았을 텐데?"

"내 임무는 너를 지켜보는 일이었다. 그리고 그깟 쓸모없는 놈 따위를 왜 내가 신경 써야 한단 말이냐?"

그에겐 나른한 권태감이 느껴졌다.

"어떻게 죽여줄까?"

적이건이 뒤로 손을 내밀었다.

아까 던져 놓은 검이 다시 날아왔다. 검에서 피가 뚝뚝 떨어졌다.

"검술이 최고라고 들었어요. 기왕이면 최고의 무공에 죽는 것이 낫겠지요."

연이가 고개를 끄덕이더니 검을 뽑아 들었다. 빠르지도 느리지도 않은 평범한 발검.

그가 검을 뽑아 들자 다른 사람이 되었다.

엄청난 압박감. 마치 벽력검 냉이상을 보는 듯했다.

"왜 이 강호에 당신 같은 고수가 있다는 소릴 듣지 못했을까요?"

"난… 평생 강호의 일에 나서지 않았다."

"그 강한 무공을 지니고도 말이죠?"

"그러고 싶지 않았다. 귀찮기도 했고."

적이건은 어떻게 그럴 수 있을까 생각했다. 힘이 있으면 자연 남에게 과시하고 싶은 것이 인지상정일진데.

어쩌면 연이의 저 강함은 세속을 피한 귀찮음에서 기인했을지도 모른다는 생각이 들었다.

이유야 어쨌든 상대가 자신보다 훨씬 강하다는 것을 적이건은 인정했다. 환천밀공에 당했을 때는 아예 꼼짝도 못했다. 검으로 승부 지을 수 있는 것을 다행이라 여겼다.

마음속에 하나의 검식을 떠올렸다.

은하유성검식.

예전 천룡대전의 결승전에서 천무악의 아수라파천검을 상대로 펼쳤던 바로 그 무공이다.

아버지의 무공.

검을 사용해서 할 수 있는 적이건의 무공 중 최강의 무공.

이길 수 있을까?

검이 버텨내지 못할 것 같았다.
두려운 마음이 들었다. 아버지가 펼쳐 낸다면 모를까. 자신이 없었다. 더구나 내력 역시 완전히 회복되지 않은 상태였다.
기이이잉!
내력이 담기자 적이건의 검이 금방이라도 깨질 것같이 불안하게 울기 시작했다.
제발 단 한 번만 버텨줘!
타타타탁!
적이건이 연이를 향해 달려갔다.
연이는 검을 뽑아 든 채 그 자리 그대로 서 있었다.
적이건이 땅을 박차고 날아올랐다. 엄청난 내력이 검에 집중되었다.
쉬이— 잉!
한줄기 시원한 바람 소리와 함께 적이건의 검에서 한줄기 빛이 뿜어져 나갔다.
스스스스스스.
피할 수도 막을 수도 없는 백색의 빛줄기가 연이를 덮쳐 갔다.
섬!
연이가 검을 휘둘렀다.
연이의 검에서 붉은 광채가 뿜어져 나갔다.
두 개의 서로 다른 빛이 허공에서 충돌했다.

콰아아아앙!

공간을 양분한 두 개의 빛. 적백의 새로운 두 세계가 열렸다.

한 치의 양보도 없었다.

영원히 공존할 것 같았던 빛의 균형이 무너지기 시작했다.

적이건의 검에서 내뿜어진 빛이 뒤로 밀려나는가 싶더니.

"으아아아아아아!"

적이건은 온몸의 모든 내력을 모두 쏟아붓고 있었다.

쩌저저저적!

적이건의 노력에도 불구하고 백색의 빛이 찢기기 시작했다.

콰아아아아악!

하늘을 덮은 순백의 천이 완전히 찢어지며 갈라지는 그 순간.

쾅!

적이건의 검이 버티지 못하고 폭발했다.

적이건이 뒤로 튕겨 날아가 건물을 부수며 처박혔다.

연이가 천천히 그곳으로 걸어갔다.

부서진 건물 잔해에서 적이건이 힘겹게 일어났다. 입가로 피가 흘러내리고 있었다.

"…당신, 정말 강하군요."

연이는 그저 무표정했다. 그는 당연한 승리라 생각하고 있었다.

"당신은 왜 비연회에 들었죠? 이렇게나 강한데."

"기억나지 않는군."

삶을 달관한 느낌보다는 무기력에 가까운 느낌을 주었다.
적이건이 한숨을 내쉬며 말했다.
"당신은 삶의 의미를 잃었군요."
연이가 더욱 나른한 목소리로 대답했다.
"삶 따위에 무슨 의미가 있나?"
연이가 검을 스윽 들었다. 마지막 일검을 적이건의 심장에 날리기 직전이었다.
"남기고 싶은 말은?"
"왜 이제 오셨어요?"
"뭐?"
적이건의 시선이 연이의 어깨 너머를 향하고 있었다.
뒤에서 나직한 여인의 목소리가 들려왔다.
"검 내려놔라."
연이가 천천히 고개를 돌렸다.
저 멀리 지옥도를 늘어뜨린 유설하가 천천히 걸어오고 있었다.
"그 보잘것없는 삶을 갈기갈기 찢어버리기 전에."

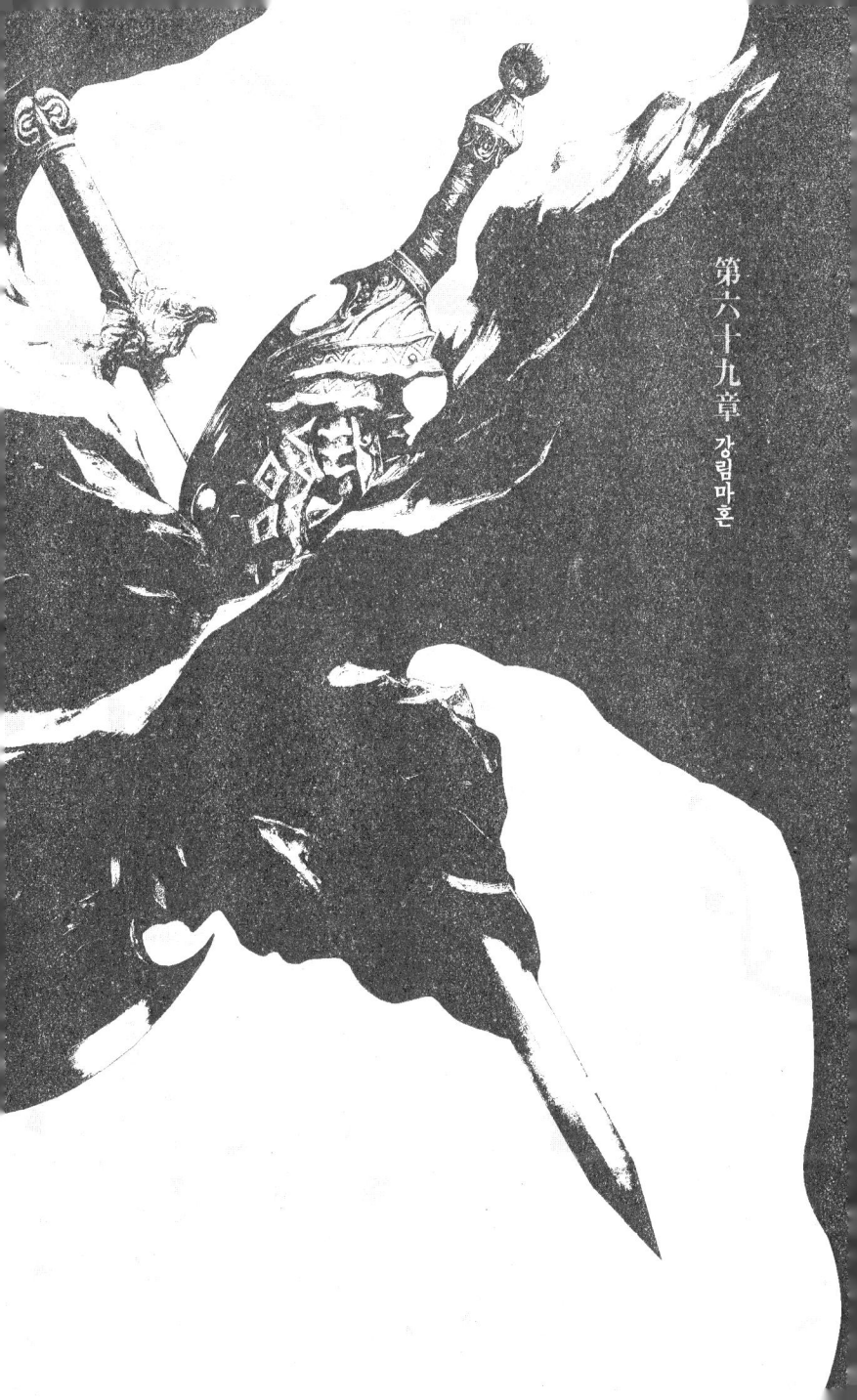

絶代
君臨
절대군림

 연이는 칠십 평생을 살면서 수많은 무인들을 봐왔다.
 바람 같은 자유로운 무인도 만났고 불같이 뜨거운 무인도 만났다. 물처럼 부드러운 무인도 만났으며 강철처럼 단단한 무인도 만났다.
 그러나 지금 눈앞에 걸어오는 여인에 대한 소감은 지금까지 봐왔던 그 수많은 무인들에게서는 찾을 수 없었다.
 용암.
 그녀를 보면서 떠올린 것은 이글거리는 용암의 바다였다.
 모든 것을 녹여낼 열기에 그 어느 곳에서도 서 있을 수조차 없는 뜨거운 불길.

그리고 연이는 불현듯 느꼈다.

어쩌면… 내가 녹아버릴 수도 있겠구나.

이런 상대를 만나게 될 줄은 정말 생각지 못한 일이었다. 또한 여인일 줄은 더욱더 예상치 못했다.

유설하는 변함없는 속도로 걸어왔다.

발걸음의 길이를 재면 한 치의 오차도 없을 그런 걸음걸이였다. 진짜 고수들은 누구나 그렇게 걸을 수 있다. 자신도 걷는다. 하지만 아들을 인질로 둔 여인이 그런 걸음을 걷는다면 그건 다른 문제다. 다른 차원이다.

연이의 가슴이 두근거리기 시작했다.

무공을 배운 후 이런 흥분은 처음이었다. 인생의 맞수를 만났다는 기쁨과 싸우다 죽을 수도 있다는 두려움. 그 상반된 감정이 그의 마음을 뒤흔든다.

연이가 적이건을 향한 검을 회수했다. 이런 싸움에 구질구질한 인질 따윈 필요없다.

적이건이 천천히 걸음을 옮겼다.

저 멀리 마주 걸어오는 유설하와 눈이 마주쳤다.

당장이라도 달려가 안기고 싶었다.

하지만 그러지 않았다. 어머니는 큰 싸움을 앞둔 상황이었다. 지금의 이 날 선 예기를 그대로 유지시켜 드리는 것이 낫다는 판단이었다.

서로를 향해 걷던 두 사람이 몇 걸음을 앞둔 그때였다.

뒤에서 낯익은 목소리가 들려왔다.

"자신있나요?"

적이건의 발걸음이 멈췄다. 돌아볼 수밖에 없는 목소리였다.

연이의 뒤에서 비연회주가 걸어나오고 있었다.

"저 망할 계집을 죽일 자신이 있나요?"

유설하를 향한 비연회주의 눈빛은 표독스러웠다.

연이는 아무 대답도 하지 않았다.

비연회주는 오히려 그것이 믿음직해 보였다. 상대의 실력을 알아봤다는 뜻이니까.

방심하지 않는 연이의 기량은 어디까지일까?

그를 상대할 수 있는 사람은 이 강호에 몇 명이나 될까? 다섯? 여섯? 일곱? 저 빌어먹을 계집년이 그에 속할 리 없다.

비연회주의 마음은 실로 복잡했다.

오늘의 이 순간을 아주 오래 기다려 왔다. 그 얼마나 많은 밤을 오늘의 꿈을 꾸며 보냈는지 모른다.

물론 한 가지 중요한 사람은 빠져 있었다.

적수린.

이 모든 일의 원흉.

그녀는 술상을 엎은 성난 기녀처럼 자신의 감정을 숨기지 않았다.

"저 개 같은 년을 반드시 죽여야 해요!"

적이건이 말없이 비연회주의 증오를 쳐다보고 있었다.

그때 뒤에서 누군가 감싸 안았다. 따스한 어머니의 숨결이 느껴졌다. 그 따스함만큼이나 부드러운 목소리가 이어졌다.

"괜찮니?"

목소리를 듣자 울컥 마음이 격동했다. 애써 진정하며 고개를 끄덕였다.

"잠시 물러나 있거라."

적이건이 두말 않고 물러섰다.

이 싸움은 자신의 싸움이 아니었다. 어머니와 비연회주와의 싸움.

갑자기 불안한 마음이 들었다. 연이와 비연회주가 합공을 해온다면? 어머니가 이겨내실 수 있을까?

연이의 무공 실력은 대충 짐작할 수 있었다.

문제는 비연회주였다. 어쩌면 자신보다도 약할 것 같고, 어쩌면 연이보다도 강할 것도 같았다. 예측할 수 없다는 것 하나만으로도 비연회주는 더없이 위험한 존재였다.

지금 이 순간 적이건은 한 가지를 깨달았다.

자신이 어머니에게 의지하고 있다는 것을.

어머니를 지켜주고자 하는 마음보다, 어머니가 자신을 지켜주길 바라는 마음이 더 컸다.

언제부터인가 어른처럼 행동하고, 어른이 되었다고 생각했다.

하지만 지금 이 순간 정확히 알 수 있다.

지금까지 어른을 흉내 냈고, 어른이 되었다는 착각을 했다는 것을.

"어머니."

적이건의 부름에 유설하가 돌아섰다. 그녀는 등 뒤의 비연회주와 연이를 의식하지 않았다.

그 당당한 자신감을 향해 적이건이 고개를 숙였다.

"죄송해요."

"뭐가?"

"그냥 뭐든지요."

어떤 마음인지 알 것 같아 유설하가 환하게 웃었다.

"넌 세상에서 가장 좋은 아들이다."

"그럴 리가요. 이런 위기 상황에서 어머니를 부르는 철부지인걸요."

두 사람이 마주 보며 환하게 웃었다.

유설하가 다시 비연회주 쪽으로 돌아섰을 때, 거짓말처럼 얼굴에 가득했던 웃음기는 사라지고 없었다.

냉랭한 눈빛으로 유설하가 물었다.

"누구신가?"

야무지게 비틀리는 비연회주의 입매에 그녀의 감정이 담겼다.

분노와 조소, 그리고 끝없는 악의.

유설하는 비연회주가 등장하는 그 순간부터, 이 모든 일의 배후가 그녀임을 직감했다.

또한 그녀의 저 적개심의 근원은 남편과 관련이 있음을 짐작했다.

자신은 처음 본 여인이었다.

비연회주가 나직이 말했다.

"네 자리에 있어야 할 사람."

적수린과 관련이 있다고 생각했기에 유설하는 그 말을 단번에 알아들었다.

비연회주가 다시 덧붙였다.

"네 남편의 원래 정혼녀."

"……!"

유설하는 물론이고 적이건마저 깜짝 놀랐다.

"와아!"

절로 탄성이 터져 나왔다. 감탄이나 분노가 아니라 정말 순수하게 놀란 것이다.

아버지가 정혼녀를 버리고 어머니와 혼인을 했다는 사실은 정말 충격이었다.

아버지가? 협의를 위해 한평생을 살아온 그 아버지가? 그럴 리가?

이어지는 비연회주의 말은 더욱 충격적이었다.

"그는 날 버렸을뿐더러 우리 집안까지 몰락하게 만들었지."

담담한 유설하에 비해 놀라고 흥분한 것은 적이건이었다.

"말도 안 되는 소리!"

"물론 자신이 직접 저지르진 않았지. 그 정도로 마음이 독하진 못하니까. 비천한 마녀 따위에게 홀리는 것만 봐도 알 수 있지."

여전히 유설하는 평정심을 잃지 않았다.

유설하가 해야 할 말을 대신한 것은 적이건이었다.

"그렇다면 누구를 시켰다는 말인데. 그 역시 믿을 수 없다."

"정혼자인 나를 버렸을 때, 나는 그를 찾아갔지. 그는 저 마녀와 대결을 하기 위해 무공 수련 중이라더군. 잠시만 만나고 가겠다고 기다리고 또 기다렸어. 하지만 그는 오지 않았지. 단 한 번도. 잠시라도 올 수 있는 것 아니었을까? 그래도 난 기다렸어. 며칠을 기다렸지. 그런데 이상한 소문을 들었어. 저 마녀와 함께 강호를 떠났다는 거야. 난 믿을 수 없었지. 미친년처럼 돌아다니며 그를 찾았어. 하지만 찾을 수 없었지. 그리고 몇 달이 지나 집으로 돌아왔을 때……."

비연회주의 눈에서 눈물이 흘러내렸다.

"우리 집안은 멸문을 당한 후였어. 내가 두 사람을 찾아 들쑤시고 다닌 탓이었지. 마교에서 둘의 은거를 지켜주기 위해! 바로 저년을 위해! 우리 집안을 몰살시켜 버린 거야!"

적이건은 아무 말도 하지 못했고, 비연회주는 울부짖듯 소리쳤다.

"천지신명께 맹세해! 만약 내가 거짓말을 하는 거라면 심장이 뜯겨 나가는 고통을 받으며 지옥불에 떨어지게 될 거야!"

"아아!"

적이건이 탄식했다. 저렇게까지 나오는데 거짓말일 것 같지 않았다.

만약 그녀 말이 사실이라면 객관적인 입장에 그녀의 분노는, 그녀의 원한은 정당했다.

그때 유설하가 큰소리로 웃었다.

"호호호호호!"

비연회주는 눈물과 함께 살기를 뿜어냈다.

"뭐가 그리 웃기지?"

"네 말도 안 되는 거짓말이 웃겨서."

"거짓이라니!"

유설하의 표정이 차가워졌다.

"정말 남편과 혼인을 약속했나?"

"당연히!"

비연회주가 떨리는 목소리로 물었다.

"그가 내 이야기를 하지 않았나?"

비연회주는 긴장하고 흥분된 상태였다.

유설하의 대답은 그녀의 기대를 송두리째 무너뜨렸다.

"그는 당신을 기억조차 하지 못해."

"믿을 수 없어! 미친년! 감히 거짓말을 하다니!"

정말 미친년처럼 비연회주가 소리쳤다. 평소 그녀와는 전혀 다른 모습이었다.

유설하는 뚫어질 듯 비연회주를 응시했다.

남편이 이런 중요한 일을 자신에게 말하지 않았을 리 없다. 유설하는 남편을 절대적으로 믿었다. 모든 추측은 그 절대원칙에서 시작했다.

'그렇다면?'

유설하가 비연회주의 눈빛과 얼굴 표정, 그리고 호흡 하나까지 놓치지 않고 유심히 살폈다.

유설하는 불안정한 비연회주의 눈빛에서 현실과의 어떤 괴리감을 느꼈다. 그것은 적이건이 처음 그녀를 만났을 때 느꼈던 그것과 같은 것이었다.

유설하가 짤막한 탄식을 내뱉었다.

"아! 어쩌면……."

그 반응에 비연회주의 눈이 가늘어졌다.

"뭐지?"

"그래, 맞아. 넌 우리 남편과 분명 아는 사이였을 거야. 아주 어렸을 때였겠지. 한 마을에도 살았겠지."

비연회주의 눈빛이 흔들렸다.

"남편의 가문은 실력을 감춘 채 오랜 세월을 지내왔으니까. 지방의 작은 문파인 네 집안과도 깊은 교분을 나눴을 수도 있겠지. 직접 보면 남편은 당신을 기억하겠지. 어쩌면 반가워할

지도 몰라. 하지만 당신이 자신에게 이렇게 깊은 원한을 가졌다는 것은 상상도 못하고 있을 거야. 남편 기억 속의 당신은 그저 어렸을 적에 한 마을에 살았던 여동생 같은 존재였을 테니까. 한데 당신이 왜 이런 이야기를 꾸며내는지 알 수가 없군."

"웃기지 마!"

비연회주의 신형이 부들부들 떨렸다.

유설하가 차분히 말했다.

"당신 말이 엉터리인 결정적인 이유가 있어."

"그게 뭐지?"

"만약 당신 말처럼 당신의 입막음을 위해 본 교에서 일을 처리했다면… 지금까지 당신을 살려뒀을 리가 없으니까."

비연회주는 잠시 말문이 막혔다.

하지만 이내 양미간이 일그러졌다.

"웃기지 마! 난 그때 집에 없었어!"

"어디에 있었지?"

"난 그를 기다리고 있었어."

"그래, 우리가 마지막 싸움을 했던 곳 근처까지 왔다고 했지? 거기가 정확히 어디지?"

"그곳은……."

비연회주의 말문이 막혔다.

"그날 봤던 것 어떤 것이라도 이야기해 봐."

"……."

비연회주는 아무 말도 하지 못했다.

놀랍게도 그녀는 자신이 기억해 내지 못한다는 것에 당혹해하고 있었다.

그녀 스스로도 자신이 기억하지 못한다는 사실에 충격을 받았다.

"나는… 나는… 왜 기억이 나지 않지? 왜?"

그때였다.

"이제 그만 하시게."

침울한 표정으로 등장한 사람은 연사였다.

연사가 비연회주의 어깨를 감쌌다.

"그녀의 말이 맞네."

연사는 이제는 모든 것을 밝혀야 할 때라 생각했다.

"자네의 기억은 모두 왜곡된 것이네."

충격을 받은 비연회주의 두 눈이 커다랗게 떠졌다.

"지금 무슨 말씀을 하시는 건가요?"

"너무 괴로워서. 자네 스스로 기억을 왜곡시킨 것이네."

비연회주의 말처럼 원래 두 집안은 가까운 사이였다. 당시 질풍세가는 힘을 숨긴 채 은거하고 있던 시기였다.

그녀는 어려서부터 적수린을 마음으로 사모했다.

나이를 먹으면 당연히 적수린에게 시집가고 싶었다. 하지만 정식으로 혼인 이야기가 나온 적은 없었다. 당시는 정마대전의 끔찍한 환란이 계속되던 시절이었다.

그러던 어느 날 질풍세가가 갑자기 사라졌다.

그야말로 귀신이 곡할 정도였다. 마을에 여러 소문이 나돌았다. 마교를 피해 깊은 산속으로 숨어들었다는 소문에서 마인들에게 납치되었다는 소문까지.

이때가 바로 질풍세가가 정마대전에 개입하겠다고 결정이 내려진 그때였다.

그녀는 혹시나 하는 마음에 매일 마을 어귀로 나가서 적수린을 기다렸다. 아무리 기다려도 적수린은 돌아오지 않았다.

그날도 불과 반나절 동안의 외출이었다. 이제 그만 적수린을 잊으라는 어머니의 잔소리로 인해 한바탕 싸우고 나왔다. 자주 있는 일이었다.

그녀가 돌아왔을 때, 끔찍한 일이 벌어져 있었다.

하지만 그녀 말처럼 마교에서 의도적으로 멸문시킨 것이 아니었다. 흉수는 부대를 탈영한 마인들이었다.

그녀의 충격은 엄청났다.

넋 나간 채로 피바다 속에서 울고 있는 그녀를 구한 것이 바로 연사였다.

그녀가 기억을 왜곡한 이유는 여러 가지였지만 그중 가장 큰 이유는 혼자 살아남았다는 미안함 때문이었다. 어머니에게 남긴 마지막 말이 '다 없어져 버렸으면 좋겠어!' 였다.

그녀는 어리고 착했다. 누군가에게 그 책임을 씌우지 않고 선 버틸 수 없었다.

 연사는 그녀 아버지의 의형이었다. 의제의 마지막 남은 핏줄을 위해 오늘날까지 떠나지 않고 지켜주었던 것이다.

 자라면서 죄책감에서 벗어나려는 그녀의 강박관념은 점점 더 커졌고, 적수린과 관련된 이야기는 점점 더 살을 붙여갔다. 그녀는 적수린과 유설하에 대한 정보를 수집했고 결국은 하나의 완벽한 이야기를 만들어냈다.

 연사가 망상을 키워가는 그녀를 말리지 않은 이유는 하나였다.

 그녀가 너무 가여웠기 때문이었다. 그렇게라도 버티길 바라는 마음이었다.

 연사가 그녀를 안아주며 말했다.

 "이제 그만 깨어나세. 해야 할 일이 많지 않은가?"

 비연회주의 눈에서 주르륵 눈물이 흘러내렸다.

 회한과 슬픔, 안타까움이 깃든 그런 눈물이었다. 어쩌면 그녀 마음속에는 모든 진실을 알고 있는 또 다른 그녀가 살고 있었을 것이다. 완전히 미치지 않았기에… 오히려 더 괴롭고 힘들었을 것이다.

 유설하가 탄식하며 한숨을 내쉬었다.

 원한이란 이런 것이다.

 누군가 철천지원수가 되어 한평생을 싸우는 원한이 있는가 하면, 당사자는 알지도 못하는 원한이 맺어질 수 있다. 이 일방

통행적인 원한은 더 집요하고 강렬하다. 그래서 더 서글픈……

비연회주는 얼룩진 눈물자국을 닦아내지 않았다.

비연회주의 눈빛은 다시 반짝이고 있었다. 평소의 그 어느 때보다 더 결연한 느낌을 주었다. 연사는 믿었다. 자라면서 봐온 비연회주는 그 어떤 사람보다 강한 사람이었다. 이 모든 것을 극복하고 앞으로 나아갈 수 있을 것이다.

비연회주가 담담히 말했다.

"그날 우리 가족을 죽인 것은 마인들이었어."

그 역시 무거운 진실.

유설하는 그녀를 이해했다. 하긴 지금 상황에서는 자신이 그녀를 얼마나 이해를 하느냐는 중요하지 않았다.

"그 이유라면… 그 원한 받아들이지."

원래의 그녀로 되돌아온 비연회주가 차갑게 말했다.

"둘 다 죽이세요."

연이에게 내려진 명령이었다.

비연회주는 미련없이 돌아섰다.

연사가 안도했다.

비연회주가 남아서 유설하를 상대하려 할까 걱정했었다.

그건 너무나 위험한 선택이었다. 합공이란 원래 호흡이 잘 맞아야만 최대의 효과를 발휘할 수 있다. 각기 다른 무공을 지닌 세 사람이 남는다고 그 힘이 세 배가 되는 것은 아니다.

차륜전을 하고도 유설하에게 모두 당할 수도 있었다.

물론 그건 최악의 경우지만.

아무튼 연사에게는 비연회주를 무사하게 데리고 나가는 것이 최선의 선택이었다. 유설하를 죽이려 마음먹는다면 다른 방법도 있었으니까.

'연일이라면.'

그가 있는데 굳이 위험을 감수할 필요가 없다.

다행히 비연회주는 그런 어리석은 선택을 하지 않았다. 그렇게 두 사람이 떠나갔다.

유설하는 순순히 두 사람을 보내주었다.

그녀의 목적은 응징이 아니라 적이건을 데리고 무사히 탈출하는 것이다.

오랫동안 기다린 연이가 다시 검을 뽑았다.

"아까 노부의 삶을 갈기갈기 찢는다 했나?"

엄청난 기도가 뿜어져 나왔다.

물론 유설하는 조금도 주눅 들지 않았다.

"삶의 무게를 어깨에 지지 않는 자는⋯ 검도 가벼운 법이지."

꿈틀.

만약 의도적인 도발이었다면 그건 제대로 먹혔다.

연이의 살기가 뭉클거리며 커졌다.

스스스.

지옥도의 도신을 타고 차가운 기파가 흘렀다.

뒤에 선 적이건이 재빨리 말했다.

"제 은하유성검식이 통하지 않았습니다."

유설하가 돌아보지 않은 채 고개를 끄덕였다.

그 하나만으로도 어머니는 상대에 대해 많은 것을 판단해 낼 수 있을 것이다.

"아직 대성을 이루지 못해서 그렇다."

혹여 아버지의 무공을 가벼이 볼까 걱정을 하신 말씀이겠지만.

걱정 마세요. 저도 잘 알고 있으니까요.

아버지에 대한 존경이 조금이라도 흐트러질까 걱정하시는 것만 봐도 어머니의 아버지에 대한 사랑을 알 수 있다.

키히히히히히히히!

지옥도가 울기 시작했다.

확실히 자신이 들고 있을 때와 그 울음소리가 달랐다. 내력의 깊이가 확연하다는 증거다.

문득 불안한 마음이 들었다.

지난 이십 년간 과일만 팔던 어머니였다.

그나마 하루를 시작하는 새벽이면 하루도 빠지지 않고 두 분이서 나란히 심법 수련은 하셨다는 것은 알고 있었다.

그런고로 부모님의 내력은 그 누구에게도 밀리지 않을 것이다. 문제는 역시 실전에 있었다.

유설하가 상대를 노려보며 천천히 걸음을 옮겼다.

"독특한 검술이군."

"기산(奇山) 절영검(絶影劍)."

"들어본 적 있다. 오래전에 실전된 무공이라 들었는데."

"노부가 그 진전을 잇고 있었으니 잘못된 소문이겠지."

두 사람의 기파가 건들면 찢어질 듯 팽팽히 맞섰다.

유설하는 승부를 서두르지 않았다. 기왕 싸우는 것 아들에게 하나라도 더 많은 것을 깨닫게 해주고 싶어서였다.

이번에는 연이가 물었다.

"마인이시라고?"

앞서 비연회주와의 대화를 유추한 결과였다.

유설하가 고개를 끄덕이며 차분히 답했다.

"나찰."

나찰이란 말에 연이는 반응을 보이지 않았다. 그건 당연했다. 젊은 시절 아주 잠깐 불렸던 별호였으니까. 당시 정마대전에 깊이 관여했던 일부 강호인들만이 기억하는 이름이다.

"내가 왜 나찰이라 불렸는지 알게 되리라."

유설하의 눈빛이 번뜩이던 그 순간.

지이이이이잉!

귀를 찢는 바람 소리가 터져 나왔다.

쩡!

지켜보던 적이건은 그 순간 세상이 잘려 나간다고 착각했다.

분명 바라보고 있던 풍경이 어긋났다.

동경이 깨어져 어긋나듯.

그리고 믿을 수 없는 광경이 펼쳐졌다.

툭!

바닥에 떨어지는 것은 연이의 손이었다. 연이는 왼쪽 팔목부터 잘려 나간 자신의 팔을 믿을 수 없다는 듯이 쳐다보았다.

유설하가 나른하게 말했다.

"그걸 피했어? 제법이군."

연이가 떨리는 목소리로 물었다.

"방금 그것… 어떤 무공이었지?"

담담한 유설하의 대답에 연이도 적이건도 모두 격동했다.

"구화마도식 후반 칠초식, 제일초 직단결(直斷決)."

"이게 고작 일초식이라고?"

그것이 연이의 놀람이었다면 적이건의 놀람은 다른 차원이었다.

적이건의 가슴이 쿵쾅거렸다.

전반 칠초식을 대성하고 내력이 뒷받침되면 언젠가 가르쳐 주시겠다고 했던 바로 그 후반 칠초식이었다. 그것을 지금 실전에서 직접 견식한 것이다.

전반 칠초식과 비교할 수 없을 정도의 위력이었다.

"직단결. 이 세상에 자르지 못할 것은 그 무엇도 없다."

유설하의 말에는 강한 자부심이 깃들어 있었다.

그렇게 졸라도 왜 가르쳐 주지 않으셨는지 이제 알 것 같았다. 구화마공을 익혔기에 알 수 있는 느낌이 있다. 방금 전 한 수는 지극히 단순해 보이지만 어마어마한 내력이 소모되는 초식이었다.

대신… 걸리면 다 잘린다!

연이가 조용히 자신의 잘려 나간 팔을 지혈했다.

잠시 바닥에 떨어진 손을 쳐다보는가 싶더니.

쉬잉—!

한줄기의 빛이 날아들었다.

세상의 모든 그림자를 끊어낼 듯 날카롭고 깔끔하며, 그 누구도 피할 수 없을 만큼 빠른.

연이의 이기어검.

콰아아앙!

엄청난 폭음이 유설하의 정면에서 터졌다.

"어머니!"

놀란 적이건이 소리쳤다.

당장이라도 달려나가려던 그때, 적이건은 볼 수 있었다.

연이의 검은 어머니 앞에 멈춰 있었다.

무엇인가가 유설하 앞을 막고 있었다.

투명한 강기로 만들어진 오각형의 방패였다.

방패에는 천마혼의 형상이 그려져 있었다.

그 너머에서 유설하가 차분히 말했다.

"제이초식 방원결(防圓決)! 그 어떤 것도 막아낼 수 있다. 이것을 자를 수 있는 것은 오직 더 높은 경지의 직단결뿐이다!"

툭!

허공에 떠 있던 연이의 검이 힘없이 바닥으로 떨어졌다.

"아아아!"

적이건이 진심으로 감탄했다.

어머니는 말하고 계셨다. 구화마공을 이길 수 있는 것은 오직 구화마공뿐이다라고.

연이는 충격과 공포에 젖어 있었다.

자신이 할 수 있는 최강의 공격이었다. 그것은 막힐 리도, 막혀본 적도 없는 공격이었다.

상대의 무공은 칠초식 중 이제 겨우 이초식째였다. 이초식이 이러하면 나머지 초식은 어떠할지 짐작도 가지 않았다.

물론 그가 한 가지 모르는 것이 있었다.

구화마도식 후반 칠초식은 마지막 초식인 심마도(心魔刀)를 제외하고는 후반 초식으로 갈수록 강해지는 것이 아니었다. 각기 비슷한 위력의 독립적인 초식이었다.

그것을 알 리 없는 연이는 이미 깊은 패배감에 빠져들었다.

그의 절망을 읽어내는 순간 제삼초식이 발출되었다.

스스스슷!

바닥을 기며 순식간에 쇄도한 강기가 연이의 발을 타고 올랐다.

"크아아악!"

연이의 비명이 끝없이 이어졌다.

퍽! 퍽! 퍽! 퍽! 퍽! 퍽!

강기는 살아 있었고, 놀랍게도 그것은 뱀의 형상을 하고 있었다.

연이의 호신강기를 부수며 강기가 몸을 휘감았다.

퍽! 퍽! 퍽! 퍽! 퍽!

온몸의 뼈마디를 잘게 부수는 듯한 공격이었다. 연이가 마치 몸에 붙은 뱀을 떼어놓으려는 듯 필사적으로 쌍장을 휘둘렀다. 흩어진 강기는 다시 합쳐졌고 더욱 빠르고 매섭게 연이의 몸을 공격했다.

콱!

강기는 연이의 호신강기가 가장 약한 목을 물었다.

"크악!"

도저히 막을 수 없는 공격이었다.

츠츠츠츠!

연이의 목을 휘감은 뱀 모양의 강기가 그의 얼굴 앞에서 혀를 날름거렸다.

적이건조차 놀라 입이 쩍 벌어졌다.

연이의 눈앞에서 넘실거리던 강기가 사라졌다.

스스스!

유설하가 나직이 말했다.

"제삼초식 만환결(萬幻決)! 경지에 이르면 강기를 원하는 어떤 모양으로도 만들어낼 수 있다."

적이건의 심장이 다시 격동했다.

거대한 용으로 만들어진 강기를 마음속에 떠올렸다.

언젠가 반드시 만들고 말겠다는 생각에 온몸이 떨려왔다.

연이의 무릎이 접혔다.

"쿨럭!"

연이의 기침에 피가 섞여 나왔다.

완벽한 패배였다.

만약 그것을 익히지 않았다면 연이는 지금 이 순간 모든 것을 포기했을 것이다.

하지만 그에게는 아직 마지막 한 수가 남았다. 상대가 자신을 살려준 방심에 대가를 치르게 할 마지막 한 수!

스스스스스.

그의 신형이 사라졌다.

대신 남은 것은 검은 연기였다.

앞서 적이건을 납치할 때 사용했던 환천밀공이 펼쳐진 것이다. 연이는 혼신의 힘을 다해 마지막 남은 모든 내력을 쏟아부었다.

검은 연기가 유설하의 몸을 삼킬 듯 휘감았다.

적이건이 다급히 소리쳤다.

"조심하세요!"

이미 유설하는 어둠 속에 깊이 잠겼다.

연이가 갑자기 모습을 드러냈다.

그의 손에는 어느새 검이 들려 있었다.

연이의 검이 어둠 속으로 날아가려던 그때였다.

"어머니!"

적이건에게 있어서는 찰나가 억겁처럼 느껴지는 순간이었다.

그 순간.

찌이이이이이익.

짙은 어둠이 찢겨 나가기 시작했다.

어둠을 찢은 것은 또 다른 어둠이었다.

검은 광채!

그 속에서 무엇인가 일어서고 있었다.

무시무시한 악귀의 재림.

거대한 악마가 몸을 일으켰다.

천마혼.

유설하의 천마혼이었다.

유설하는 방심하고 있지 않았다. 아들에게 보여주고 싶었던 것이 더 남아 있었을 뿐이었다.

연이가 넋을 잃고 올려다보았다. 그는 알지 못했다. 자신이 바라보는 천마혼이 천마신교 역사상 여인의 몸으로 불러낸 최초의 천마혼이란 사실을.

이전까지의 천마혼과는 분명 달랐다.

이전의 그것이 근육질의 단단한 느낌이었다면 유설하의 그것은 주인을 닮은 듯 매끈하고 날렵했다.

크기 또한 기존의 천마혼에 비해 반 정도의 크기였다. 그것이 힘의 차이를 말하는 것이 아니라는 듯 천마혼이 도도한 눈빛으로 연이를 내려다보았다.

천마혼의 몸은 빛나는 광채가 흐르고 있었고 특히 길게 찢어진 눈 주위의 광채는 더욱 강렬했다.

천마혼과 눈이 마주치는 순간 연이는 꼼짝도 할 수 없었다.

구화마공의 극에 다다르면 천마혼이란 것을 불러낼 수 있다는 이야기는 들어본 적이 있었다.

사실은 믿지 않았다. 아마도 검기나 검강을 형체화한 어떤 무공이라 생각했다.

하지만 이것은!

정말 살아 있는 생명체처럼 느껴졌다.

놀라고 경탄했다.

사실 이때까지만 해도 연이는 이 거대한 것이 느릴 것이라 생각했다.

작은 것은 약하지만 빠르고, 큰 것은 강하지만 느린 법. 그것이 만물의 공평한 법칙.

하지만 천마혼은 그 법칙에 해당되지 않았다.

쉬이이이익!

천마혼이 엄청난 속도로 날아왔다.

연이가 미친 듯이 검을 휘둘렀다. 십여 줄기의 검강이 연이어 날았다.

천마혼이 지옥도를 휘둘러 공격을 막아냈다. 그 움직임이 유설하보다 더 빠르고 정교했다.

콰아아아아아!

천마혼이 바닥으로 내려선 그 기세만으로 연이가 뒤로 날아갔다.

쓰러진 연이의 시선이 향한 곳은 유설하였다.

유설하를 죽이면 천마혼이 사라질 것이란 생각!

그리고 그 순간 연이는 보았다.

천마혼이 씨익 웃었다. 마치 자신의 생각을 읽었다는 듯.

'이놈! 살아 있다!'

머릿속이 복잡했다. 어떻게 살아 있는 무공이 있을 수 있단 말인가?

'이것은 진짜 악귀다!'

생각이 거기에 미치는 순간 기가 질렸다.

만약 예전에 천마혼과 싸워본 적이 있었다면 좀 더 화끈하고 멋지게 싸웠을지도 몰랐다.

쇄애애애앵!

강림마혼

그는 날아드는 거대한 지옥도를 보며 눈을 질끈 감았다.

"빌어먹을 세상!"

서걱—!

연이의 몸이 양단되며 피를 뿜었다. 날아가는 상반신을 천마혼이 낚아챘다.

콰지직!

연이의 몸이 천마혼의 거대한 손아귀에서 터져 버렸다.

주인 잃은 하반신만이 바닥을 뒹굴었다.

피어오르는 피내음에 천마혼이 만족스런 표정을 지었다.

천마혼이 유설하를 한 번 스윽 쳐다보더니 천천히 사라지기 시작했다.

"천마혼!"

적이건 역시 천마혼을 실제로 본 것은 이번이 처음이었다.

"천마혼을 죽일 수 있는 무공도 존재하나요?"

그러자 유설하가 고개를 가로저었다.

"내가 아는바 없다. 단, 대등하게 싸웠던 무공은 있지."

"그 무공이 무엇인가요?"

그러자 유설하가 미소를 지었다.

"이미 넌 배웠단다."

순간 적이건은 그 무공이 아버지가 전수해 준 질풍세가의 무공이란 것을 알 수 있었다.

현재 적이건이 익힌 무공은 구화마도식 전반부 칠초식과 구성에 다다른 은하유성검식이었다. 두 가지 상이한 무공을 모두 익힐 수 있었던 이유는 가르친 사람이 유설하와 적수린이었기에 가능했다.

적이건은 이제야 두 무공의 무서움을 실감했다.

이십 년간이나 강호를 떠나 있던 어머니의 천마혼이 이럴진대, 외할아버지의 천마혼은 어떠할까? 또 그런 무서운 천마혼을 상대로 양패구상에 이르렀다는 할아버지의 무공 역시 상상 초월이었다.

같은 무공이라도 누가 사용하느냐에 따라 달라진다는 것을 절감하는 순간이었다.

아버지였다면… 은하유성검의 같은 초식을 사용했다 해도 연이를 산산조각 내버렸을 것이다.

문득 가슴이 답답해졌다.

그런 대단한 분들조차 이루지 못한 천하제패였다.

적이건이 조금 힘없이 말했다.

"제가 꾸는 천하제패는… 말 그대로 꿈일 뿐이군요."

"꿈을 꾸는 것은 젊음의 특권이다."

"…이룰 수 없는 꿈이라도 말인가요?"

"…늙은이는 이룰 수 없는 꿈을 꾸지 않는단다."

적이건의 시선이 한옆에 쓰러져 있는 가연의 시체로 향했다.

잊고 있었던 서글픔이 울컥 치밀어 올랐다.

"전 두렵습니다."

"무엇이 말이냐?"

"정말 지켜줘야 할 사람을 지켜주지 못할까 봐요. 이대로 헛된 꿈만 꾸다가 모든 것을 망쳐 버리면 어쩌죠?"

너무나 오랜만에, 어쩌면 처음으로.

아들이 진심으로 자신의 마음을 열고 고민하고 있다.

자신의 삶에 대해.

가족의 삶에 대해.

유설하가 천천히 걸어가 아들을 다정하게 감싸 안았다.

"그래, 어쩌면 그럴 수도 있겠지."

적이건이 아이처럼 안겼다. 오랜만에 안아보는 아들의 품이었다. 이 넓은 어깨만큼이나 아들이 자란 것이 기뻤고, 또 완전히 어른이 되지 않았다는 것이 기뻤다. 아들이 여전히 성장 중이란 사실이 기뻤다.

오랜만에 안겨보는 어머니의 품이 너무나 따스해 울컥 눈물이 흘렀다.

"우리 부부는 천하를 버리고 가족을 택했다. 하나 지금에 와서 너를 잃을 뻔했다. 그 누가 감히 천하를 얻는 것이 가정을 지키는 것보다 더 어렵다고 말할 수 있겠느냐?"

아들의 뜨거운 눈물을 가슴으로 느끼며 유설하가 말을 이었다.

"아들아, 두려워 말거라. 불안한 마음으로는 단 한 발짝도 나아갈 수 없는 것이 인생이다. 언제나 좋은 일만 있을 거라는 믿음으로, 한 발씩 굳건히 내딛으면 된다."

"제가 해낼 수 있을까요?"

"당연히. 누구 아들인데."

유설하가 적이건의 눈물을 닦아주었다.

부끄러운 마음에 적이건이 애써 힘주어 말했다.

"이제 울지 않을 겁니다."

"아니, 나는 네가 자주 울었으면 좋겠다……. 어른이 되어서도 자주 울었으면 좋겠다."

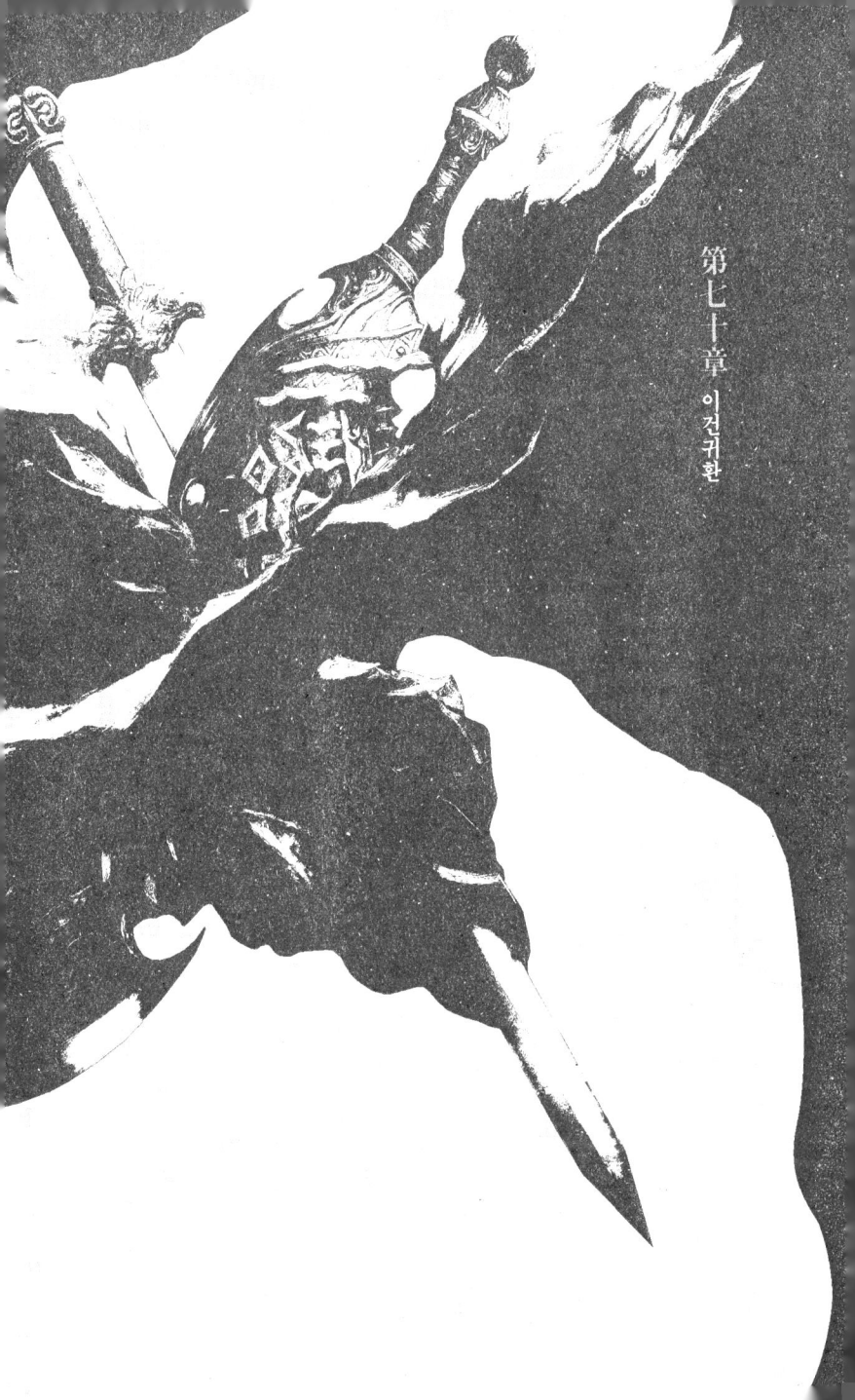

第七十章 이건귀환

絶代
君臨
절대군림

"어디 가십니까?"
외출을 나서는 양화영의 뒤를 냉이상이 따라붙었다.
"바람 쐬러 가네."
"함께 가시지요."
냉이상이 나서자 천무악도 따라붙는다.
"오리새끼처럼 왜 이리 졸졸 따라다니나."
"엄마 품이 그리워서 그럽니다."
냉이상의 농담에 양화양이 고개를 내저었다.
"징그럽게 왜 이러나. 저리 가게."
그렇게 세 사람이 무한 거리로 향했다.

"그나저나 어디 가시는 겁니까?"

"나온 김에 옷이나 한 벌 살까 해서."

"어디 때깔 좋은 보의(寶衣)라도 나왔습니까?"

"밭맬 때 입을 옷이 필요해서. 한데 갑자기 웬 보의 타령인가? 왜? 막상 강호에 재출도하려니 겁나나?"

"겁나죠. 이건 놈 잡아간 거 보십시오. 아직 칼질 야무진 놈들이 있다는 소리 아닙니까?"

"늙으면 겁이 많아지는 법이지. 한데 옷 사러 간다는데도 따라오나?"

"지존마후가 사는 옷 아닙니까? 언제 그런 구경 해봅니까?"

"여자 옷 사는데 따라오시겠다? 후회하게 될 텐데."

냉이상과 천무악이 마주 보며 웃었다.

하긴 백 살이 넘어도 여자는 여자인 법이다.

거리는 언제나처럼 사람들로 북적이고 있었다.

"자, 값싼 물건이 왔어요!"

"둘이 먹다 하나 죽어도 모를 꿀떡 팝니다!"

"여긴 셋이 먹다 다 죽어요!"

장사치들의 외침이며, 복잡한 인파 속을 잘도 뛰어다니는 아이들이며, 칼 차고 으름장을 놓는 파락호들이며, 산전수전 다 겪은 늙은 장사치들이며.

"이래서 시장에 나오면 기분이 좋아. 살아 있다는 것이 느껴지잖아."

양화영의 시장예찬이 이어졌다.

"시장을 우습게 봐선 안 되지. 이곳은 강호에서 가장 부지런한 사람들이 많은 곳이네. 비가 오나 눈이 오나 몇십 년 동안 하루도 빠지지 않고 새벽부터 장사를 하는 이들이 있지. 그게 어디 쉬운 일이겠나? 무공에만 내공이 있는 것이 아니라면 그들이야말로 진정한 삶의 고수라 볼 수 있지."

냉이상과 천무악이 묵묵히 고개를 끄덕였다.

같은 책이라도 열 살 때 읽을 때와 스무 살에 읽을 때가 다르고, 익히 들은 흔한 이야기에 언제나 삶에 진리가 있듯. 이렇게 늙어 삶을 정리해야 할 나이임에도 양화영의 이야기는 문득문득 생각하게 하는 바가 있었다.

"아, 저기 있군."

양화영이 가판을 늘어놓고 옷을 파는 젊은 여인에게 다가갔다.

여인의 등에는 어린아이가 업혀 있었다.

"고생이 많네."

양화영이 안쓰러운 시선을 보냈다.

"걸린 옷 외에도 여러 벌 더 있으니 천천히 골라보시지요."

"그럼세."

양화영이 옷을 골랐다.

이 옷이 어울리냐 저 옷이 어울리냐 냉이상에게 물어보았지만 제대로 답을 못했다. 의외로 천무악이 생각지 못한 심미안을 발휘해 두 사람을 놀라게 했다.
 작업복 한 벌 산다던 양화영은 옷을 네 벌이나 샀다.
 옷 파는 여인이 가여워 그랬다는 것을 알면서도 냉이상이 놀렸다.
 "여인의 사치는 무죄겠지요."
 "자네가 날 여인으로 봐준다는 사실이 언제나 고무적일 뿐이야."
 "하하하하."
 양화영이 길거리에 음식을 파는 노점상으로 향했다.
 전병이며 죽이며, 다양한 음식을 팔고 있었다.
 "빛깔이 고운 것이 아주 맛있어 보입니다."
 냉이상이 입맛을 다시며 그 앞에 쪼그리고 앉으려는데.
 "자네들과 먹을 게 아니네."
 "네?"
 "만나봐야 할 사람이 있네."
 양화영의 표정에서 진지함을 읽은 냉이상이 짐짓 입을 내밀었다.
 "바람이라도 나신 겝니까?"
 "사내놈들이란! 여자가 혼자 살면 당연히 남자를 그리워할 것이란 그 선입관은 도대체 뭔가?"
 "너무 젊은 놈 건들면 안 됩니다. 환갑은 넘은 놈으로……."
 "떽!"

냉이상이 껄껄거리며 달아났다. 천무악과 둘이 간단히 술이나 한잔하고 들어가겠다며 태백루 쪽으로 향했다.

혼자 남은 양화영이 노점에 앉았다.

그리고는 저 멀리 누군가를 향해 손짓을 했다.

"자네, 이리 좀 오게."

지목당한 사내는 멀찌감치 떨어진 곳에서 잡화를 고르던 젊은 사내였다.

당황한 기색이 역력한 채로 사내가 걸어왔다.

"저 말씀이십니까?"

"그래, 자네. 날도 더운데 수고가 많네."

그러면서 전병을 하나 내밀었다.

사내가 순순히 전병을 받아 들었다. 사내가 진지하게 물었다.

"알고 계셨습니까?"

양화영이 미소를 지었다.

너무나 당연하지 않냐란 뜻이 담긴 미소여서 사내의 귀밑이 달아올랐다.

"혼자 계시기를 기다렸습니다."

"그런 듯싶었네. 이제 가서 주인 좀 불러오게."

"잠시만 기다려 주십시오."

"그럼세."

가려던 사내가 용기를 내어 정중히 인사했다.

"이건 잘 먹겠습니다. 그리고 뵙게 되어서 진심으로 영광입니다."

사내가 인파 속으로 사라졌다.

그리고 잠시 후.

중년 사내가 그곳으로 다가와 양화영 옆에 나란히 앉았다.

정중히 인사를 건네는 사람은 놀랍게도 마교의 소교주 유설찬이었다.

"오랜만에 뵙습니다."

"잘 지내셨는가?"

양화영이 유설찬을 보며 반갑게 손을 맞잡았다.

"이제 어른이 다 됐구먼."

중년의 나이에 이른 자신에게 할 표현은 아니었지만, 유설찬은 그런 양화영이 너무나 반가웠다.

"마후께서는 여전히 아름다우십니다."

"자글자글한 사람에게. 그래도 그런 말 들으니 기분은 좋네."

"하하하하."

"교주께선 무탈하신가?"

"여전하십니다. 마후님을 뵙고 싶다는 말씀을 자주 하십니다."

"후후후후."

그렇지 않다는 것을 안다는 웃음이었다.

유설찬이 조금 어색하게 웃었다.

그는 아버지와 양화영과의 조금 어색한 관계를 이해했다. 구화마공이 아니라면 마인들 중 최강자는 분명 양화영이 될 것이다. 게다가 여인.

그것이 두 사람의 관계를 불편하게 만들었다. 물론 두 사람은 서로를 존중했다. 미묘한 문제였다.

"한데 무슨 일로 날 보려 했나? 이건이 문제인가?"

"그 문제야 설하가 나섰으니 걱정이 안 됩니다."

양화영이 웃었다. 유설하에 대한 유설찬의 이 대단한 믿음의 근원에는 구화마공이 존재했다.

"마후께 부탁드릴 것이 있습니다."

"뭔가?"

"아버님 문제입니다."

양화영이 깜짝 놀랐다. 유설찬이 천마와 관련된 문제를 자신에게 부탁할 줄 몰랐던 것이다.

"아버님은 아직 꿈을 버리지 않으셨습니다."

"설마?"

"맞습니다. 아버님은 이십 년 전, 마정대전을 일으키시던 그날의 마음 그대로십니다."

천마가 여전히 마교일통을 꿈꾸고 있다니? 꽤나 의외고 놀라운 이야기였다.

그 전쟁의 상처가 얼마나 깊고 컸으면 이십 년의 세월이 지나도 아직 구파일방은 봉문조차 풀지 못하고 있었다.
 양화영이 단도직입적으로 물었다.
 "하면 자네 뜻은 어떠한가?"
 "전 그런 야망이 없습니다."
 유설찬이 솔직히 자신의 심정을 밝혔다.
 아버지인 천마 유진천이 전쟁을 일으킨 가장 큰 이유는 할아버지의 염원을 풀어드리기 위함이었다. 그것은 권력을 차지하기 위한 욕망보다 더욱 끈끈하게 유진천의 마음에 눌어붙었다.
 유설찬은 걱정스러웠다. 이대로라면 아버진 반드시 다시 한번 전쟁을 일으키실 것이다.
 그것은 자신이 원하는 바가 아니었다. 어린 시절을 거쳐 청년이 될 때까지 그는 전쟁 속에서 자랐다.
 솔직히 말해 즐겁지 않은 시절이었다. 그 악몽과도 같은 시절을 중년이 된 지금 다시 불러오고 싶지 않았다.
 유설찬이 진지하게 말했다.
 "마후님이 바로 아버님의 뜻을 바꿀 수 있는 이 강호에 오직 유일하신 분이십니다."
 그러자 양화영이 뜻밖의 말을 했다.
 "자네, 정말 그렇게 생각하나?"
 "아닙니까?"
 잠시 눈앞에 놓인 죽 그릇을 응시하던 양화영이 차분히 말했다.

"오히려 내가 나서면 전쟁은 더욱 빨리 터지게 될 것이네."

유설찬은 이해할 수 없었다.

양화영의 두 눈이 조금 깊어졌다.

"전전대 교주와 나와의 관계 때문이네."

전전대 교주라면 유월이었다.

"그게 무슨 말씀이십니까?"

"이십 년 전, 자네 아버지가 전쟁을 일으킨 이유는 전대 교주의 한을 풀어드리기 위함이었네. 그 한이 어디서부터 생겼는가?"

"아!"

할아버지는 당시 교주였던 유월의 영향으로 전쟁을 일으키지 못했다. 그것이 한으로 남았다. 결국 그 한의 원인은 전전대 교주 유월에게 있었다.

"내게 지존마후란 이름을 내린 것도 전전대 교주님이시네. 그런데 내가 나서서 자네 아버지를 설득하려 든다면 반드시 반발심이 들게 될 것이야. 그렇지 않다 하더라도 난 그 일에 적합한 사람이 아니네."

"제 생각이 짧았습니다."

유설찬이 자신의 실수를 인정했다.

양화영이 웃으며 말했다.

"하지만 그 일을 할 수 있는 사람이 한 명 있지."

유설찬이 놀라 물었다.
"그게 누굽니까?"
"누구겠나?"
잠시 양화영을 응시하던 유설찬이 누군가를 떠올렸다.
유설찬의 입가에 만족스런 미소가 지어졌다.
"과연 그럴 것 같습니다."

     *   *   *

"적 서방이 걱정되느냐?"
나란히 화원을 걷던 안씨가 차련에게 물었다.
"적 서방?"
적 서방이란 말에 차련의 눈이 동그래졌다.
"왜? 혼인할 사인데. 어때서?"
안씨는 그게 뭐 이상하냐는 표정을 지었다.
한발 늦게 차련이 '풋' 하고 웃었다. 벌써부터 적이건을 적 서방이라 부르는 것이 너무 웃겼다.
적 서방. 어감이 꽤나 웃긴다. 적씨와 서방이란 말은 분명 안 어울리는 조합이다.
어머니는 나의 걱정과 상심을 풀어주려고 노력하고 계신 거다. 같은 여자기에, 누구보다 딸의 심정을 잘 이해하기에.
차련이 씩씩하게 말했다.

"엄마의 그 둘째 예비사위. 걱정 안 해도 돼. 워낙 똑똑하고, 워낙 강한 사람이라 잘 견뎌낼 거야."

"당연하지. 난 적 서방 걱정 안 한다."

둘이 마주 보며 환하게 웃었다.

이렇게 어머니와 함께 산책을 하니 기분이 나아졌다.

요 며칠 연무장에 틀어박혀 나오지 않았다. 잡념이 많은 탓에 내가 검을 휘두르는 건지, 검과 춤을 추는 건지. 명문의 고수들이 폐관수련을 하는 이유를 알 것 같았다. 마음을 비울 때 검을 쥐어야 한다.

"그쪽 어른들께 잘해. 예의 바르게."

"노력하고 있어."

"적 서방은 사부인께서 찾으러 가셨다고 했지?"

"응."

"무공이 대단하신 분이지?"

차련이 묵묵히 고개를 끄덕였다.

"엄마, 만약에 말이야."

차련이 조심스럽게 말을 꺼냈다.

"그 사람 집안이……."

차련이 말을 망설였다. 적이건이 마교 교주의 외손자임을 말씀드려야 했다. 일단 엄마에게라도. 하지만 쉽지 않았다. 얼마나 놀라실지 생각하면 벌써부터 심장이 터질 것만 같다.

안씨가 발걸음을 멈추고 차련을 응시했다.

언제나처럼 따스한 시선이었다.
"사돈이 어떤 사람인지 대충 짐작하고 있다."
"엄마."
"평판이 나쁜 집안일 수도 있겠지."
나빠도 너무 나빠!
"너는 그것을 감수할 수 있느냐?"
차련이 의연하게 고개를 끄덕였다. 마녀 소릴 듣는 것쯤은 이미 각오한 지 오래전이다.
"그럼 됐다. 이 어미는 너희 둘이 행복하게 살기를 바랄 뿐이다."
차련이 미소를 지었다. 이래서 엄마가 너무 좋다. 엄마와 헤어져 살 수 있을까 싶을 정도로. 딸만 셋 있는 집이기에 모녀 간의 정이 더욱 특별난 것이기도 하겠지.
그때 저 멀리 팔방추괴가 바쁘게 뛰어가는 것이 보였다. 표정이 매우 다급하고 심각했다.
차련이 안씨를 돌아보았다.
"그래, 어서 가보거라. 조심하고!"
차련이 팔방추괴를 뒤따라 달려갔다.
"단주님, 무슨 일인가요?"
"일단 다 모이면 얘기하세."
곧바로 무영과 신풍일대의 대주 황영기가 연락을 받고 달려왔다.

"무슨 일입니까?"

"나가 있는 창월단 애들에게 연락이 왔네. 북천패가에서 우리 쪽으로 회유된 이들의 정보가 누출되었다고 하네."

무영이 깜짝 놀랐다.

"어떻게 그런 일이?"

그에 대해 철저한 기밀을 유지했던 터였다.

"아마도 그들 중 누군가 마음을 돌려먹은 듯하네."

그럴 가능성이 컸다.

"지금 급한 것은 배신자가 누군지가 아니네. 풍운성의 대규모 병력 움직임이 포착되었어. 올라오는 보고들을 종합해 볼 때 임하기가 그들의 처리를 풍운성에 맡긴 것 같아."

"그게 언젭니까?"

"두 시진 전이네."

"시간이 없군요."

"자네들은 신풍일대를 이끌고 곧바로 출발하게. 다른 쪽 이목도 이목이지만, 더 이상의 인원은 오히려 추격을 느리게 만들 거야."

신풍일대만 해도 일곱 개 조에 일백사십 명의 무인들로 구성되어 있었다.

"어떻게 해서라도 그들을 따라잡아야 하네."

"알겠습니다."

무영과 황영기가 황급히 돌아섰다.

차련이 무영에게 말했다.

"저도 함께 가겠어요."

위험할 수도 있었다. 하지만 무영이 망설이지 않고 고개를 끄덕였다.

"그러시죠."

그녀의 무공이 비약적으로 성장했음을 알고 있었고, 또한 그녀와 약속을 했기 때문이었다.

창천문에 첫 비상이 걸렸고, 곧바로 신풍일대가 소집되었다.

모두들 설레고 긴장한 표정이었다. 이제 드디어 피나는 훈련의 성과를 보일 때가 된 것이다.

두두두두두두!

창천문을 나선 그들이 무서운 속도로 질주하기 시작했다.

*   *   *

"주위가 완전 포위되었습니다."

난데없는 수하의 보고에 양씨도문의 양도정은 하마터면 마시고 있던 찻잔을 떨어뜨릴 뻔했다.

순간 오만 생각이 다 떠올랐는데 결국 올 것이 왔다는 절망감으로 머릿속이 새카매졌다.

상대가 누군지 불을 보듯 뻔했다. 북천패가에서 자신의 배신을 알아차린 것이리라.

후회해 봤자 이미 때는 늦었다.

"가보자꾸나!"

양도정이 수하를 따라 밖으로 나왔다.

수하의 말처럼 주위는 완전히 포위되어 있었다. 일렬로 늘어선 그들의 숫자는 적게 잡아도 이백 명은 되는 것 같았다. 비가 올 듯 어두운 하늘 탓에 분위기는 더욱 을씨년스러웠다.

양도정이 가장 신임하는 규원(奎元)이 황급히 달려왔다.

"어떤 자들인가?"

다급한 양도정의 물음에 규원이 고개를 내저었다.

"정체가 불명한 자들입니다."

규원은 강호 물정과 견문이 밝았다. 어지간히 알려진 자들이라면 분명 상대를 알아보았을 것이다.

"살기가 가득한 자들입니다. 우릴 치려는 목적이 분명합니다."

"외부로 도움을 구할 수는 없겠나?"

"어렵습니다. 놈들이 외부와 통하는 모든 통로를 봉쇄했습니다."

"빌어먹을!"

양도정이 인상을 굳혔다. 상황이 그렇다면 이제 남은 것은 결사항전뿐이었다.

"일단 여인들과 애들부터 밀실로 대피시키게."

"이미 그렇게 지시했습니다."

"잘했네."

그때 또 다른 수하가 달려왔다.

"놈들이 진입을 시작했습니다."

"일단 충돌하지 말고 이곳으로 모두들 집합시켜라."

잿빛 무복을 입은 사내들이 일제히 담을 넘었다. 움직임이 날렵하고 보법이 안정된 것이 무공이 강한 고수들이었다.

그들의 움직임에 양도정이 절망했다. 무공 수위를 가늠해 볼 때 문도들 중 그들과 비슷한 실력의 고수는 채 이십 명이 되지 않았다. 상대의 숫자는 무려 이백 명.

'전면전이 벌어지면 전멸한다.'

연무장 앞 건물로 문도들이 모두 모였다.

문도의 숫자는 칠십여 명. 숫자도 실력도 모두 상대가 안 되는 전력이었다.

상대의 수장으로 보이는 사내가 천천히 걸어나왔다. 칼처럼 날카로운 콧날의 중년 사내였다.

양도정이 앞으로 나서서 한껏 내력을 돋우었다.

"어디서 오신 분들이시오?"

정중한 그의 물음에 중년인이 싸늘히 대답했다.

"그대들의 죗값을 물으러 왔소."

"죗값이라니요?"

양도정이 기세 좋게 사내를 쏘아보았다.

"주인을 문 개는 몽둥이를 맞는 법이지요."

중년인의 대답에 양도정이 한숨을 내쉬었다.

'과연 그 일을 알아차렸구나.'

양도정이 배에 힘을 주고 말했다.

"개만도 못한 주인이었소."

"그렇다고 물어서야 쓰겠소?"

그에 대해선 뭐라 변명할 말이 없었다. 배신은 배신이니까. 다만 상대의 정체가 궁금했다.

자신이 아는 한 북천패가에 이 같은 무인들은 없었다.

"대체 당신들은 누구요?"

사내가 피식 웃었다.

"강호에 알려지지 않은 이름이니 들어도 알 수 없을 거요."

그의 말은 사실이었다.

그들은 풍운성의 야신대였다.

풍운철기대가 빛이라면 야신대는 어둠이었다. 그만큼 은밀하고 더러운 일을 도맡아 처리하는 일종의 도살자들이었다.

사내는 바로 야신주(夜神主) 낙일천(洛日千)이었다.

쿠르르룽!

기어코 천둥소리가 나며 비가 쏟아지기 시작했다.

쏴아아아아아아!

낙일천이 천천히 오른손을 들었다. 공격 신호였다.

양도정이 다급하게 말했다.

"잠깐! 무공을 할 줄 모르는 이들만이라도 보내주시오. 아이들과 여인들만이라도 풀어주시오!"

그러자 낙일천이 싸늘히 답했다.

"우리에게 그런 시시한 명령은 내려오지 않소."

들렸던 낙일천의 주먹이 꽉 쥐어졌다.

"풀 한 포기 남기지 마라!"

명령과 동시에 무인들이 날아들었다.

"목숨을 걸고 싸워라!"

양씨도문의 무인들도 용감히 달려나갔다.

창창창창!

양측의 무인들이 격돌했다.

하지만 애초에 상대가 안 되는 전력이었다.

"크아아아악!"

접전이 벌어지고 채 일각도 지나지 않아 이십여 명의 양씨도문 무인들이 피를 뿌리며 쓰러졌다.

양도정은 피를 뒤집어쓴 채 미친 듯이 검을 휘둘러 댔다.

하지만 중과부적(衆寡不敵)이었다.

"크악!"

야신 하나가 쓰러지면 도문의 무인 다섯이 쓰러졌다.

그렇게 서른 명의 무인들이 쓰러진 그때였다.

쉬이이이잉―!

칼바람 소리와 함께 검기가 날아들었다.

검기에 뒤쪽에 있던 야신들 다섯이 한꺼번에 등이 베이며 쓰러졌다.

검기를 날린 사람은 이제 막 담을 넘은 차련이었다.

무영이 뒤이어 검기를 날리며 소리쳤다.

"창천문이 도우러 왔소! 힘내시오!"

무영의 검기에 야신들이 쓰러졌다.

그 뒤로 신풍대의 무인들이 일제히 담을 넘었다.

생각지도 못한 구원에 양씨도문의 무인들이 환호했다.

"와아아아!"

순식간에 사기를 회복한 그들이었다.

장내의 상황은 순식간에 바뀌었다.

하지만 야신들 역시 만만한 상대가 아니었다. 소수의 인원만을 양씨도문 쪽에 남기고 일제히 신풍대와 맞서 싸웠다.

신풍대와 야신의 실력은 그야말로 박빙이었다.

쉭! 쉬이익!

특히 야신주 낙일천의 실력은 대단했다. 그가 본격적으로 검을 휘두르고 나서자, 순식간에 다섯 명의 신풍대의 무인들이 목숨을 잃었다.

"네 상대는 나다!"

무영이 그를 향해 달러들었다.

야신과 무영, 두 사람이 격돌했다. 검이 부딪치며 불꽃이 튀었다.

두 사람의 실력 또한 막상막하였다.

무영과 싸우는 와중에도 낙일천은 주위의 상황을 살폈다.

일수에 죽일 수 있는 상대가 아니었다.

전황은 일진일퇴를 거듭하고 있었다. 그러나 미묘하게 느낄 수 있었다. 저쪽이 둘이 쓰러지면 이쪽이 셋이 쓰러졌다.

분명 자신들이 밀리고 있었다. 이번 작전을 위해 야신대 전원이 출동했다. 이곳을 시작으로 순회를 할 작정이었다. 죽음의 순회를.

'그런데 어디서 이런 놈들이!'

피이잉!

무영의 검이 낙일천의 볼을 길게 그었다.

잠시 한눈을 판 대가였다.

창창창창!

연이어 검이 부딪쳤고 두 사람이 아주 잠시 떨어졌다.

쏴아아아아아!

빗줄기가 거세졌다.

낙일천의 볼에서 흘러내리는 피가 빗물에 씻겨 내려갔다.

"너희들 대체 누구냐?"

"창천문하."

"창천문. 들어본 적이 없다."

무영은 그저 여유로운 미소만 지을 뿐이었다.

그 와중에도 무영의 시선은 차련을 찾았다. 낙일천의 어깨

너머 저 멀리서 야신 하나를 베어 넘기는 그녀의 모습이 보였다. 그녀는 펄펄 날고 있었다.

야신대의 최고수들이 일대주 황영기에게 집중적으로 달려들었는데, 그것이 그들의 실수였다. 오히려 그들은 차련에게 붙었어야 했다.

낙일천의 눈이 귀신처럼 찢어졌다.

"죽여주마!"

검을 고쳐 쥔 무영이 땅을 박차며 쇄도했다.

"능력이 되면!"

두 사람의 신형이 다시 얽혔다.

차련은 그야말로 정신없이 검을 휘두르고 있었다.

찌이이익!

차련이 검을 든 팔의 옷자락을 찢어냈다. 비에 젖어 거추장스러웠던 것이다.

몇 명이나 죽인 것일까? 열다섯? 어쩌면 더 많을지도 모르겠다.

자신이 이렇게 담담히 사람을 벨 수 있을 줄 정말 몰랐다. 아버지나 어머니가 보셨다면 정말 크게 놀라실 일이었다.

혹시 내 마음속에도 나찰이 살고 있는 것은 아닐까?

쏴아아아아!

차련이 쏟아지는 빗물을 잠시 올려다보았다.

하지만 이내 마음을 다잡았다.

죽이지 않으면 내 동료가 죽는다.

쉬익!

그 순간 날아든 검을 차련이 반사적으로 고개를 젖혀 피했다.

피잉!

숙녀검이 검을 날린 사내의 심장을 베었다. 사내가 그대로 쓰러졌다.

습관적으로 검에 묻은 피를 털어내던 바로 그때!

차련의 신형이 그림처럼 멈췄다. 깜짝 놀란 표정으로 그녀가 천천히 자신의 오른손을 들었다.

웅―!

풍신갑이 반응하고 있었다.

설마?

차련이 정신없이 주위를 살폈다.

사방은 여전히 아수라장이었다. 검이 날고 피가 튀었다. 사람의 팔다리가 난무하는 욕설처럼 굴러다니고 있었다.

어디지? 도대체 어디야?

그녀의 시선이 한 곳에 고정되었다.

저 멀리 누군가 자신을 향해 걸어오고 있었다.

적이건이었다. 그녀의 눈에는 주위의 모든 것이 사라지고 오직 적이건만 보였다. 이제 그녀의 눈에는 주변의 모든 일들이 느린 그림처럼 이어졌다.

환상이 아니었다.

멍하게 선 자신을 노리고 날아들던 칼날이 잘려 날아갔다.

저 멀리서 적이건이 지풍을 날려준 것이다.

적이건이 손을 흔들며 천천히 그녀를 향해 걸어왔다.

적이건이 다시 지풍을 날렸다. 차련의 뒤를 노리던 사내의 심장이 꿰뚫리며 쓰러졌다.

적이건의 눈빛이 물어왔다.

잘 있었어?

빗물이 아니었다. 그녀의 눈물은 빗물보다 더 영롱하고 투명하게 양 볼에 흘러내리고 있었다.

그녀를 보며 적이건이 환하게 웃었다.

미안해.

평생 눈물을 흘리지 않게 해주려는데 자꾸 울게 만든다.

차련이 점점 더 가까워졌다.

그때 차련이 뭐라 입을 열고 말했다.

주위가 시끄러워서 들리지 않았다.

적이건이 지옥도를 번쩍 쳐들었다.

번쩍!

꽈아아아앙!

건물의 지붕이 통째로 날아갔다.

그 폭발에 모두들 놀라 싸움을 멈추었다. 모두의 시선이 적이건과 차련에게로 향했다.

잠시 적막이 흘렀고 들리는 것은 오직 빗소리뿐이었다.
적이건이 물었다.
"뭐라고 했어?"
차련이 천천히 또박또박 말했다.
"돌아와 줘서 고맙다고."
적이건이 웃었고 차련도 웃었다.
"도련님."
지켜보던 무영도 기쁨의 눈물을 흘렸다.
적이건이 천천히 걸어가 차련을 안았다. 모두들 싸움을 멈춘 채 그 모습을 지켜보고 있었다.
차련의 떨림이 전해져 왔다.
차련이 적이건의 얼굴을 가만히 응시했다.
"어딘지 달라진 것 같아."
새로운 무공을 배우지도, 기존의 무공이 더 상승하지도 않았다.
하지만 그녀의 말처럼 자신은 분명 달라졌다.
마음이 더욱 굳건해졌기에… 나는 더 강해졌다.
지켜보던 낙일천은 적이건이 이들의 수장임을 알아챘다. 불리한 싸움을 역전시킬 수 있는 유일한 기회.
"목표는 저놈……."
그가 명령을 내리려던 그 순간.
쇄애애애애애앵!

퍼억!

낙일천이 무서운 속도로 허공을 날았다.

꽈아앙—!

폭음과 함께 그가 담벼락에 처박혔다.

담을 반쯤 부순 그의 가슴에는 지옥도가 박혀 있었다.

"이럴 수가!"

"말도 안 돼!"

단 일수에 그가 죽자 야신들은 충격에 휩싸였다. 양도정은 물론이고 양씨도문의 모든 무인들도 경악했다.

"와아아아아아!"

신풍대의 무인들은 기쁨과 존경의 함성을 내질렀다.

적이건이 차련의 귓가에 속삭였다.

"이젠 주저하지 않고 내 길을 가겠어."

차련! 기대해도 좋아!

『절대군림』 8권에 계속…

覇君
패군

설봉 新무협 판타지 소설

무협계를 경동시킨 작가, 설봉!
그가 다시금 전설을 만들어간다!!

수명판(受命板)에 놓고 간 목숨을 거둔 기록 이백사십칠 회!
생사를 넘나드는 전장에서 매번 살아 돌아오는 자, 계야부.
무총(武總)과 안선(眼線)의 세력 싸움에 끼어들다!

"죽일 생각이었으면 벌써 죽였다. 얌전히 가자."
"얌전히. 그 말…… 나를 아는 놈들은 그런 말 안 써."
무총은 그를 공격하지 않는다. 공격할 이유가 없다.
다른 사람들은 그의 존재조차도 알지 못한다.
오직 한 군데, 안선만이 그를 안다.
필요하면 부르고, 필요치 않으면 버리는
철면피 집단이 다시 자신을 찾아왔다.

나, 계야부! 이제 어느 누구에게도
휘둘리지 않겠다!!

유행이 아닌 자유추구-
WWW.chungeoram.com
Book Publishing CHUNGEORAM

天劍無缺

천검무결

매은 新무협 판타지 소설

그리고, 전설은 신화가 되어……

한 시대에 한 사람.
언제나 최강자에게로 수렴하던 역사의 흐름이 끊겨 버린 땅.
그 고고한 물길을 자신에게로 돌리려는 욕망의 틈바구니에서
전설은 태어난다.
교차하는 검기, 어지러운 혈향을 뚫고 하늘에 닿아라!

유행이아닌 자유추구 -
WWW.chungeoram.com
Book Publishing CHUNGEORAM

21세기 대마법사

김광수 퓨전 판타지 소설

이제 대마법사의 낚싯줄에 걸린 대한고등학교의 건아 강혁!
목숨을 건 피나는 수련 속에 돈질의 자유와 마법을 얻었지만,
사악하기 그지없는 사부의 계략으로
칼리얀 대륙으로 차원 이동을 하게 된다.

그리고 펼쳐지는 강혁의 좌충우돌 칼리얀 대륙 일대기!
자신의 꿈인 파라다이스를 건설하기 위하여 대륙제일의 명예 귀족인
스카이 나이트가 되는데…….

꿈은 쉽게 이루어질 수 없는 법!
얽히고설킨 운명의 실타래 속에서 강혁은 대륙의 전설이 되어간다.
21세기 대마법사라는 이름으로…….

유행이 아닌 자유추구 -
WWW.chungeoram.com
Book Publishing CHUNGEORAM

War Mage
워메이지
김재한 퓨전 판타지 소설

사람들이 인식하는 상식의 세계 이면,
짙은 어둠이 드리워진 그곳에 사는 괴물들이 있다.

문명이 드리운 그림자 속에서, 전투기계들과
인간의 사념으로부터 태어난 마물들이 격돌한다.
마법과 주술이 난무하는 초현실적인 격장,
소년은 그곳에 서는 대가로 인생을 잃었다.
운명의 노예가 되어 가족과 인성을 잃어버린 소년, 진유현.

총염(銃炎)과 검광(劍光)이 뒤얽히는
어둠의 거리에서, 운명의 족쇄를 끊고 나온
소년의 눈이 살의를 발한다.

유행이 아닌 자유추구 -
WWW.chungeoram.com
Book Publishing CHUNGEORAM

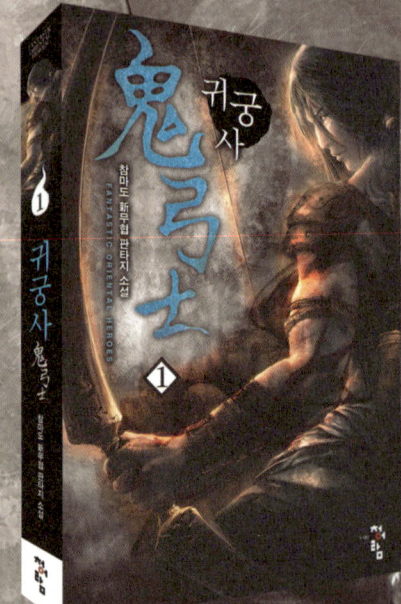

참마도 新무협 판타지 소설

鬼弓士 귀궁사

**참마도 작가!! 그가 『무사 곽우』에 이어
다섯 번째 강호 이야기를 새롭게 풀어내다!!**

"길의 중앙에서 멋지게 서서 당당히 걸어가래.
사람으로 태어난 이상 그 누구도 당당하게 살아갈 권리는 있다고 말이야."

단야의 오른손이 꽉 쥐어졌다. 별것도 아닌 말이다.
하나 이토록 마음에 남는 소리는 없었다.
사람으로 태어나서······.

요물, 괴물.
나이를 먹지 않는 월홍과 얼굴이 징그럽게 망가진 단야.
그들 앞에 펼쳐진 강호란······!

유행이 아닌 자유추구 -
WWW.chungeoram.com
Book Publishing CHUNGEORAM

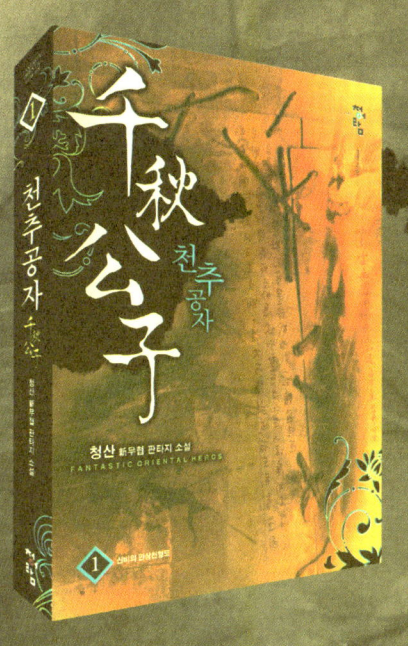

千秋公子
천추공자
청산 新무협 판타지 소설

운명을 뛰어넘는 담대한 도전!

황제마저 농락한 숭문세가의 공자 문천추(文千秋).
용문에 이르기 전까지 그는 시문과 서화를 즐기며 대하를 누비는
한 마리 커다란 잉어였다.
그러나 운명은 그를 용문(龍門) 앞에 이끌었다.
용문의 드센 물살을 거슬러 올라 용(龍)이 될 것인가,
아니면 용문점액의 상처를 입고 추락할 것인가.

죽음의 하늘 사중천(死重天)!
오로지 파괴와 살육만을 일삼는 사마악(邪魔惡)의 결집체.
사중천의 어둠은 태양마저 가리며 천하를 뒤덮는다.
마침내 죽음의 하늘과 맞서는 용 울음소리.

천추(千秋)에 빛날 문무제일공자의 호쾌한 행보가 시작되었다.

WWW.chungeoram.com
Book Publishing CHUNGEORAM

少林棍王
소림곤왕

한성수 新무협 판타지 소설

감동의 행진을 멈추지 않는 작가 한성수!
구대문파 시리즈의 두 번째 이야기 『소림곤왕』!!
그 화려한 무림행이 펼쳐진다

"너는 지금부터 날 사부님이라 불러야만 하느니라.
소림사의 파문제자인 나, 보종의 제자가 되어서 앞으로 군소리없이 수발을 들고 모진
고통을 이겨내며 무공 수련을 해야만 한다."

잡극계의 천금공자 엽자건!
소림의 파문제자 보종의 제자가 되다!!

역사와 가상.
실존의 천하제일인과 가상의 천하제일인에 도전하는 주인공!
이제부터 들어갑니다. 부디 마음껏 즐겨주시기 바랍니다.
- 작가 서문 중에서.

 유행이 아닌 자유추구 -
WWW.chungeoram.com
Book Publishing CHUNGEORAM